力水
ill 瑠奈璃亜
JN030602
超難関ダンジョンで
10万年修行した結果、
世界最強に
～最弱無能の下剋上～
1
モンスター文庫

「カイ・ハイネマンさんですね。
此度《こたび》の王都への旅に同行するローゼマリーです。
ローゼと呼んでくださいね」
アンナ・グラーツ

ローゼマリー・
ロト・アメリア

白と黒を基調とする女性の
衣服を着た小柄な体躯、幼い顔。
黄金に煌めく髪は耳を隠すほど
長く伸びている幼女が、
目の前に現れた。

ファフニール

「もうこんなくだらないことに
手を貸すのは止めるのだ。
お前にそんな時間はない。
ジグニール・
ガストレア

カイ・ハイネマン
「アッシュバーン・ガストレアがなぜ、剣帝の名をお前に託したのか、もう一度じっくり考えるのだな」

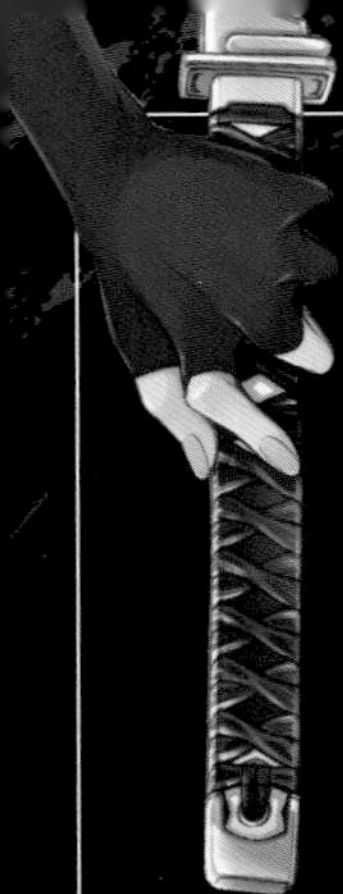

CONTENTS

超難関ダンジョンで10万年修行した結果、世界最強に～最弱無能の下剋上～①

力水

MONSTER bunko

プロローグ

――城塞都市ラムールの神殿。

今日はアメリア王国の13歳の子供たちにとって人生を決するような重大なイベント。すなわち、ギフト発現の日。

「カー君、緊張するねぇ」

黒色に僅かな赤色が混じった髪を腰まで伸ばした可愛らしい少女が、いつものようなおっとりした目で、僕を見上げながら同意を求めてくる。言葉とは裏腹に緊張感の欠片も感じられないこの少女は、レーナ・グロート。僕の幼馴染の一人だ。

「う、うんそうだね」

今日神の祝福を受けるとギフトが発現する。昨晩、例にもよって気になって眠れなかったし。

「何かなぁ、何だろうねぇ、レーナ、お姫様がいいかもぉ、あ、でも、兎さんも捨てられないぃ？」

くるくると地面を回って僕に尋ねてくる。レーナのこの発言は、冗談ではなくガチだ。単に可愛いものになりたい。そういう思考なんだと思う。今も着ている兎のフード付きのマントは、レーナの大のお気に入りだ。この天然気質は、僕の母さんにそっくりなわけだけど。

「いや、お姫様は無理だよ。そもそも、兎はギフトじゃないし」

王族になりたいというのだ。ある意味、不敬ともとられない発言だが、彼女がすると、夢物語のお姫様を連想し、まったく不自然には感じない。現に後ろの列の少女などレーナの発言で、クスリと笑うだけだったし。

「そうなのぉ？　残念……」

シュンと肩を落とすレーナの頭をいつものように撫でると、猫のように目を細める。

「カー君はどんなのがいい？」

「うーん、僕は……やっぱり剣術系のギフトかな」

嘘だ。僕は剣術系のギフトなど望んじゃいない。もちろん、お爺ちゃんたちは、ハイネマン家の道場の後継者として剣術系のギフトを望んでいる。だが、僕の本当の希望は違う。母のような立派なハンターになるために役立つギフト。

ハンター——世界中の秘境や魔境を探索し、凶悪な魔物を倒す。そんな命懸けの冒険を行うような職業だ。ハンターとしてそれなりに上手くやっていくためには、使えるギフトである必要がある。

正直、僕はお世辞にも剣術の才能はない。人よりも物覚えは圧倒的に悪いし、実力は同世代の同門生のなかでもドベだ。親戚にも才能の塊のようなローマンがいる。後継者には彼がなればいい。

神殿の中からドヨメキと祝福の歓声が上がる。どうやら相当レアなギフトが発現したんだと思う。

「どうしたんだろ。気になるねぇ」

「うん、そだね」

レーナに相槌を打ちつつ、今も騒《ざわ》めきの中心である神殿をボンヤリと眺めていた。

しばらくして――。

「カイ！　レーナ！」

ウエーブのかかった長いウィローグリーンの髪の美しい少女が、僕らの方へ小走りにやってくる。

「あー、ライラちゃん！」

隣のレーナも喜色満面でブンブンと両手を振る。

彼女は僕の幼馴染の一人、ライラ・ヘルナー。ラムールでハイネマン流剣術に比肩《ひけん》するとも称される大剣術道場の一人娘。僕の許嫁でもあったりする。

「どうだった？」

「予想通り。あまり意外性はありませんでしたわ」

ライラは少し残念そうに、肩を竦めてくる。ライラも僕と同様、将来に歩むべきレールは決定してしまっている。今回のギフトでそれが確定的になってしまった。そんな寂しさなのかもしれない。

ライラにかける言葉を思案していた時、神殿から二人の男子がこちらにやってくる。

一人は、眉目秀麗な茶髪の少年であり、もう一人は長い青色の髪を後ろで縛った長身の少年。

二人の背後の純白の鎧をまとった大人たちに、首を傾げながら、

「ローマン、キース、君たちも――」

「ライラさん、此度、僕は【槍王】のギフトを得ました」

疑問を口にする僕を押しのけてローマンはライラの前まで来ると、そう宣言する。

「知ってる。見ていたし」

「そ、そうですか！」

ローマンは勝ち誇った表情で僕を一瞥《いちべつ》すると、背後の真っ白な鎧の大人たちに目配せをする。

鎧の騎士風の男性が、一歩前に出ると、

「君がライラ・ヘルナーだね。私は聖王魔導騎士団の者だ。君の得たギフトについて話がある。申し訳ないが、少し時間をもらえないだろうか？」

ライラに申し出てくる。

「でも、私のギフトはローマンたちとは違い、そう珍しいものではないはずですわ」

「ああ、君がヘルナー家のご息女でなければね。何せ、武術だけは一朝一夕にはいかぬもの。日々研鑽している君のような者が得た【上級剣士】のギフトだからこそ、その意義は大きいん

だ。もちろん強制ではないが、話だけでもさせていただきたい」

年配の白色の鎧の騎士はライラに深く頭を下げる。

聖王魔導騎士団といえば、アメリア王国の最精鋭の騎士団。その権威も相当なものだ。強制ではないといっても、その騎士に頭まで下げられては、断れるはずもない。

「わかりましたわ」

僕とレーナをチラリと見て、一瞬ライラは下唇を噛み締めるが、軽く顎を引く。

「こんな場所でする話でもないな。うん！　このラムールにも我らの団の駐在所がある。そこで皆でゆっくり話そう！」

真っ白な鎧を着た年配の男性は、ライラ、ローマン、キースの順に視線を移すと早口でそう提案して歩き始める。

「ライラさん、行きましょう」

「う……ん」

ライラはローマンに促されて歩き出すが、名残惜しそうに何度も僕らを振り返って見ていた。

(悪いな、カイ、ローマンの奴、舞い上がっちまってさ)

両手を合わせて小声で謝意を述べてくるキースに、

(いいよ。キースも遅れるよ)

右手を振って対応する。キース・スタインバーグも軽く頷くと小走りに去っていく。

「カー君、行こう！」

しばし、ライラの去った人混みを眺めていたが、レーナに手を引かれて列へと戻った。

僕らの順番になり、神の祝福を受けてから、レーナが祭壇に置かれた水晶に触れると、眩い白銀色の光が漏れる。そして――。

「け、剣聖……」

神官の一人の呟きに、神殿内は凄まじい喧噪に包まれる。

「嘘だろ……槍王に大魔導士。しかも、あの剣聖のギフトかよ！　マジで今年どうなってんだっ！」

傍にいた聖王魔導騎士団の団員が上ずった声を上げる。

当然だ。剣聖は、剣術系の最高位のギフト。勇者や賢者と同様、魔族の力が増加した時、その釣り合いを取るために、天から遣わされる神の代行者とも称されるギフト。つまり、それは――。

「魔族の攻勢が近いってことか……」

濃厚な不安を顔に貼り付けながら、ボソリと呟く聖王魔導騎士団の団員に、

「ここは神殿ですよ。無用な不安を煽《あお》るのは止めていただきたい！」

神官に叱咤されて、

「す、すまない」

騎士は一礼すると、口を固く閉ざす。

「では、次、どうぞ」

心臓が高鳴るのをどうにか抑えつけ、神官の前に足を運ぶ。彼が僕の額に右の掌をあてつつ呪文を唱えると、僕の身体が発光する。突如、まるでフルプレイトメイルでも着こんでいるかのような凄まじい重圧が、僕の全身を襲う。

これって、天啓を得た際の制限だろうか？　でも、変だな。そんな制限、聞いたこともないんだけど……。

僅かな疑問を覚えながら、祭壇の階段を上り、その上に設置された水晶に手を伸ばす。

「あれ？」

今までは水晶に触れると発光していたが、まったくうんともすんとも言わない。

眉を顰《ひそ》めていると、水晶を覗き込んだ神官はまるで汚物にでも向けるような目で僕を見て、

「この世で一番の無能」

そう吐き捨てたのだった。

第一章　旅立ち

——神殿の天啓から二年後のラムール。

城塞都市ラムール——人口約5万であり、神聖アメリア王国ではありふれた中規模都市にすぎない。

だがこのラムールは一つ、世界中でも稀にみる大きな特徴がある。時代の転換期になると決まって特別な恩恵《ギフト》を持つ子供たちが多数生まれるということ。

そして、近年の四大魔王の一柱——アシュメディアの攻勢により、アメリア王国は未曾有の危機を迎える。この動きに聖女であり、アメリア王国第一王女ローゼマリー・ロト・アメリアが勇者様、賢者様、聖騎士様を立て続けに召喚。それに呼応するかのように剣聖、槍王、大魔導士のギフトを有する子供たちがこのラムールに登場する。そして、その槍王のギフトを有する少年が本日の僕の模擬戦の相手だ。

「ほら、ほら、どうしたぁ⁉　世界一の無能さんよぉ‼」

眉間、胸部、鳩尾に掛けて繰り出される、茶髪の美少年の木の棒による突きをかろうじて防ぐ。もっとも、防ぐといっても茶髪の少年は片手でしかも、お遊び半分に棒を操作しているに過ぎない。それでも、僕にはかわすことが精一杯。

「違うよ、ローマン、世界一の無能じゃなくて、この世で一番の無能さっ‼」

茶髪の少年、ローマンの仲間の金髪イケメン少年からヤジが飛び、訓練を受けている同じ道場の男子たちからドッと嘲笑が漏れる。

「おら、もらったぁ！」

ローマンの弾むような声の直後、額に棒がブチ込まれ、僕の意識はあっさり刈り取られてしまう。

頬を打つ心地よい風と額への痛みから、瞼《まぶた》を開けると心配に堪えない顔で僕の顔を覗き込んでいる淡くも優しいウィローグリーン色の髪の少女が視界に入る。

「ライラ？」

首を動かし確認すると、そこは模擬戦の決戦場の隅の木陰。傍の道場からは剣術の模擬戦の掛け声が聞こえてきた。

「カイ、大丈夫？　顔にかなりまともに入ったみたいですけど？」

風で揺れるウエーブがかかった長い髪を押さえながら、彼女は尋ねてきた。

彼女、ライラ・ヘルナーは僕、カイ・ハイネマンの許嫁だったが、13歳の時のあの神殿の天啓により、僕のギフトが【この世で一番の無能】であるとわかると直ちに解消されてしまう。

「うん、たん瘤作ったくらいかな」

さらに僕の額を覗き込んでくる幼馴染。益々《ますます》迫るストライプの入った真っ白の上着を押し上げる二つの大きな胸の膨らみに、己の頬が熱くなるのを自覚する。それに気付かれまいと、慌てて起き上がり、右手を額に当ててみると少し瘤にはなっていた。

【この世で一番の無能】のギフトが発現してから、僕の身体能力は著しく低くなり、いくら訓練しても肉体強度は向上しなくなった。今や鍛えていない女子供よりも虚弱。それが僕だ。むしろ、たん瘤一つで済んだのは僥倖《ぎょうこう》なのだ。

ライラは僕の額にそっと触れると深く息を吐く。かなり心配させてしまったようだ。

「カイは、もうすぐ王都に行くんですの？」

「うん、この地は少々僕には居づらいからね」

この地ラムールは、今まで世界に有益なギフトホルダーを放出してきたという自負故か、ギフト至上主義のアメリア王国の中でも特にギフトを重視し、僕のようなクズギフトを有する者を冷遇する。さっきのローマンのような扱いなど日常茶飯事だ。赤の他人から罵声を浴びせられることはもちろん、石さえ投げられたこともある。母さんが王都に来るように厳命したのも、きっとそれを見かねてのことだろう。

「では、王都で就職するつもりですか？」

「母さんはそれを望んでいるみたいだけど、僕はお隣の【世界魔導院《バベル》】で探すつもり。ほら、あそこ中立都市だし、僕のようなクズギフト持ちでも就職できそうだしさ」

中立学園都市――【世界魔導院《バベル》】。世界各国の要人の子息、子女が通う複数の学園が存在する巨大学術都市。元来ギフトを持たない種族も学びに来ているから、僕のようなクズギフトホルダーに対する差別は大したことはない。就職口も案外あっさり見つかると考えている。

「そうですか、バベルに……」

ライラは、意外にもあっさり頷く。幼馴染の僕やレーナと離れることに彼女は当初かなりの拒絶反応を示していたが、この様子からすると、彼女も気持ちの整理がついたんだと思う。

「手紙を書くよ」

「不要ですわ。だって――」

柔らかな微笑を浮かべながら何かを言いかけるが、口を閉じて立ち上がる。

「部屋の荷物の整理がありますから、私は失礼しますわ。じゃあ、カイ、またね」

「う、うん。また」

妙なニュアンスの挨拶に首を傾げながらも、右手を上げて僕も立ち上がる。

さて、お爺ちゃんに最後の挨拶をしてくるとしよう。そう考え、腰を上げた時、

「おい！」

ライラと入れ替わるようにローマンが僕に近づいてくるとドスのきいた声を上げてくる。

「うん？　何？」

「僕は槍王のギフトホルダーだ！」

随分唐突だね。まあ、いつものことか。

「そのようだね」

「もう、お前とライラさんは許嫁じゃない！　分家だが僕もハイネマン家の一員。彼女と添い遂げる権利がある。いや、僕しかいない！」

僕とローマンは従弟同士。どうもローマンはライラに昔からポッポらしく、このようなあからさまな対抗意識を燃やしてくる。ローマンのギフトは、【槍王】。いわば未来の国家の最高戦力といっても過言ではない。当然のごとく、アメリア王国政府はレーナやキース同様、王都で修行を強く主張した。だが、ローマンはそれを固辞し、このラムールでの修行を希望。もちろん、アメリア政府は当初それに難色を示したが、ローマンが一向に折れぬと知ると、ハイネマン家での修行を欠かさず行うことを条件に最終的には許可を出す。多分、ローマンがこうも頑なにこのラムールでの修行を主張したのは、ライラが政府からのスカウトを蹴り、このラムールでの生活を望んだからだと思う。

「それはライラが決めることさ」

ライラは僕との許嫁が解消されてからほどなく、自分の相手は自分で選ぶとヘルナー家に宣言している。元々、家の古臭いしきたりには反対の立場だったし、それも彼女らしいと言えば彼女らしい。僕との許嫁の解消は、家から距離をとるためのいい切っ掛けになったんだと思う。

「随分な自信だな？　ライラさんがお前のような無能者を選ぶと思ってんのか？」

「いや、君と僕とでは彼女に対する気持ちの質が違う。それは不要な心配だよ」

僕とライラは兄妹のように育っている。今更、結婚とか言われてもお互い当惑するだけだろう。

「それはどういう——」

「ローマン、そんな劣等者などと話し込んでないで早く戻れっ！　模擬戦の続きだ！」

師範代の一人である顎の割れている坊主に巨躯の男——シガが僕に侮蔑の視線を向けながらもローマンを大声で叱咤する。あれでも、僕があの称号を得るまでは好意的だったんだから、人間とは変わるものだ。

「シガ師範の言う通りさ。そんな能無しの人生の落伍者に僕らの貴重な時間を割くなんて愚か者のすることだよ？」

シガ師範の隣にいる金髪のイケメン少年リクが嘲笑を浮かべながら、ローマンを諭す。

「くそっ！　わかってるさ！　ライラさんにこれ以上、近づくなよ！」

舌打ちするとそんな捨て台詞を吐いて、ローマンは小走りに駆けていく。

軽いため息を吐くと、僕もお爺ちゃんのいる母屋へ向かう。

「今までお世話になりました」

姿勢を正して会釈すると、

「散々振り回してしまってすまんな」

　お爺ちゃんは僕に謝罪の言葉を述べてくる。

「何がです？」

「ライラとの婚約解消の件や、事実上、ここから追い出すようになってしまったことじゃ」

「ライラとは兄妹のような関係でしたし、王都やバベルに行くことも夢ではありました。だから僕は全く悲観などしちゃいませんよ」

　これは本心だ。ハンターの憧れの地であるバベルに行ってハンターの資格をとることが僕の秘かな夢だった。だから、僅かでもそのチャンスが巡ってきたことは素直に嬉しい。ライラの件も彼女自身が変われる契機になったようだしね。

「いつでも戻ってきてよいのだぞ？」

「いえ、ここには僕の居場所はありませんよ。もう二度と――」

「いいから、たまには顔見せに戻ってこい！」

　僕が返答し終わる前に、お爺ちゃんは怒ったようにそう叫ぶと、立ち上がって部屋を出ていってしまった。それもそうか。幼い頃から次期当主としてずっとお爺ちゃんに面倒みてもらっていたんだ。たとえ僕がどうしようもない出来損ないの落ちこぼれでも、それで家族の情がなくなるわけじゃない。僕は感謝を込めて、もう一度頭を深く下げた。

◇◆◇◆◇◆

早朝、荷物をまとめて家を出ると馬車の停めてある城塞都市ラムール南門前へと向かう。

数台の豪奢な馬車の前には20~30人の男女がおり、その中で真っ白のドレスを着ている女神のごとく美しい桃色の髪の女性が微笑を浮かべつつスカートの裾を掴むと、

「カイ・ハイネマンさんですね。此度《こたび》の王都への旅に同行するローゼマリーです。ローゼと呼んでくださいね」

僕に会釈をしてくる。それにしても、ローゼマリーね。聖女様と同じ名前だな。まあ、王国ではよくある名前ではあるし、単に同名だってだけだろう。

「はあ、よろしく」

僕も軽く会釈をするが、

「無能者ごときが、なんだその無礼な態度はっ！」

背後の白色のやけに短いスカートのワンピースを着た赤髪をアシンメトリーにした女性が気《け》色《しき》ばんで僕の胸倉を掴んでくる。

「アンナ！　おやめなさい！　そもそも彼との同行は私からの希望です。貴方の行為は剣聖様と私双方に恥をかかせるものなのですよっ！」

「も、申し訳ございません‼」

ローゼの華奢な身体からは想像できないほど激しい言葉をぶつけられ、大慌てで僕から手を離して飛び退くと姿勢を正す。剣聖とはお爺ちゃんのこと。今日の僕の王都への馬車を手配したのもお爺ちゃんだ。お爺ちゃんの意図は読めないが、あの人は僕に不利益が及ぶようなことは決してしない。同行しても問題はない……はずだ。

「ローゼ様、アンナも貴方への忠義から行為に及んだのです。お許しあれ」

ローゼの隣で口髭をカールにし、黒の上下に真っ白なジャボを胸に付けたおかっぱ頭の御仁が、前に進み出ると胸に手を当ててそう進言をする。

「わかっています！」

そう叫ぶと両方の掌で頬を打つと当初の微笑を浮かべる。なんか、多分この人の感性は僕ら庶民に近いんだと思う。高位貴族の柵《しがらみ》ってやつなんだろうけど、周囲との違いに相当ストレスたまってそうだ。まあ、こんな状況でそんな命知らずな発言絶対にできないけどさ。

「じゃあ、さっそく出発しましょう」

ローゼは僕の右手を掴むと馬車の中へとグイグイと引っ張っていく。当然に周囲から集中する親の仇のような視線に、僕は諦めの気持ちとともに深いため息を吐いたのだった。

一週間が経過した。ラムールから王都までは三週間かかる。今晩も道すがら休憩をとり、現在列に並び、夕食の配給を受けている最中だ。

◇◆◇◆◇◆

「これ……だけですか？」

コック風の中年の男性に渡されたカチカチの黒パン一個に視線を落として、思わず尋ねてしまった。当初は他の人たちと同じ料理を出されていた。それが、最近やけに少なくなっているとは感じていたんだ。だが流石に黒パン一個は初めてだ。僕の旅費は業者に事前に支払われている。そうお爺ちゃんから聞いていた。だから、そもそもこんな扱いを受ける理由がない。

「これはフラクトン卿の指示だ。ほら、後もつかえているんだ。早く行った、行った！」

コック風の中年の男性は、まるでハエでも追い払うように右手を振った。フラクトンというのは、あの口髭を生やした偉そうな貴族のことだ。奴は僕を相当嫌っており、顔を合わせる度に、無能と罵り、こんな子供じみた嫌がらせをしてくる。もっとも、ここにいるローゼの従者たちの僕に対する態度は、ごく一部を除いて、フラクトンと大差ない。抗議などしても無意味だろう。テントへ戻ろうとした時、背中から突き飛ばされ、地面に顔面からダイブする。

「おい、無能！　何俺にぶつかってんだぁっ！」

顎髭を蓄えた年配の小太りの剣士が、額に太い青筋を張らしながら、僕のお腹を蹴り上げてくる。

「ぐっ！」

一瞬息ができなくなり、次いで鈍い痛みが襲ってきた。

「俺まで穢れたらどうしてくれんだっ！　ああ⁉」

再度、蹴りつけてくる奴の蹴りを亀のように蹲《うずくま》ることにより、やり過ごす。

穢れるのだったら、触れなきゃいい。そんな幼児でも覚える当然の発想すらもこいつらにはできないようだ。そして、周囲の従者どもは、こんな理不尽極まりない事態にも傍観しているだけで止めにすら入ってこない。こいつらは腐っている。そう、心の底から思う。

何度か蹴られた時――。

「やめろっ！」

若い女の怒声が響き、僕への蹴りがピタリと止む。顔を上げると、赤髪をアシンメトリーにした少女が怒りの形相で、年配の小太りの剣士の肩を掴んでいるところだった。

「おい、アンナ、お前、こんな背信者を庇うのかぁ⁉」

額に太い青筋を浮かべながら叫ぶ年配の剣士に、

「別に庇ってはいない。ただ、こいつを客人として迎えよというのが、ローゼ様の御命令であるだけだっ！」

一歩も引かないローゼの従者の少女、アンナ。両者が睨み合う中、

「なんの騒ぎだ⁉」

大剣を背に担いだ淡い青髪に無精髭の男がこちらに歩いてくるのを視界に入れて、年配の小太りの剣士は舌打ちして、地面に唾を吐くと料理を配っているコックの方へ歩いていく。

「あ、ありがとう」

助けてくれたアンナに頭を下げるが、

「ローゼ様の命でなければ、誰が好き好んでお前なんか助けるか！　早くテントへ戻れ！」

早口でそう捲し立てると彼女は僕から速足で離れて行ってしまう。アンナと入れ違いで大剣を担いだ筋骨隆々の大柄な青髪の男が僕の下まで来る。そしてしばし僕を凝視していたが、周囲の従者たちに鷹のような鋭い眼光を向けると、

「お前たち、後々十分な説明をしてもらうぞ！」

ぞっとするような冷たい声で言い放つ。白色の鎧の従者たちは頬を壮絶に引き攣らせながら、青髪の剣士から逃げるように離れていく。この青髪の剣士は、ローゼの従者たち全体のまとめ役のアルさん。無能である僕を人間扱いしてくれる数少ない人だ。

「カイ君、どうやらまた迷惑をかけたようだね。本当にすまなかった」

アルさんは僕に深く頭を下げてくる。

「い、いいえ。いつものことですので」

そうだ。僕のようなクズギフトホルダーは、ラムールでは多かれ少なかれこの手の差別を受ける。特にこの神聖アメリア王国は、聖武神――アレスの信仰心が強い。僕の故郷、ラムールほど極端ではないが、アレス神が与える恩恵《ギフト》の価値で人間性を図ろうとする。つまり、【この世で一番の無能】の称号を持つ僕はこの世で一番の価値のない人間であると同時に、神様から嫌われている背信者ってことになる。先ほどの年配の剣士が僕に触れて穢れると言ったのも、アンナからの冷たい態度も、周囲の従者たちからの侮蔑の籠った視線も全て僕が神に嫌われている背信者であることに起因する。

僕のこの返答にアルさんはしばし、奥歯をギリッと噛み締めていたが、

「次から私が君のテントに食事を運ぼう」

強い口調でそう提案してくる。

「いえ、そこまでしていただかなくても――」

「カイ君、子供はもっと素直になるべきだ」

アルさんはそう口にすると、コック風の中年の男性の下へ歩いていく。

並んでいたローゼの従者たちが慌てて道を開ける中、

「彼の料理を渡せ」

コック風の中年男性に、アルさんは静かにそう指示を出す。

「し、しかし、フラクトン卿が――」

「聞こえなかったのか!? 料理を出せ。私はそう言ったんだっ！」

鷹のような鋭い目で睨みつけつつ、胸倉を掴み、強く叫ぶ。

「はひっ！ ただいまっ！」

コック風の男は小さな悲鳴を上げて震える手で容器に料理をよそい、木製のトレイに置いて僕に渡してくる。

「この恥知らずどもは後で私がきっちり教育する。安心してほしい。もう二度と道中、同じことはさせない」

アルさんはそう口にすると、悪鬼の形相でフラクトンとかいう貴族のいるテントの方へ歩いていってしまった。僕はアルさんの背中に感謝をこめて深く頭を下げたあと、料理を持って自分のテントへ向かう。

◇◆◇◆◇◆

――シルケ大森林山道。

あれから数日後にシルケ大森林へと入る。今晩も山道の所々に設置されてある休憩用の広場でキャンプをしているところだ。料理はアルさんが届けてくれるようになり、ローゼの従者たちの僕に対するあからさまな嫌がらせはピタリとなくなる。もっとも、依然としてまるで汚物を見るような目では見られるし、徹底的に避けられてはいるわけだが。それだけでも、嫌がらせがなくなっただけ、僕にとってはかなり快適になったと言える。

まったく、あの日からこんなことばかりだ。あの天啓から僕の生活は一変した。元々、そりが合わなかった者はもちろん、今まで友達だと思っていた者たちからも、無能の背信者と罵られるようになる。当初は相当傷ついたが、僕にはライラ、レーナとキースの三人がいた。この三人だけは無能な僕にも変わらず接してくれた。

「レーナとキース、今頃、どうしてるかな……」

レーナとキースはあの天啓でそれぞれ、剣聖と大魔導士のギフトを有することが確認され、現在、その修行のため王都で生活している。この点、二人も当初、王都に行くことに強く拒絶したが、ローマンと異なり認められなかった。その理由は二人のギフトの特殊性にある。キースの有するギフトは大魔導士。魔法に関するギフトだ。だが、ラムールはそもそも武術都市ではあるが、魔法はそこまで強くない。ラムールでは魔法の修行はできないのだ。故に、アメリア王国政府はキースに王都で宮廷魔術師長に弟子入りすることを命じたらしい。

レーナに至っては剣聖という対魔族戦における旗印となりえるギフトホルダー。早い段階で剣聖のギフトを発現した少女の存在を公に知らしめる必要があったのだろう。アメリア王国政府は、王都で魔王軍討伐の最精鋭チームである勇者チームに加わり修行を行うことを厳命した。

レーナは幼い頃から鍛錬を強いられてきた僕やライラとは違い、木刀一つ握ったことのない子。

そんな子を魔王軍討伐の最精鋭チームである勇者のパーティーに入れるなど本来、正気の沙汰ではない。もちろん、反対はした。でも、僕のような無能者が何を言っても聞いてなどくれない。むしろ、嫉妬だと周囲からは散々なじられただけだった。

「カイ、まだ起きてますか？」

テントの外から透き通るような澄んだ女性の声が鼓膜を震わせる。

「はい。起きてます」

即座に返答し、起き上がると、真っ白のローブを着用した美しい少女が艶やかな桃色の髪をかき上げながら、テントに入ってくる。ローゼはあの従者たちの主人。内心を独白すれば、僕は彼女が苦手だ。彼女とは極力関わりたくはない。

「何の用でしょう？」

緊張気味に尋ねると、

「ごめんなさいっ！」

僕に頭を深く下げると謝罪の言葉を述べてきた。

「は？　え？」

理由の分からぬ謝罪に目を白黒させていると、

「アル……に聞きました。先日、騎士たちが貴方にしてしまったことです」

快活な彼女とは思えぬほど思いつめた顔で、両手を絡ませながら、弱々しい声で呟く。

「いえ、別に気にしていない……と言ったら嘘になりますが、もう済んだことですから」

これ以上、この件に拘ってもお互い良いことなど何もない。少なくとも現在、僕はまともな人間としての扱いを受けている。それで十分だ。それに、今後僕が高位貴族のローゼと関わることはありそうもないし、殊更慣れ合う必要もない。

「でも、私が王都までカイと一緒に旅をしたいと剣聖様に我儘《わがまま》言ったせいで……」

僕と旅をしたいか。僕、カイ・ハイネマンという存在を初めから知っていなければ、普通そんなこと思いつきもしないはずだ。もちろん、剣聖の唯一の汚点ということで、ある意味有名ではあるんだろうけど、そんな俗物的な知的好奇心を満たすためにわざわざお爺ちゃんに頼み込むような人物にも見えない。

「ローゼさんはなぜ、僕を旅に同行させようと思ったんですか？」

「貴方が、レーナとキースの幼馴染みだからです」

「二人を知っているんですかっ⁉」

「ええ、宮廷魔術師長は私の魔法の師でもあります。キースはその弟弟子《おとうとでし》。そして、レーナ・グロートは私の大親友です」

宮廷魔術師長に習っているってこの人、本当に何者なんだろ。まさか、本当に聖女様だったりして？　いやいや、ありえないね。もしそうなら、ラムールは大騒ぎになっていたはずさ。

「じゃあ、二人から僕のことを聞いて？」

「ええ、特にレーナはいつも貴方の事ばかり話すので、多分、キースよりも詳しくなっているかも」

これではきっと過去の痴態すらも赤裸々に語られてしまっているな。なにせ、レーナとは物心つく前から幼馴染やっているしね。

「なるほど、それが僕をこの一団に同行させた理由ですか？」

「はい。二人があれほど固執する貴方という人物に一度会ってみたくなって、剣聖様に無理を言い、この度の旅に同行させていただきました」

「レーナ、勇者様のチームで上手くやれていますか？」

どこか抜けている子だから、正直、大怪我していないか、虐められてやしないかと気が気じゃなかったんだ。

「元々の彼女のあの天真爛漫な性格もあるのでしょう。勇者様方一行を始め、騎士たちのお気に入りですよ」

そうか。それを聞けて本当によかった。それだけでも、この一団に加わった甲斐があった。

「ローゼさん、教えてくれてありがとうございました」

僕は心からの感謝を込めて頭を下げた。

それからローゼと幼い頃の僕らの生活などを話していたが、ローゼの従者である赤髪の女性アンナが悪鬼の表情で乗り込んで来たので、彼女は大人しく己のテントに帰っていく。

レーナがローゼを気に入った理由が今ならよくわかる。彼女はアメリア王国貴族に特有の嫌味さや傲慢《ごうまん》さがない。しかも、こんな背信者とみなされている僕に、自身とは直接関係のない部下の不手際の件でわざわざ謝りに来てくれるような優しい子だ。さらに、その儚《はかな》い容姿は、最弱の僕でも守ってあげたいと思ってしまう。あの世話好きのレーナならなおさらだろう。

ともかくレーナに心を許せる友がいて安心した。これで僕も安心してバベルへ旅立てる。

そんなことをぼんやりと考えていると、二メルを超える大柄で無精髭を蓄えた青髪の中年男性アルさんが僕のテントに入ってくる。

「夜分遅くすまないね」

「いいえ、どうかしましたか？」

こんな夜分に訪ねてくるのだ。それなりの用があると見ていい。

「あんな目にあったのに、ローゼ様と話してくれてありがとう。あの方は君と腹を割って話せたと、本当に喜んでいたよ」

姿勢を正すと、アルさんは、僕に頭を下げてきた。

「い、いえ、やめてください！　むしろ、僕のような無能と話してくれる彼女には感謝しているっていうか。えーと――」

「俺も君ほどじゃないが、最底辺のギフトだったのさ。だから、君には共感のようなものを持っている」

「アルさんが、最底辺のギフト？　それは本当ですか？」

「ああ、だからこれだけは言える。頑張れ！　努力をすればきっと報われる！」

アルさんは運命にでも取り組むような神妙な顔で僕の胸を右拳で軽く叩くとテントを出ていってしまう。努力をすれば報われるか。そんなこと言ってもらったのは初めてだ。今までの情報を整理すれば、あのローゼって子、王国でも相当高貴なご令嬢なんだと思う。アルさんは努力だけでその従者の筆頭にまで上り詰めったってわけか。本当すごいよね。僕もいつかアルさんみたいに社会に必要とされる人間になれるのだろうか。

そんなことをぼんやりと考えながら、僕はテントの床に敷かれたマットに仰向けになると瞼を閉じた。

◇◆◇◆◇◆

――シルケ大森林山中。

そこは、ひしめき叢《むらが》る樹木続きの緑の海。月の光すら照らさないその高木の間を慎重に歩いていくと目的の二人がいるのを視界に入れ、フラクトン・サルマージはほっと胸を撫でおろした。

フラクトンは、アメリア王国の王室公庁の高官。すなわち、文官だ。正直なところ、荒事など大の苦手。このような夜間での山林内の移動など生まれて初めての経験といえる。

「首尾はどうですかな？」

「上々だ。総員配置についた。帝国でも最精鋭たる我が部隊の召喚士により召喚された黒豹とオーガによる包囲網だ。加えて俺達二人もいる。もう鼠一匹逃げられん」

フラクトンの問いに胸に双頭の神鳥の紋章が刻まれた赤色の軍服を着た巨漢が返答する。その巨漢は綺麗に剃った頭に軍服に付属したフードを深く被り、黒色の拘束具のようなもので口を隠していた。

「さすがは、【至高の召喚士】、エンズ殿の率いる部隊だ。お噂はかねがね聞き及んでおります」

根元から破けた軍服の両袖から露出される大木のような両腕に、三メルにも及ぶ筋骨隆々の巨体。このいかにも前線向きの外見の男こそがグリトニル帝国最強とされる六騎将の一角であり、精霊王と契約している召喚《サモナー》。まさに帝国の戦略級の兵器だ。

「根拠のない世辞は好かん。王女側の動向は？」

「ローゼ王女は、無能の背信者と話し込んでおりましたが、今もう御寝《ぎょしん》なされておいでです。あとは当方が騒ぎを起こし、騎士長——アルノルトを王女から引き離します。あとは手はず通りお願いいたします」

次期女王の最有力候補であるローゼ王女さえ王国からいなくなれば、次の即位はフラクトン達が推すギルバート王子となる可能性が高くなる。

「はっ！　己の仕える王の一族を売り渡すか。我ら帝国軍人には決してできぬ発想だな」

両腕を組んで背後の高木にもたれ掛かりながら、黒髪の野性味のある軍服を着た青年が吐き捨てるように侮蔑のたっぷりこもった言葉を吐き出す。

「剣帝殿、それは我々が恥知らず。そう仰りたいのですかな？」

この男は【剣帝】――ジグニール・ガストレア。先の剣帝アッシュバーン・ガストレアから、若くして剣帝の称号を承継した武の天才。そう聞いていたのだが、これほど無礼極まりない男だったとは。

「ふん、それ以外に聞こえたのなら、俺も言い方が悪かった。謝るよ」

「我らの国内事情も知らぬものが、心外極まりない無礼な発言！　撤回願おうかっ！」

そのあまりの屈辱に、激語を発していた。フラクトンの行為は全て祖国の秩序の破壊を阻止することにある。こんな何も知らぬ若造に侮辱されるいわれはない。

「はあ？　お前らが己の主人を売るのは事実だろう？」

「売るのではない！　帝国の皇族のもとへ嫁ぐだけだ！」

「はっ！　その姫さん一生、根暗な召喚術師どもの玩具になると思うがなぁ！」

ローゼマリー殿下のギフト、聖女には異世界から勇者を召喚する力がある。此度、帝国が王女を欲するのはその聖女としての力だ。一応、王女が新たな勇者を召喚することも懸念できるが、王女が皇族へ嫁ぐことを条件に帝国との間に講和が成される手はずとなっている。同盟国となる国の武力が強化されるよりも、祖国に仇を成す女の排除の方が遥かに重要性は高いのだ。

「やめろ、ジグニール！　フラクトン殿もすまぬな。異国の地ゆえ少々気が立っているのだ。許してほしい」

エンズは姿勢を正すとフラクトンに頭を軽く下げてきた。ジグニールも舌打ちすると瞼を固く閉じる。

いかんいかん。頭に血が上ってしまった。だが、今いがみ合っても利益などない。冷静にならねば。

「いいえ、では私はそろそろ行動を起こします。ジグニール殿もいざとなった時、アルノルトの足止めよろしくお願いいたしますぞ」

「……」

ジグニールは、無言で軽く顎を引くと樹木の間に姿を消していく。エンズ殿ももう一度頭を下げると、姿を消した。

ようやくだ。ようやく、あの王女を我が祖国から追放できる。あの女はよりにもよって身分の差なく国政を運営させるべきなどと宣っている。そんなことをすれば、想像を絶する混乱を招くのは必至。

アメリア王国の王位継承権は伝統的に長子主義を採用しているが、あくまで慣例であり最終決定権は国王陛下にある。忌々しいことにローゼ王女は聖女。いわば、勇者を召喚できる神に選ばれた存在なのだ。故にアメリア王国では聖職者を始め民に圧倒的な人気があり、一定の支持基盤を確保できる。国王陛下がその人気を利用し、間近に迫る対魔王戦での士気高揚の旗印にあの王女を据えることも考えられるのだ。

このまま、あのイカレ王女が次期女王になればどうなる？　今まで祖先が守ってきた貴族の秩序は根底から破壊されてしまう。それだけは許されない。貴族社会を救わねばならない。その大義故に代々王室に仕えてきた一族出身のフラクトンが、王族に弓を引いたのだから。

（このメンツなら失敗はない）

グリトニル帝国最高戦力とも称される六騎将が二人もいるのだ。確かに、王国騎士長——アルノルトは強いが、剣帝ジグニールなら互角以上の戦いはできよう。少なくとも足止めなら問題なくこなせるはず。その間に、王女を王国から帝国に連れ出せば、フラクトン達の勝利だ。

（ギルバート王子、私の忠誠を貴方様に！）

フラクトンは王都で朗報を待っている己の主人に敬礼すると、行動に移すべく歩き出す。

◇◆◇◆◇◆

尿意を覚え、寝静まったテントから這い出て森の中へと入っていく。

普通ならその辺でするんだけど、ローゼの従者たちに見つかったらまた面倒だし、危険がない範囲で奥まで行こう。この周囲には危険な魔物や野生動物はいないとアルさんが言っていた。最低限の装備はしているし、問題はないと思う。

夜の森はまさに闇一色。重なり合うように分厚く茂った大木により、月の光一つ差さない。まさに、底なし沼を突き進んでいくような感覚だ。闇夜を怖がる小動物のように時折泣く野鳥の声に何度もビクッとなりながらも歩いていると、樹木の奥から黒色のローブを着た赤髪の優男が突然、姿を現した。

マジでびっくりしたー！　思わず、おしっこちびるかと思った。この人、あの馬車にいなかったよね？　確かに僕は最近、極力人とは関わらないようにしてきたけど、それでも顔くらい嫌でも覚える。アルさんが助けてくれるまで、相当ひどい扱い受けていたから余計そうだ。この人は、あの馬車にはいなかった。それは間違いないよ。だとすると、彼はこの周辺に住んでいる人？

「あ、あの、この辺りに住んでいる方ですか？」

ハンターをしている母さんが、以前魔導等の研究のために山奥で生活する人たちがいると言っていたな。ローブを着ているし、この人もそのタイプなのかも。

「こんなの報告になかったよなぁ。とすると、アクシデントか……」

僕の疑問に一切答えず、赤髪の男は暫し顎を摩っていたが、

「な〜ら、計画に支障がない程度で少しくらい遊んでも構わんよなぁ」

その顔を醜悪に歪ませる。その悦楽に歪んだ顔を一目見ただけで、す〜っと神経が凝結したような気味悪さを感じ、思わず後退る。

「あ〜逃げても全然構わないぜ。というか、早く逃げろよ。じゃないとつまらねぇからな」

男がパチンと指を鳴らすと、その男の背後から光る複数の獣の目と唸り声。

「ひっ⁉」

体中の血液が逆流するほどの悪寒が走り、口から小さな悲鳴が漏れた。そしてゆっくり樹木の奥から姿を見せる黒色の犬に類似した獣たち。間違いない。この男がこの獣たちを操っている。そしてこの男の会話の内容から察するに、洒落や冗談じゃなく本当にあの犬モドキを僕にけしかけようとしている。

なぜ、いつも僕だけこうなるのさ！

僕は泣きたい気持を必死で抑えて、背後の獣たちから逃れるべく一心不乱に走り出す。

息が苦しい。心臓が痛い。足もさっきから止まってほしいと悲鳴を上げている。それでも背後から迫る無数の獣の気配から遠ざかるため、必死で足を動かしている。

【この世で一番の無能】のギフトのせいで、僕の足は遅い。すぐに追いつかれてしかるべきなのに、黒色の獣たちはすぐ後ろをついてくるだけ。まだ僕が無事なのは、皮肉にもあの獣を操っているあの赤髪の男が僕という兎の狩猟行為を楽しんでいるからだと思う。

もうどこを走っているのかもわからない。奴らに追い立てられ逃げているだけ。今や周囲に深い霧まで立ち込め始めていた。そして遂に小さな滝つぼのような場所に出る。

くそ！　完全に行き止まりだ。あとは滝の中に身を投げるくらいしか方法はない。まあ、あんな獣の餌になるくらいなら、まだその方が幾分いいかも。

諦めかけた時、滝壺の水面へ流れ落ちている水の奥に僅かに空洞のようなものが見えた。

もしかして、あそこから逃げられるっ⁉

闇夜に灯《ともしび》を得た想いで滝壺の奥へと走ると、そこは奇跡的に洞窟のようになっていた。

よかった。これで先に進める。僕はさらにその洞窟の奥へと突き進む。

どのくらい走っただろう。既に洞窟の壁や天井は赤茶けた土壌から石造りの人工的なものへと変わっている。数十分いや、数分に過ぎなかったのかもしれない。心臓も肺も両足も限界に達した時、通路の奥に光が見えた。よかった、出口だ。でも確か今って真夜中のはずじゃ。

「は？」

洞窟を出るとそこは、荒野だった。しかも、空には燦々《さんさん》と照り付ける太陽。

どうなってんの、これ？　洞窟に入る前は夜。洞窟を抜けたら真昼って、どんな魔法だよ！

落ち着け！　もう走るのは限界だし、ひとまずは隠れる場所を探すべきだ。

隠れる場所か。グルリと見渡すと、そこは周囲が高い絶壁に囲まれた半径1000メルほどの見晴らしのよい空間だった。その絶壁の周囲にはいくつかの木が生えており、泉のようなものも存在している。そしてその空間の中心には神殿のようなものが荘厳にも聳《そび》え立っていた。

あの神殿は隠れられそうだな。もう、いつなんどきあの獣どもがここに侵入してきてもおかしくはない。もう少しだけ滝壺の周囲で戸惑ってくれればいいんだけど。相手は獣だし、鼻は利きそうだ。あまり期待はできないかも。

この場所への奴らの侵入を確かめるべく、ここと繋がる洞窟の入り口へと視線を移すと――。

「嘘でしょ……」

思わず驚愕の言葉が口から滑り出す。当然だ。来たはずの洞窟は塞がれていた。より正確にいえば跡形もなくなっていたのだ。慌てて駆け寄って調べるが、結果は同じ。どこにも洞窟の出口のようなものは見当たらなかった。

過去にハンターの母さんから、遺跡の中にはこのような出口が消失するトラップがあると聞いたことがある。これもその手のタイプなのかも。だとすると、奴らもこの場所に入れない以上、やり過ごすには都合がいいかもしれない。あの赤髪の男にとって僕は狩りを楽しむ玩具。奴にとってあくまで遊びである以上、数日間も僕を見失えばこの場所から退散するんじゃないかな。ならば、あとはこの場所を出る方法を見つけた上で数日留まり、ここを脱出する。それがベストだ。ここの脱出法か。一番怪しいのはきっとあの神殿だろう。まずはあそこから探索することにしよう。

◇◆◇◆◇◆

階段を上って神殿の中へ足を踏み入れる。

神殿内は、床、天井、壁全てが透き通った青色の石でできていた。部屋の壁面には不思議な形をした発光する水晶が一定の間隔で配置されている。そして部屋の中心には、表面に魔法陣が描かれた円柱状の台座があり、その脇には黒色の石板のようなものもあった。

「すごいな……」

人が造ったにしてはあまりに美しすぎる遺跡だ。部屋の中心にある台座と石板へと近づくと精査を開始する。黒色の石板の表面には、手形のような形が描かれていた。ここに右の掌を掲げろってこと？　生唾を飲み込みながらも、右の掌を当てると――。

『神級ランク以上のギフトのアクセスを確認。カイ・ハイネマンのプレイヤー登録を試みます……………完了いたしました。ようこそ、【神々の試煉《ゴッズ・オーディール》】へ。プレイヤー様のご健闘を心よりお祈り申し上げます』

突如眼前に出現する透明の板に、咄嗟に右手を石板から離すと、その板は消失してしまう。

何、今の？　文字が出てきたけど……もう一度掌を当ててみよう。

再度、石板に右の掌を当ててるが、今度は何も起こらない。

「これ、なんだろ？」

視界の右端に点滅している小さな棒状のものがあったので触れると、突如視界一杯に出現する透明の板。そこには次のような文字が書いてあった。

――ルールその1．このゲームをクリアしなければ、この場所から出られない。

――ルールその2．プレイヤー登録した者はここでは一切歳をとらず、外界の時間も停止する。

――ルールその3．プレイヤーには【無限収納道具箱《アイテムボックス》】と【特殊鑑定】のスキル、及び【とんずら靴】、【絶対に壊れない棒】のアイテムが与えられる。

――ルールその4．アイテムボックスに収納できるエリクサーはコップ20杯分までである。

この『ゲーム』とは遺跡のこと。つまり、遺跡を攻略しなければ出られないってこと？　ちょっと待ってよ！　遺跡の攻略は一流のハンターがチームを組んで臨むべきもの。それを僕一人で攻略するとか不可能だよっ！　それにここの内部と外の時間も停止しているなら、クリアして外に出た時点であの獣どもと鉢合わせすることになる。時間稼ぎにもならないってことじやないの？

「それじゃ意味がないよっ‼」

いや、落ち着けってばっ！　今更動揺してどうするのさ！　まず、一つ一つ整理して考えていこう。『ゲーム』とやらをクリアしなければ、この遺跡を出られない。出るまでは歳は一切とらず、遺跡外の時間は停止して制限時間もない。さらに、次の五つが与えられている。

一つ、【無限収納道具箱《アイテムボックス》】。僕は一応今でもハンター志望。この手の能力は熟知している。アイテムボックスは商人系のギフトホルダーが取得するスキルであり、物を一定量収納する能力だ。

二つ目、【特殊鑑定】の【鑑定】は、様々なものの性質を読み込む能力であり、【鑑定士】などのギフトを有する者が取得できるスキルとされている。

三つ目の【とんずら靴】は逃亡系のアイテム、四つ目の【絶対に壊れない棒】はその名の通りひたすら頑丈な棒なんじゃないかと思う。

最後のエリクサーは、あらゆる傷や病を一瞬で治すといわれる万能の霊薬。これは完璧に御伽噺の世界のアイテムだ。

アイテムボックスと【特殊鑑定】のスキルは特定のギフトを有する者しか取得できないはず。僕のギフトは【この世で一番の無能】だ。どうやっても不可能なはずなんだけど。ともかく、物は試し。

「アイテムボックス——うぉっ⁉」

そう呟いた刹那、『リスト』と書かれた透明の板が眼前へと飛び込んでくる。

指で押してみると【とんずら靴】と【絶対に壊れない棒】の二つが表示されていた。

「本当にアイテムボックスなの？」

震える右の人差し指で【とんずら靴】の項目に触れると僕の眼前の地面に一足の黒色のブーツが出現する。はやる気持ちをどうにか抑え、靴に触れて収納と念じてみると、

「き、消えた……」

リストの板を押すと【とんずら靴】という項目があった。

「すごい！　これはすごいことだぞ！」

アイテムボックスは、ただでさえ貴重なスキルと言われている。何せ商人系の恩恵《ギフト》を有しないと、得られないスキルだ。そして、アイテムボックスのスキルを取得していたということは、
もしかして鑑定も？

【とんずら靴】を取り出してそれに触れつつ、

「鑑定！」

そう大声で叫ぶと、透明の板が視界一杯に広がる。

◇◇

★【とんずら靴】：逃亡を選択したら、敵から高確率で逃げられる靴。ただし、一度所持者の意思で戦闘を開始したら、その戦闘での靴の逃走の効力は失われる。

・アイテムランク：最上級

◇◇

「すごいな……」

無意識に両拳を強く握りしめていた。敵から逃げられやすくなる靴なんて聞いたこともない。まさに国宝級のアイテム。この【とんずら靴】があれば、この【ゲーム】とやらをクリア後、外の獣どもから逃げられる可能性がぐっと高くなる。【絶対に壊れない棒】も調べてみると、【とんずら靴】と同じく最上級のアイテムであり、『絶対に破壊されず、劣化もしない棒』という鑑定結果だった。これも人の力では作ることが叶わぬアイテムだ。

ともかく、二つの希少スキルである【特殊鑑定】、【アイテムボックス】があれば僕のクズギフトでもハンターとして活躍できる。それは兼ねてからの僕の夢が叶うということを意味する。ゲームクリア後の生活については目途が立った。これでゲームクリアに邁進できる。

そうだ。このスキル鑑定、自分を解析できないだろうか。今度は己を指定し、【鑑定】と叫ぶと、テロップが浮かび上がってくる。

◇◇

★ステータス

【名　前】カイ・ハイネマン

【年　齢】15歳（年齢進行停止中）

【ギフト】この世で一番の無能（神級）

【HP】5【MP】3【力】0・1【耐久力】0・1

【俊敏性】0・1【魔力】0・1【耐魔力】0・1【運勢】0・1

★保有スキル：【無限収納道具箱《アイテムボックス》】、【特殊鑑定】

◇◇

よし！【鑑定士】の鑑定には、通常、個人の能力を評価することができる機能が備わっている。このステータスって、まさかハンターギルドが公式採用している能力値評価ってやつ？ハンターギルドはこの自己鑑定能力を有する人たちの協力のもと、独自の能力評価判定機能を有する魔道具を開発し、実戦配備していると聞いたことがある。

実際のハンターの評価基準はわからないが、この僕の能力値の平均は0・1……きっと、滅茶苦茶弱いんだろうな。これも、僕のギフト『この世で一番の無能』の効果なのかもね。

それはそうと、僕のギフトの『この世で一番の無能』が点滅している。触れてみようか。

◇◇◇

○ギフト名：この世で一番の無能

・説明：この世で最も才能がない者が持つギフト。相対才能強度や成長率はこの世の知的生物の中で最も低いが、ある特定条件下においてあらゆる事項に関し限界を超える可能性を秘めている。

・ギフトランク：神級

◇◇◇

ある特定条件下で、あらゆる事項に関して限界を超える可能性を秘めているか。抽象的すぎて判然とはしないが、ようは頑張れば報われる的なギフトってわけかな？　神級ともあるし、逆にすごいギフトなのかも？　いや、しょせん僕の保有ギフトだ。神級といっても、そもそもギフトランクの概念自体よくわからないし、あまり過度な期待はしないでおこう。それに、どうせすぐ真偽ははっきりするしさ。

さて、次が最後のエリクサーだ。エリクサーは、神話や御伽噺出でてくる一瞬で回復させる妙薬だったはず。信じられないのが本心だが、無能な僕が鑑定やアイテムボックスのスキルを獲得しているのだ。万が一があるかもしれない。片っ端から鑑定をかけてみるのが吉かも。

木陰の近くにある湖の鑑定の結果はまさに驚くべきものだった。

「嘘……」

◇◇◇
○エリクサーの泉：万能薬たるエリクサーが無限に湧き出る泉。
◇◇◇

エリクサーが無限に湧き出る泉ってどんな泉だよ！

試しに腰の鞘からナイフを抜くと右手の人差し指の先を少し切ってから、その泉に入れてみる。

「治った……」

その非現実的な現象に暫し、口をパクパクさせていたが、すぐに叫び出したいような魂の歓喜が沸き上がり、僕は喉が潰れんばかりの咆哮を上げた。

──そう。この時、僕は滑稽にも浮かれていた。

だって、世界一の無能との烙印を押された僕がアイテムボックスや鑑定という希少スキルを獲得し、しかもエリクサーが湧き出る泉という歴史に残るような大発見もしたんだ。こんなこと一流のハンターだって不可能。ハンターギルドへ報告すれば、優遇されることは間違いない。
だから――これで将来母さんのような一流のハンターとして活躍できる。そんな笑っちゃうような勘違いをしてしまったんだ。でも、僕はわかっちゃいなかった。世の中、上手い話には裏があり、奇跡には必ず苦難という対価がついてくるという当たり前の事実を！

◇◆◇◆◇◆

『ゲーム』とやらをクリアできなければ、この空間からは出られない。それを見つけるためこの神殿内を探索すると、すぐにお目当ての場所は見つかった。

「これってダンジョンだよね？」

神殿の奥には地下へと続く大きな扉があり、その先には視界を埋め尽くす青一色の石製の通路。どこからどう見てもダンジョンだ。要するにこれをクリアしろってことかな。

ここで手をこまねいていても、どうしようもない。出口がなく、ルールがこのダンジョンの攻略を求めている以上、先に進むしかないんじゃないかと思う。

【とんずら靴】を履いて、腰の鞘からナイフを取り出し左手に持つ。僕は非力だし、ただの棒より、ナイフの方がまだ勝算が増すからだ。

ヒンヤリと肌を刺激する石床の冷気に、背筋に冷水を浴びせられたかのようなゾクゾクする感じ。これは幼い頃に僕がずっと夢見た冒険だ。あの天啓で無能の烙印を押されて諦めてしまった冒険だ。僕はあの天啓以前はハイネマン流剣術を継ぐことを強いられてきた。でも僕が幼い頃から焦がれていたのは母さんと同じハンターであり、剣術道場の師範ではない。だから、あの神殿での天啓の儀式で僕は内心、剣術とは無縁のギフトを願ってしまっていた。もしそうなればお爺ちゃんも僕がハンターになることを許してくれると思ったから。でも、結局僕はあの天啓により、ハンターどころか今まで必死に鍛錬してきた剣の道すらも失った。だからだろう。この皮膚のヒリツク緊張感は僕をどうしょうもなく高揚させていたのだ。

壁伝いに十分周囲に気を配りながらもすぐに地上へ戻れるよう後方への注意も怠らない。それが、ダンジョン探索の基本。まあ、これはあくまで母さんの部屋にあったハンター教本の知識だけどさ。

青色の石の通路を少し進むと十字路へ出た。どっちに行くべきかな。わかりやすく真っすぐに進もうか。

「へ？」

足を一歩踏み出した時、右側の通路で蹲って何かを食べている生物が視界に入り、僕の思考は一瞬完全停止していた。刹那、背骨に杭が打ち込まれたような激痛が全身を駆け巡る。一呼吸遅れて僕の右腕から噴水のように吹き出る真っ赤な液体とその生物が今食べているものを認識し、ようやく僕はこの現状を理解した。そう。その飛蝗《バッタ》の頭部を持つ怪物が食べているものは、僕の右腕だったのだ。

「ぎぃやあああぁぁッ‼」

必死だった。絞殺されかかった雄鶏のような悲鳴を上げながら、僕は出口へ向けて直走《ひたはし》る。僕は今、何をされたんだ？　あいつに攻撃されたのか？　でもまったく見えなかったぞ？　そもそもあの怪物は一体なんだ？　いや、そもそも僕はなぜ今、こんな目にあってるんだろう？　わからない。わからないけど、ただ、この状況がどうしようもなく怖くて、恐ろしい‼

怖い！　怖い！　怖い！　怖い！　怖い！　怖ぃぃぃ――――‼

さっきまであった気が変になりそうな痛みは不自然なくらいなくなり、ただ身体中を暴れまわる熱と頭がショートしそうなほどの激烈な恐怖のみが僕の足を全力で動かしていた。それからどうしたのかあまり覚えていない。僕は神殿前の荒れ地を歩いている。既に朦朧《もうろう》とする意識の中、不気味なほど青色の泉の中に身を投げて僕の意識はプツンと途絶える。

瞼を開けると、燦々と照らす太陽。日差しに目を細めて、周囲を見渡す。どうやら僕は真っ青な水面にプカプカと仰向けで浮いているようだ。己の身体が泉に沈まないことに、若干の違和感を覚えながら、気怠い身体に鞭打ち泉から這い上がる。

ボーとして、頭が上手く働かない。僕って今なぜ、こんな場所にいるんだっけ？

母さんに呼ばれて王都へ向かい、一週間くらい馬車で揺られてキャンプした際にローゼと話して、用を足そうとテントから這い出た時、あの赤髪の男に遭遇して……。

「────っ⁉」

僕を襲った一連の悪夢のような光景が次々にフラッシュバックし、波が引くように全身から血の気が消失していく。

そうだ！　そうだった！　僕はあの犬のような獣に追い立てられてこの場所へ行きつき、あの神殿のダンジョン内へと進み、あの飛蝗の怪物に右腕を食われて逃げ帰って────！　僕の右腕は⁉

「み、右腕は、なんともない……」

泣き出したくなるほどの安堵感に大きく息を吐き出し、ペタンと地面に腰を下ろす。

大方、夢でも見ていたんだろう。もしあれが真実なら右腕が無事なはずがない。そうさ。多分、あれは夢だ。ようやく、普段並みの思考が回復した時──。

「あれ、この右腕の服……」

確かに皮膚にはかすり傷一つない。しかし、右腕の衣服は根元からちぎれてなくなっていた。

そしてちぎれた服の周りについた染み。それは一見して血糊《ちのり》のようにも見えるわけで……。

「エリクサー」

突如頭に上ったその語句を無意識に呟いていた。

そうだ。そう考えれば全て辻褄《つじつま》があう。あってしまう。僕はあの飛蝗の怪物に右腕をもぎ取られて、命からがら逃げ帰り、このエリクサーの泉に落下し意識を失った。つまり、今僕の右腕が傷一つないのは、エリクサーにより回復されたことが原因……。もし、あの神殿の地下のダンジョンでの出来事が夢ではなく全て真実ならば、僕はあの地獄のような場所へ再度の進行を強《し》いられる。

「ふざけんな！　嫌だ！　それだけは絶対にいやだ！」

僕にはあの飛蝗の動作が、欠片も認識できなかった。あいつに切断されたものが腕ではなく首なら、僕は死んでいた。僕がこうして生きているのはただの運。偶然に過ぎない。

「いや、まだ、そうとは限らない。」

己を何とか奮い立たせようと神殿の方を振り返り、その地面にまき散らされた大量の血液が視界一杯に入る。

「はは……」

そうか。そうだよね。僕っていつもこうだ。僕が望んだことは、決まって最悪の形で拒絶されてしまう。

僕の未来に立ちふさがる途方もなく厚くも重い灰色の壁に、自然に乾ききった笑い声が上がるのを自覚する。その声は次第に泣き声に変わっていく。そのあまりに残酷極まりない運命に、僕は数年ぶりに声を上げて泣いたのだった。

泣くだけ泣いてようやく気持ちが落ち着き、大分冷静に考えられるようになった。

どの道、今の僕にはあの飛蝗は倒せない。踏み込んでも奴の餌になるだけ。でも、ここから出る方法は、あのダンジョンをクリアするしかないわけで。

朝まで待てばローゼマリーが捜索隊を派遣してくれるとか？　いや、あのローゼマリーの従者たちが僕の探索などという命令に従うものか。アルさんが厳命したとしても断固として拒否することだろう。それにそもそも、外の時間が停止しているんだし、明日の朝という経過自体がありえない。

ヤバイな。八方塞がりだ。ともかく、こんな場所で野垂れ死ぬのは御免だ。それにまだ状況が好転する可能性も残されている。例えば、この空間に閉じ込められているのが僕だけじゃないとか。もしこのダンジョンに挑戦している者がいるのなら、この場で待機していればいずれ会えるかもしれない。だとすると、水と食料の確保が最優先。この点、水はこの無限に湧きでるとされるエリクサーがあるから確保できている。問題は食料だ。

「やっぱりないか……」

一通り見回ってみたけど、木の実どころか、葉すらなく小動物もいない。石や岩の陰には芋虫のような生き物はいたが、これは猛毒を有しておりとても食べられない。まあ、あんな気色悪いもの、毒がなくても食べたくはないけど。

くっ！　まだだ！　ここでは僕も歳をとらないはず。なら空腹自体の概念がないのかもしれない。もしくはエリクサーにより空腹の状態さえも回復してくれるということもありえる。今はそれらにかけるしかない。ともかく、体力を消耗する行動は厳禁だ。

僕は地面にゴロンと横になると瞼を閉じる。

◇◆◇◆◇◆

この空間にも昼夜の区別はあるようで、あれから7回昼夜を繰り返す。同時に、僕の甘い期待は見事に打ち砕かれてしまう。しっかり、空腹はあるし、エリクサーでも腹は膨れない。鞄の中に僅かにあった黒パンはとっくの昔に尽きている。

腹が減った。腹の皮がくっつきそうだ。

あれから何度もここら一帯を捜索しているが、食べられそうな草は一本もない。あるのはあの毒虫だけ。いや、まだだ。あの毒虫はいたんだ。まだこの土壌の下に食べられる蟲の幼虫くらいいるかもしれない。まだ動けるし、もう少し頑張れる。

さらに10日経過する。【絶対に壊れない棒】で土を掘ったが結局、他の蟲一匹いなかった。既に穴を掘る元気もない。もう限界だと思う。あと数日何も食べなければ僕は死ぬ。そんな気がする。何よりこの強烈で抗うことのできぬ飢餓感だけで、まともな思考もできなくなっている。だからだと思う。こんな馬鹿なことをする気になったのは。

「くはは！　どうせ食べなきゃ死ぬさ！　これ以上この地獄が続くぐらいなら、一思いに死んでやるっ‼」

一飲みできそうな芋虫を右手に持つ。鑑定では、この芋虫は【堅毒蟲――胃酸で溶解し、食すれば竜ですら一瞬で殺すことができる猛毒を持つ毒虫である。また、高濃度の栄養を含有する】となっていた。

食べれば竜でも死ぬ毒虫だ。このままでは確実に死ぬ。だから、鞄の中にあった木のコップにエリクサーを注いでガブガブと飲み干し、その作業を繰りかえす。お腹がエリクサーでちゃぽちゃぽする中、僕は【堅毒蟲】を丸のみした。

――ドクンッ！　ドクンッ！

突如、マグマのような耐え難い熱がお腹の中から吹き出てくると、視界が真っ赤に染まる。

『弱毒耐性の獲得条件を満たしました。スキル――【弱毒耐性】を獲得いたします』

その無機質な女の声とともに、僕の意識は失われた。

「死んで……ない？」

頭はガンガンするし、壮絶に気持ちが悪いが、一応生きてはいるようだ。

すぐに、エリクサーを飲むと頭痛とムカつきが取れる。そしてあれほどあった飢餓感も嘘のように消えている。最後の女性の声は、確か【弱毒耐性】といっていた。

◇◇◇◇◇◇◇◇◇◇◇◇◇◇◇◇◇◇◇◇◇◇◇◇◇◇◇◇◇◇◇◇◇◇◇

・スキル──【弱毒耐性】：弱い毒に耐性を持つ。
・スキル獲得条件：致死量の1000倍以上の毒を有する生物を食べても生存していること。
・ランク：初級
・ランクアップ条件：致死量の1000倍以上の毒を有する生物を100匹食べても生存していること。

◇◇◇◇◇◇◇◇◇◇◇◇◇◇◇◇◇◇◇◇◇◇◇◇◇◇◇◇◇◇◇◇◇◇◇

弱毒耐性か。食べた毒虫の猛毒により生じた身体の傷害をエリクサーで回復して生き残ってこのスキルを獲得したんだろう。

それにしても、毒耐性のスキルなど聞いたこともない。まさか、これが僕の『この世で一番の無能』のギフトでいう『特定条件下で限界を超える可能性』という効果だったりして？

……阿保らしい。所詮、僕のクズギフトだし、そんなわけないか。そもそも、エリクサーという万能薬がなければ、致死量の1000倍を有する生物を食べて生存していられるはずがない。一度も耳にしたことがないのも無理もないはずだ。

ともあれ、毒虫一匹食べただけで、腹は膨れてしまった。これで当分の間はあの飢餓感から解放される。もっとも、あの毒虫が尽きればまた同じわけだけど。


あれから、丁度100日が経過した。弱毒耐性を獲得したせいか、エリクサーさえ飲んでいれば、気絶までしなくなっている。まあ、ムカつきと頭痛はすごいわけだけど。

そして、遂に【弱毒耐性】のランクアップの条件を満たし、【毒耐性】を獲得する。

どうやら、致死量の1000倍以上の毒を含有する生物である【堅毒蟲】を100匹食べても生存したことにより獲得したらしい。ランクは中級。次のランクアップ条件は【堅毒蟲】を1000匹食べても生存していること。まあ、普通にこれしか食えるものはないし、いずれ獲得しそうだけど。

エリクサーを飲んで食べてみたら、頭痛や胸焼けもなくなっていた。

そして、この100日で結果的にわかったこと。それはあの毒虫――堅毒蟲は食べてもまったく減らないってことだ。単に繁殖力が異様に高いのか、それともこの場所に不思議な力が働いているのかいずれかはわからないが、一定の数が常にこの場に存在している。あの芋虫が蛾や蝶になって繁殖しているようにも思えないから、後者だろうけども。
こうして【堅毒蟲】は僕が生存するにつき必要不可欠な食糧となったのである。

第二章　10万年の修行

僕がこの空間に囚われてから、約1年が経過した。

今は【絶対に壊れない棒】をひたすら振っている。理由は簡単、何かやっていなければ将来の不安で頭がおかしくなりそうだったから。

もちろん、【絶対に壊れない棒】を振ってステータスが上昇することも期待したが、相変わらず、ステータスは、０・１のままで変化はない。やはり、そう甘くはないらしい。

ともかく、物心つく頃から剣術の鍛錬をしてきたせいか、棒を振っている時は何もかもを忘れることができたんだ。


——ゲーム開始から10年後。

長い年月が過ぎた。数年間は絶壁の壁に30日単位で日付を刻んでカウントしていたが、途中で神殿内の石板に数字が羅列されており、それが日付を示していることを知ると、それを用いるようになる。

最初の数年までは毎日故郷や家族が恋しくて、恋しくて仕方なかった。だが、それも今まで稽古したことのある者達との仮想の試合をすることを思いつくと途端に寂しさは感じなくなる。

もとより、幼い頃からお爺ちゃんに常に相手を思い描いて鍛錬をするよう教え込まれてきた。だから、僕が見つけたこの仮想の試合は、今まで剣を持った人形のようなぼんやりした存在に名前が与えられた程度のものでしかなかったはずだ。だが、どういうわけだろう。当初は朧気だった相手の姿は、ずっと仮想の敵を夢想しながら棒を振り続けているうちに、次第にはっきりとした輪郭が生じ、明確な人を形作っていく。

こうして、僕は仮想の世界の誰かさんとの剣による対話にのめり込んでいく。

――ゲーム開始から40年後。

イメージによる仮想試合で、同じ道場の同級生たちに勝利し、道場の大人たちにも勝利する。

そして遂に師範代にも勝利できるようになった時――。

『戒流剣術《かいりゅうけんじゅつ》一刀流初伝【戒流剣術一刀流初伝】の獲得条件を満たしました。スキル――【戒流剣術《かいりゅうけんじゅつ》一刀流初伝】を獲得いたします』

無機質な女の声が頭の中に響く。

「へ？」

久々の変化に動揺する気持ちを抑えながら、鑑定をかける。

◇◇◇◇◇◇◇◇◇◇◇◇◇◇◇◇◇◇◇◇◇◇◇◇◇◇◇◇◇◇◇◇◇◇◇◇

・スキル――【戒流剣術《かいりゅうけんじゅつ》一刀流初伝】：剣術の初伝。刀剣での実戦でステータスが僅かに向上する。

・スキル獲得条件：約40年間毎日欠かさず、刀剣による模擬戦を12時間以上やり続ける。

・ランク：初級

・ランクアップ条件：約120年間毎日欠かさず、刀剣による模擬戦を12時間以上やり続ける。

◇◇◇◇◇◇◇◇◇◇◇◇◇◇◇◇◇◇◇◇◇◇◇◇◇◇◇◇◇◇◇◇◇◇◇◇

此度取得したのは、【戒流剣術《かいりゅうけんじゅつ》一刀流】などというわけのわからないもの。もちろん、僕は模擬戦なんてしていないし、そもそも、刀剣ではなくて棒を振っていたに過ぎない。もしかしたら、仮想のイメージによる戦闘では、僕は常に刀剣での戦闘を想像して戦っていた。それが刀剣での模擬戦とカウントされたのかもしれない。いずれにせよ、僕にとって他者との繋がりはあの空想の模擬戦のみ。僕はやり続けるしかないんだ。

――ゲーム開始から800年後。

流水のような曲線を描く剣舞。今や棒はまるで私の手足のように動かせるようになっている。【戒流剣術《かいりゅうけんじゅつ》一刀流初伝】は中伝を経て、奥伝へと至る。

一応、鑑定上は刀剣での戦闘である限り、ステータス上昇の効果があるようだが、仮想の模擬戦のせいだろう。身体能力が向上した感じは全くない。

まあ、今の私は剣術が身体能力やスキルではないことを知っている。

現にそんな幼児程度の身体能力しかない私が剣聖たる祖父――エルム・ハイネマンに危なげもなく勝てるようにまでなっているのだ。我が祖父は、過去に勇者のパーティーとして四大魔王と戦ったことがある御仁。その実力は折り紙つきだ。これは剣術においては身体能力など、ただの小手先にすぎぬことを示している。

そうだ。剣術の道、すなわち剣道とは技術、膂力などを超越した先にあるもの。

「さて、祖父も全盛期ではない。まだまだ世界は強者で溢れている」

ここに囚われる前、私は祖父に連れられ様々な大会や道場を見学していた。来る日も来る日も剣により相手に勝利することばかりをずっと考え実行してきたせいだろう。ここに囚われる前のことなど綺麗さっぱり忘れてしまったのに、祖父とともに目にしたその者たちの剣の絶技だけは決して忘れようとはしない。

二つの剣を手足のごとく操るイザヴェル法国最強の剣士――双刀剣のグラム。

魔法と剣術を統合させたエルフ至上最強の生物ともいわれる魔法剣のシルバー。

グリトニル帝国旧剣帝――アッシュバーン。

まだまだ、世界は強者で溢れている。

私はとびっきりの歓喜とともに剣の旅へとのめり込む。

――ゲーム開始から1500年後。

さらに年月がたつ。目にしたことのある全ての剣士、想像で形成した全盛期の祖父にすら勝利した私は、長い剣の歴史上最強の剣士と目される初代剣聖を想像し、創り出す。無論、私は初代剣聖などに会ったことはない。あくまで私の想像だが、あながち間違ってはいないと信じている。そして、遂に初代剣聖に勝利した時、私は皆伝へと至った。

――ゲーム開始から3000年後。

初代剣聖に勝利した後、私はずっと前から修行相手に決めていた最大の難敵に挑むことにした。それは、かつて祖父から伝え聞いていた剣の頂にいる至高の武人。あらゆる武に精通し、剣の道を究めた至上の剣神。今、あの最強の剣聖にすら勝利した私ならこの理想の剣士を作り上げる事も可能なはずだから。

だが、その完璧に構成したはずの武の神のイメージは皮肉にも、カイ・ハイネマンという現在の己だった。

それから、最高の理想である己を相手に鍛錬を開始する。

理想の己に勝利するというある意味、倒錯、矛盾した目標に向けて棒を振り続けた結果、気の遠くなるほどの年月の末、私は遂に勝利し、【戒流剣術《かいりゅうけんじゅつ》一刀流極伝】に至る。【戒流剣術《かいりゅうけんじゅつ》一刀流極伝】は、刀剣を用いた戦闘でステータスが極地となる効果があるようだが、ステータスなど剣士にとってはあくまで付録。大した意味などない。あまり有用とは言えぬ能力だろうよ。

ちなみに、毒虫を毎日食らった結果、【猛毒耐性】、【毒無効】を経て極地たる【毒吸収】へと変化している。この【毒吸収】とは、文字通り、毒を吸収しHPとMPが回復する能力だ。棒を振り続ける生活では大して役に立たぬ力だが、まあないよりは幾分マシかもしれんな。

「さて、そろそろ、行くとするか」

【堅毒蟲】による食事を済ませ、私は【絶対に壊れない棒】を持つと立ち上がる。

とにかく、あまりに長い年月が経ちすぎた。以前のことは微塵も覚えちゃいない。ただ、私がこの千を優に超える年月、突き動かされてきたのは、剣の道を歩むこと。それだけだったのだ。それ以外のことは私にとって些細なものに過ぎなかった。

だから、私が理想の己を打倒し、剣の道を究《きわ》めてしまったと知った時、私は初めて大きく狼狽えた。なぜなら私に立ち塞がっていた目標という名の苦難がなくなってしまったから。

己を倒すことは近年における私の生きる糧だった。それが達成されてしまった以上、他の新たな目標を見つけねばならない。そうしなければ私が私でなくなる。それは紛れもない事実。だが、己を倒してしまった今、もう倒す敵が残っていない。そんな時、ふとなぜ剣術を始めたのかという最も基本的な疑問に行き着いた。灯台下暗し。私が今、魂から渇望するものはあの神殿の先にあることを唐突に思い出したのである。まったく笑ってしまうような間の抜けた話だ。いくら剣の道に邁進《まいしん》していたとはいえ、こんな心が躍る強者との命の奪い合いの場所を忘れてしまっていたとは。過去の私があの神殿の奥にあるダンジョンを攻略しようとは微塵も思わなかったくらいだ。あの中は、文字通り死地なのだろう。本来なら勝てるはずなき戦い。これほど素晴らしいものはない。もしかしたら、私にとって新たな超えるべき高い壁となりえるかもしれぬ。

「うむ。たまらぬなぁ」

頬が緩むのを懸命に抑えつけながら、私は【絶対に壊れない棒】を片手に死地へと歩を進める。

正面からこちらにゆっくりと歩いてくる飛蝗《バッタ》男。

鑑定をかけると【名前――バッタマン】とのみ表示される。ほほう、鑑定でも敵の能力値の評価は不可能ってわけか。面白い！　数値で強さを図り、己より弱い敵との闘争のみを選択するなど興醒めもいいところだ。むしろ、これがいい！

さて、【戒流剣術《かいりゆうけんじゆつ》一刀流極伝】の効果により、私の全能力値は平均100まで上がっている。どこまで彼奴《きやつ》に抗う事ができるか、楽しみだ。実に楽しみだ。

「おい、バッタマンとやらよ。この私に進むべき道を示せ！」

私はそう叫ぶと歓喜を張らせながら、奴に向けて悠然《ゆうぜん》と歩いていく。

次々に繰り出される飛蝗男の爪を鼻先スレスレで躱し、奴の奥の手と思しき渾身の右中段蹴りも棒で易々と流す。

「こんなもんか……」

たった、数回受けただけで気づいてしまった。こんな精錬性皆無の攻撃では、それこそ100年かかっても私には届かない。しょせん、飛蝗に過ぎなかったか……。

落胆する気持ちをなんとか繋ぎ止めて私は棒を構える。そして――。

「【戒流剣術《かいりゆうけんじゆつ》　一刀流】、壱の型――死線」

バッタマンの胸部に線が走る。走り抜けた線は胴体、四肢、頭部へと波及していく。

「ギガッ⁉」

それがバッタマンの最後の言葉だった。バッタマンの全身の各パーツがずれていき、緑色の血しぶきをまき散らし、バラバラの細かな肉片となって崩れ落ちる。

棒を振って血しぶきを落とした後、鑑定を自己にかけてみる。

素の平均ステータスが0・1から0・2へと上昇していた。どうやら敵を倒すと身体能力も向上するらしいな。相手が雑魚で少々期待外れだったが、なーに、そのうち矮小《わいしょう》な私が勝てぬ絶対的強者に出会うだろう。ならば、今はまだ見ぬその強者との闘いのために肉体を強化するとしようか。

「だとすると、やはり魔物の討伐であろうな」

そうだな。それが私の当面の目標だ。私は【絶対に壊れない棒】を片手に本格的な蟲どもの狩りを開始した。

◇◆◇◆◇◆

――【神々の試煉《ゴッズ・オーディール》】地下9階層最奥の間。

あれから、好敵手を求めてこの青色の通路を彷徨《さまよ》い歩くが、雑魚だらけだった。稚拙極まりない獣のような攻撃、あれではいくら身体能力が私よりも優れていても、当たるはずもない。宝の持ち腐れというやつだ。蟲の怪物の骨格の継ぎ目を狙い、私の木刀で撫でるだけでバラバラの破片となってしまう。

「これなら、剣を振っていた方が幾分マシだったな」

この3年ほどでステータスは素の状態でも平均5付近まで上昇している。こんな雑魚しかいないダンジョンの捜索でここに到達するまで3年もかかったのは、単にこのダンジョンが途轍もなく広いから。しかも、その広さは階が下がることに大幅に増していく構造のようだ。

このダンジョンには魔物の侵入が禁止されているセーフティーポイントなる場所があり、そこに地上への転移魔法陣が置かれている。そして迷宮内でこのセーフティーポイント間を移動するのに、十数日ほどの月日を費やす必要があったのである。

流石に【堅毒蟲】の弁当も限界がある。そこで食料はダンジョン内のあの蟲の怪物どもを利用した。奴らを殺し、食らいながら前に進む。

9階、最奥の間の先にある階段を下っていくと、一匹の巨大な蜂が佇んでいた。

『第一試練、キラーホーネットを倒せ、が開始されます』

女の声が頭の中に反響し、私は【絶対に壊れない棒】を構える。

ようやく、私の望んだ好敵手に巡り合ったのかもしれん。

「存分に殺し合おうぞ！」

喉が潰れんばかりに歓喜の声を上げて、私は化物蜂に向けて歩き出す。

突如、化物蜂の全身が震え、その姿が霞む。悪寒を感じ、僅かに重心を逸らすと、左腕がわずかに抉れていた。

「うむ、視認しえぬ相手か。お前、なかなかいいぞ」

私は久方ぶりの心地よい痛みに、顔を狂喜に歪めながら、【絶対に壊れない棒】を構える。

視認しえぬ敵。すなわち、難敵。これほど素晴らしいものはない。私は躍る心を懸命に抑えつつ、棒を握る手に力を込めた。

「結局、この程度か……」

期待した分だけ、落胆の方が大きかった。確かに私は奴の挙動を視認しえない。だが、それは、あくまで直線での移動だけ。しかも、超高速移動の前には決まって一か所に留まり、全身が震えなければならないときた。これでは避けてくれと言っているようなものだ。

おまけに奴の奥の手は――。

奴の尾から私の頭上に向けて一斉に放たれる紫色の毒々しい無数の水の塊に、私は木刀を上段に構える。そして――。

「【戒流剣術《かいりゅうけんじゅつ》一刀流】、参ノ型――月鏡」

私に殺到する毒液の塊を木刀に纏わせ送り返す。紫色の毒液の塊は、まるで時を巻き戻しでもしたかのような挙動を取り、奴の尾を根本からドロドロに溶解させる。

「悪いが、私にはその手の飛び道具は効かぬよ」

参の型――月鏡は、魔法剣のシルバーの遠距離攻撃を防ぐために編み出したカウンター系の技。シルバーの超高速魔法ならともかく、あの程度の凡庸な攻撃なら全てはじき返すことなど造作もない。あの様子だと、放出されたのは溶解系の毒液だったようだな。どのみち私には効果がなかったようだが。絶叫をあげながらも、私から距離を取るべく天井に張り付く巨大蜂。

ふむ、他の蟲どもとは異なり、この絶対的不利な状況でも、逃げずに戦意を失わぬか。

このものは蟲だが、どうやら、戦士の矜持《きょうじ》があるようだ。

「終わらせてやる」

私は【絶対に壊れない棒】を左手で握り、重心を深くし身構えて、右手をその柄にあたる先端に僅かに当てる。

これは今の私の最速の高速移動剣術。それをもって応えよう。

奴の全身の震えと、

「【戒流剣術《かいりゅうけんじゅつ》一刀流】、弐の型――電光石火」

私が言霊を紡ぐのは同時だった。部屋内にいくつもの光の筋が走り、私は奴の背後にいた。

『ぎぎ？』

咄嗟《とっさ》に振り返ろうとした奴の頭部がズズッとずれていき、次いで四肢と胴体もバラバラとなって地面に落下する。

「眠れ」

棒に付着した緑色の体液を振って落とし、腰に括り付けた時、

『キラーホーネットの討伐を確認。第一試練がクリアされました。クリア特典が出現します』

女の声が響き、部屋の中心に細長い木箱が出現する。木箱を開けると、刀身が赤色に光り輝く長剣《ロングソード》が出てきたので、鑑定をしてみる。

◇◇
★炎剣：大気中の魔力を利用し、切り付けたものを燃焼させる（ランク：上級）
◇◇

切りつけると燃焼させる剣か。これで蟲どもを蒸し焼きにすることができるな。多少、味がよくなるかもだし、拾い物かもしれん。

キラーホーネット戦で負った傷をエリクサーで癒した後、11階層への階段を下りていく。その地面はグツグツと煮えたぎった溶岩だった。

うむ。いいな！　いいぞ！　仮にも試練と宣うのだ。このくらいやってもらわねば張り合いがないってものだ。だが、どうする。これでは先に進めぬ。熱耐性がある靴でもあればいいのだろうが、生憎、そんな便利アイテム、持ち合わせちゃいない。

「うむ、耐性か……これはいい実験になるやもしれん」

都合よく10階の試練が実施された場所は、セーフティーポイントとなっており地上へと転移ができる。【とんずら靴】を脱ぐとアイテムボックスへと収納し、足をマグマの中に入れるとすぐに引き上げた。

「ちっ！　やっぱり一度では無理か」

激痛に顔を顰《しか》めて足首から先が焼却された右足に舌打ちをしつつ、エリクサーで全快すると、同様の作業を繰り返す。

丁度、トータル50回ほど同様の作業を繰り返した時、

『【弱熱耐性】の獲得条件を満たしました。スキル――【弱熱耐性】を獲得いたしました』

女の声が頭の中に鳴り響き、透明の板が眼前に出現する。

◇◇

・スキル――【弱熱耐性】：熱に僅かな耐性を持つ。

・スキル獲得条件：高熱に体の一部を50回触れさせること。

・ランク：初級

・ランクアップ条件：高熱に体の一部を５００回触れさせること。

◇◇

よし！　いいぞ！　最高だ！　時間とエリクサーは無限にあるのだ！　これでまた当面の目標ができた。【熱吸収】を獲得するまで繰り返すとしよう。

◇◆◇◆◇◆

――ゲーム開始から６４３３年。

【神々の試煉《ゴッズ・オーディール》】地下３００階。

私が【神々の試煉《ゴッズ・オーディール》】のダンジョンに潜ってからさらに気が遠くなる時間が経過した。なぜこんなに時間がかかったのかって？　各階層が広大になっているのはもちろんだが、各階層に異常な性質があったからさ。

11階から50階は床がマグマで満たされてグツグツと煮立っている灼熱ゾーン。51階から１００階は足を踏み入れた者を氷結させる氷結ゾーン。１０１階から１５０階までが歩く度に砂の槍が突き上げてきたり、砂が生き物のように襲いかかってくる砂漠ゾーン。１５１階から２００階はダンジョン内が次第にＨＰを奪う水で満たされている水没ゾーン。２０１階から２５０階が、風の刃が辺りに降り注ぐ、風刃ゾーン。

具体的な取得方法は省くが、このすべての状態異常について吸収系を獲得してから攻略を開始する。結果、【熱吸収】、【氷吸収】、【土砂吸収】、【水吸収】、【風吸収】、のスキルを獲得し２５０層までの攻略が完了する。そして、２５１階層からの落雷が降り注ぐ落雷ゾーンに進み、幾度も感電して黒焦げになりながら【雷吸収】を得て３００階層まで到達する。

現在、ゴツゴツとした岩山と荒れ地しかない場所をひたすら前に突き進んでいるところだ。

雷の雨の中、私の背後から急降下する数匹の雷の鳥を炎剣で一閃すると燃え上がって塵となる。

「うむ、またこの箱か……」

岩陰に隠れるようにして鎮座する2個の金属の箱に大きなため息を吐く。

どういうわけか、このダンジョンの各階層にはこの手の豪奢な箱が置かれているのだ。その中身はポーションという回復アイテムや便利アイテム、特殊な効力を有する武器など様々であるが、中には特殊なものも存在する。炎剣の先で金属の箱の蓋を開けようとすると――。

『ぎぎぎぎゃぎゃぎゃッ!!』

金属の箱がグニャリと巨大な口に変形し、私を飲み込まんと襲い掛かってくる。

「鬱陶《うっとう》しい」

その口を炎剣で一撃のもと両断する。こんな感じでこの手の箱には巨大な口となって齧《かじ》りついてきたり、魔物の姿となって襲い掛かってきたりするものがある。いわゆる罠《トラップ》という奴なのだろうが、魔物の気配を消せてないから実効性に欠けている。

まったく、私を喰らいたいなら気配を消すくらいしてほしいものだ。こうもあからさまだと、不愉快なだけだぞ。

舌打ちをしつつ、もう1個の何の変哲もない金属の箱を開けると『雷獣の手袋』とかいう手袋が入っていた。どうやら、大気中の魔力を用いて雷の獣を創り出し操作し得る上級のアイテムのようだ。

雷の獣を創り出せる手袋とか言われてもな。剣士の私には大して有用性が感じられん武具だ。これもアイテムボックスに放り込んでおくとしよう。

「大分きたし、そろそろ終わりも近いと思うんだがね」

この100年間ずっと階層も変わらず、同じ景色を歩き続けている。強者ばかりならよかったのだが、ここの階層にもはや私の敵はいない。流石に飽きが来ているし、早く先に進みたいものだ。そんな時、遠方に巨大な滝が見えた。どうやら目的地のようだ。

そこは周囲を円形の滝により囲まれた円柱状の構造物だった。円柱の下の滝の水底には大きな魚やら爬虫類のようなものが無数に蠢《うごめ》いていた。ほう、わざわざ、ご丁寧に滝の水底にも敵を配置してくれたというわけか。面白い！　実に面白い趣向ではないかっ！

高鳴る胸に意気揚々とそこへと繋がる岩の橋を渡ると、その石の円柱の上には数メートルに及ぶ一匹の全身に雷をまとった虎が荘厳にも佇んでいた。

とりあえず、あれと戦えということか？

『上層最終試練、【雷虎王】を倒せ、が開始されます』

案の定、頭の中に響く無機質な女の声。さて、まずはこの虎が私の好敵手となりえるかだが……無理であろうな。奴からは雑魚臭しかせん。それよりも、下のあの魚やら爬虫類の方がそそられる。というか、ビリビリと強者の威風を感じるぞ。これはもう決まりであろう。

雷を纏った虎は私に向けて地面を疾駆しながら跳躍。その鋭い牙を私の喉首に突きつけようとする。

「【戒流剣術一刀流】、壱の型――死線」

静かな言霊を最後に、【雷虎王】はバラバラの破片まで分断される。

私は早速、この度の試練のメインディッシュへ向けて歩いていく。

『【雷虎王】の討伐を確認――』

頭に直接響くいつもの抑揚のない女の声が、あの虎の討伐を宣言した時、私は滝の水底へと飛び降りた。

『ふぇ？　はぁー――!?　ちょ、ちょっと待ってよ!?　あんた絶対におかしいって!?』

落下途中、頓狂《とんきょう》な女の喚き声が聞こえたような気がしたが、それも私の殺意により塗り替えられていく。

魂が沸騰するような素晴らしい闘争だった。滝壺の下の魔物どもはいずれもあの【雷虎王】など問題にすらならない圧倒的強者だった。幾度も死にかけ、残りのエリクサーが最後の1回分となった時、ようやく私は滝壺の魔物を殺し尽くした。今は最後のエリクサーを飲んで回復したのち、あの円柱をよじ登ったところだ。

『じょ、上層最終試練がクリアされました。ら、【雷虎王】の討伐及びスーパーレア条件の達成を確認。クリア特典及び特別クリア特典が出現します』

いつもの感情のない声とは一転、やけにドモった女の声が頭の中に響き渡り、円柱の中心に金属の箱が二つ出現する。

うん？　【雷虎王】の討伐及びスーパーレア条件？　あの滝壺の下の魔物どもを殺したことか？　あれがレアだとすると、まさか、あの【雷虎王】の討伐があの試練だったということか？　いやいや、仮にも上層最終試練だぞ？　だとすると、どこまで温い試練なのだ。

まあいい。特典をもらえるようだし、さっそく開けてみるとしよう。

この銀色の箱は、【雷虎王】の討伐によるクリア特典だろうな。しょせん、雑魚だし、どうせ大したものではないだろうがね。

銀色の箱を開けると、分厚い一冊の本が入っていた。それを手に取って精査すると表紙に【魔導書入門】と記載されている。魔導書ね。無能の私でも魔法が使用できるようになるのだろうか。だとしたら、思わぬ掘り出し物かもしれぬな。

さて、次はスーパーレア特典と思しき金属の箱だ。これは期待できそうだ。

箱を開けると、今まで目にしたこともない形態の武器が入っていた。

「これは、剣か？」

多分、剣なのだろう。手に取って振ってみると、驚くほどよく馴染む。即座に鑑定をかける。

★雷切：雷または雷神を斬ったとされる異界の刀剣、ニホントウ。
・ランク：伝説級

　異界の剣か。この手に馴染む感じ。これは新たな私の相棒になりそうな予感がするぞ。流石はあの滝壺の下の魔物どもだ。最後まで役に立ってくれるではないか。

　私は満足気に何度も頷くと、刀身を鞘に納めて腰に括り付けると、探索を再開すべく歩き出した。


――ゲーム開始から７６１２年後。

【神々の試煉《ゴッズ・オーディール》】地下３５０階。

　雷ゾーンを抜けると劣悪な自然環境による区間が終わり、様々な種類の竜が跋扈《ばっこ》するドラゴンどもの楽園となる。竜共と死闘を繰り広げられれば良かったのだが、残念ながら私の敵にはなりえず、遭遇瞬殺を繰り返す結果となる。そして、３５０階へと至る。

　広大な石でできた部屋の中心には、小型の美しい黄金の竜が存在した。

私が黄金のドラゴンへと近づいていくと、横たわったまま、眼球だけをギョロリと私に向けて威圧してくる。なかなかの圧だ。この周囲の竜とはまさしく格が違うのだろう。

私は300階の試練で獲得した【雷切】を鞘から抜き放つ。この【ニホントウ】という異界の剣は、今の私の剣術にしっくり馴染むのだ。

「さあ、黄金の竜よ！　魂が沸騰するような殺し合いをしよう」

【雷切】の剣先を黄金の竜に向けて叫ぶと、奴は億劫《おっくう》そうにノソリと起き上がり、私に鎌首をもたげる。

『第8試練、黄金竜ファフニールを倒せ、が開始されます。ファフたん、そいつ、やっちゃって！　あんたはやればできる子よ！』

おい、今の声、変な願望混ざっていなかったか？　というか、無機質な女の声はあれから鳴りを潜め、ちゃんと感情豊かなものとなっている。まあ、それがいいかはまた別問題なわけだが。とにもかくにも、私たちの闘争は開始された。

今、349階へ命からがら退避したところだ。

「ふはっ！　ふはははは‼」

冷たい石床に仰向けに倒れ込み、腹の底から笑い出す。

負けた。完膚なきまでに敗北した。身体能力云々《うんぬん》ではない。奴に対する私の斬撃はことごとく、無力化される。刃そのものが通らないのはもちろん、斬撃から生じる衝撃波すらも無効化されていることからも、剣という攻撃そのものが通じないのかもしれない。いわば、【物理耐性】、いや【物理無効】といっても過言ではないものなのだろう。このままではいくら鍛えて身体能力を向上させても奴は倒せぬ。いいぞ！　あれの討伐が私の次の目標だ。

私は意気揚々と地上へ戻る。

まずは試練クリアの前提条件だが、あの【物理無効】的効果をどうにかしなければ私に勝利はない。刃が通じないのならば、他の手段を考えねばならぬ。

物理的な攻撃以外のものか。単純に考えれば魔法だが、私は魔法を使用できない。そういえば、上層最終試練で【魔導書入門】を得てから、このダンジョンで魔導書を数多く獲得するようになった。もしかして、これらの魔導書が使えないだろうか？

この点、【魔導書入門】はただの本であり、私にも読むことができた。そして、この本を熟読した結果、魔導書とは読むものではなく、契約するものであり無理に読もうとすると脳が焼き切れてしまうことが判明する。試しに、魔導書のページを開いてみると、激しい嘔吐や眩暈《めまい》に襲われたことからも、これは証明されたといってよい。

もちろん、正攻法である魔導書の契約も試みてみたが、全て失敗してしまう。きっと、私の【この世で一番の無能】のギフトのせいだろう。どう手を尽くしても、私には魔導書の契約ができず、魔法を取得できなかった。

ただの本にすぎぬこの【魔導書入門】には魔法や魔導書についての基礎についてしか書かれてはおらず、魔法の取得に関して、有用な情報は何も得られなかった。だから魔導書は一旦放置していたわけだが、今私はあることを思いついている。それは、あの魔導書の中身。すなわち、脳が焼き切れるかもしれぬ本に書かれている文字により作られた文章。それを読み解くことにより、私にも役立つ魔導の知識が得られるのではないだろうか。

もちろん、なんの対策をせずに、魔導書を読めば私も無事ではすむまい。これには考えがある。エリクサーだ。魔導書を読めば、脳が焼き切れる。それが脳の障害だとすると、エリクサーにより回復できるのではないだろうか。

当然、それでも危険はある。もし、私の予想が誤っていれば、私は廃人となる。だが、今の私はその程度の危険で躊躇はしない。むしろ、それが達成不可能な困難であればあるほど、やり遂げて見せるという熱病めいた使命感が沸き上がってくる。やらないという選択肢などないのだ。

私はエリクサーを口に含みながらゴロンと横になると、魔導書を読み始めた。

◇◆◇◆◇◆

――ゲーム開始から76673年後。

私の予想は的中し、エリクサーを飲みながらならば、魔導書は読むことができた。もっとも、魔導書を読み始めの際は、頭痛がすごく、5分置きくらいにエリクサーを飲んでいた。そして、読み続けるうちに【魔導中毒耐性】というわけのわからないスキルを獲得する。それを獲得してから体調が大分よくなり、効率は大幅に向上する。そして、現在【魔導中毒無効】に進化してから魔導書の読書に障害はなくなっている。

魔導書の文字はよくわからん記号の羅列だったが、魔導語の翻訳書のようなものを宝箱から手に入れていたのでそれを使用し解読していく。結果わかったことは、私には通常の魔法は使えないという事実。ここで、魔法には属性魔法という概念がある。一般に言う魔法がこれだ。

この属性魔法には一般属性と特殊属性がある。

一般属性は火、水、土、風の四大基礎属性と、氷、雷、光、闇の上位四属性の合計八つがある。特殊属性はこの一般属性以外のすべての属性魔法の総称というわけだ。

この属性魔法は基本的には魔導書の契約も含めて才能がある者しか取得できない。この才能はどうやら、恩恵《ギフト》やスキルではない別概念のようであり、魔導書で契約できない者は、いくら修行を積んでもその魔法を獲得することは叶わないんだそうだ。よって、魔導書の契約すらできぬ私には取得は不可能。ではこの約60年間が無駄だったのかというとそうでもない。魔法にはもう一つ、無属性魔法という概念があるのだ。これは手っ取り早くいうと物や人体に魔力を纏わせて一定の効果を狙う魔法だ。魔力を操作するだけだから、特殊な才能もいらない。まさに今の私にピッタリの力だ。この点、迷宮で取得した本は魔導書だけではなく、他の専門書も数万冊に及んだ。そして、この約60年間、それらの本を暗記するほど繰り返し熟読した結果、いくつかの無属性魔法は非常に非効率的であることを発見する。

その事実に気付いたのは、医学書という本を読んだ時だった。

人体はとんでもない数の小さな細胞が集まり、それらが組織を形成し、さらに組織が集まり、一定の機能を有する器官を形成する。私達が言う臓器とはこの器官のことだ。無属性魔法である【身体超強化】と【超速治癒】の魔導書は、この魔力を込める対象を複数の組織としてしまっている。もっとより小さな単位、理想的には細胞一つ、一つに魔力を込めて操作した方が、より効率的な魔法が出来上がるはずだ。それには、緻密な魔力操作が必要。そして、この魔力操作が可能となれば、真の意味での遠距離攻撃手段も取得可能となるはず。

もっとも、それを成すには今までと比較にならぬ時間と鍛錬が必要となる。

「いいなぁ。すごくいいっ！　これでまた目標ができたぁッ‼　私はまた強くなれるっ‼」

私は歓喜の奇声をあげながらも、魔力操作の鍛錬を開始する。

◇◆◇◆◇◆

――ゲーム開始から８１６７年後。

魔力とは人間の肝付近にある丹田の中に蓄えられている高密度のエネルギー。その貯蔵庫である丹田から魔力を引き出し、操作する。当初は、出すだけで精一杯だったが、100年もすれば、それを自在に操れるようになり、私を中心に数十メル先にいきわたらせることも、空中に魔力で絵をかくこともできるようになる。残りは、応用だ。実際にいかに効率よく魔法として昇華するか。

私は魔導書を参考に新魔法の開発に没頭する。結果、四つの魔法を編み出した。

一つは、身体強化系魔法、【金剛力《こんごうりき》】——細胞一つ一つに魔力を浸み込ませて、その魔力を強化の効果に変質させる。

二つ目、回復系の魔法、【超再生《パナケイア》】——細胞レベルで回復を可能とする魔法。これは医学書の知識を得て可能となった魔法だ。

三つめ、武器強化系魔法、【魔装《まそう》】——その名の通り武器の分子レベルで魔力を纏い操作することを可能にした魔法。これは、化学系の書物を読み漁って思いついた魔法だ。

四つ目、探索系魔法、【神眼《しんがん》】——半径500メルのドーム状の範囲を、魔力を用いて監視する魔法。

これらの魔法は私が命名したのではなく、訓練していたら魔法という項目が増えており、そこにリスト化されていたのだ。

さて、これで土台は完成した。あとは具体的な遠距離攻撃手段の開発と応用だ。弓、いや、私の武器はあくまでこの剣。それ以外はありえぬ。ならばやはり――。

私は右手に石を持ち、それらを投げ始めた。


――ゲーム開始から約1万1065年後。

さらに長い年月が流れた。

あれから、投擲を繰り返すことでスキル、【戒流投擲術初伝《かいりゅうとうてきじゅつしょでん》】を獲得する。それから、中伝、奥伝、皆伝を経て遂に、【戒流投擲術極伝】へと至る。これは投げることについての能力であり、私が投擲するもの全てを対象とする。これはもちろん、魔力についても同じ。今や魔力に刃という性質を変質させ放つことも可能となっている。これも緻密な魔力操作とその変質に500年もの年月をかけたお陰だ。

もちろん、私は剣士だ。この投擲術のままでは戦闘では使えないし、使う気もない。ゆえに、この【戒流投擲術極伝】を剣術に取り入れることをひたすら試行する。

そして遂に【戒流投擲術極伝】と【戒流剣術一刀流極伝】は、【真戒流剣術】として統合され完成をみる。現在、私の有する剣技の型は、【死線】、【電光石火】、【月鏡】にさらに三つ増えて六つとなっている。

それから、時の経過により魔物が再充填されるというダンジョンの特性を利用し、ダンジョン301階層から349階のドラゴンを殺しまくる。そして先日、【竜殺し】の称号を得た。

称号とはある事象を極めたことにより獲得する概念らしく、対竜戦に関しステータスが極地となるというもの。奴を殺すにはもってこいだろう。

ともあれ、私のステータスは次のようになっている。

◇◇◇◇◇◇◇◇◇◇◇◇◇◇◇◇◇◇◇◇◇◇◇◇◇◇◇◇◇◇◇◇◇◇◇◇

★ステータス
【名　前】　カイ・ハイネマン
【年　齢】　15歳（年齢進行停止中）
【ギフト】　この世で一番の無能（神級）
【HP】：9000　【MP】：8000　【力】：3214　【耐久力】：2955
【俊敏性】：3428　【魔力】：3699　【耐魔力】：3026　【運勢】：1020
★保有スキル：【無限収納道具箱《アイテムボックス》】、【特殊鑑定】、【真戒流剣術《しんかいりゅうけんじゅつ》 一刀流極伝】、【毒吸収】、
【熱吸収】、【氷吸収】、【土砂吸収】、【風吸収】、【水吸収】、【雷吸収】、【魔導中毒無効】
★称号：【竜殺し】
★魔法：【金剛力】、【超再生《パナケイア》】、【魔装】、【神眼】

◇◇◇◇◇◇◇◇◇◇◇◇◇◇◇◇◇◇◇◇◇◇◇◇◇◇◇◇◇◇◇◇◇◇◇◇

ステータス上は依然として奴の方が上の可能性が高い。しかも、奴の【物理無効】という反則的な効果にどこまで対抗できるかは未知数。人事は尽くした。あとは天命を待つのみよ！

３４９階の転移陣へと転移し、私は下の階段を下っていく。

以前と同様、黄金のドラゴンは横たわったままの状態で私を鋭く睨んでくる。私は【雷切】を鞘から抜くと、とびっきりの興奮を全力で抑えつけつつも、重心を低くし奴を睨み付ける。

『また証拠もなく、挑むってわけね！　でもぉ——無駄、無駄ぁ！　無駄よ！　物理無効の能力を有するファフたんには絶対に勝てないわ！』

頭内に勝ち誇ったような女の声が反響する。最初は無機質な声色だったのに、今では見る影もなく感情に満ち溢れている。ま、その感情があまりに負に偏りすぎているようだが。

頭の中に響く女の声はそこで、体裁でも整えるかのようにゴホンッと咳払いをして、

『中断されていた第8試練、黄金竜ファフニールを倒せ、が再開されます』

そう声高らかに宣言する。

うんうん！　たまらぬなぁ！　それもそうか。これはいわば３５００年越しの恋。恋焦がれ過ぎて、溺れ死にしそうだったしなぁ。さあ、早く殺し合いをしよう。

【雷切】に魔力を纏わせてそこに、【魔装】を載せて威力を著しく増強。さらに、【金剛力】により、身体能力を高める。まずは挨拶も兼ねた無骨だが渾身の一撃だ。

魔力を自在に操れる今の私なら【雷切】の性能を余すところなく、引き出すことができる。

私は奴のすぐ脇を狙って【雷切】を振り切る。【雷切】から雷の雄叫びが放たれ、黄金一色に世界は染まる。刹那、押し寄せる熱波と衝撃波と耳を弄するような轟音《ごうおん》。

竜の背後の壁は原形すら留《とど》めぬほど大きく抉《えぐ》られ、マグマのごとくドロドロに大きく溶解していた。ファフニールは首を背後に向けると竜の顔を器用にも引き攣らせて小さな悲鳴のような声を上げて首を地面につきガタガタと震えだす。

「では、尋常に勝負――」

私が戦の狼煙《のろし》を口にしようとした時――。

『まいったのです』

鼓膜を震わせる少女の声に、

「ぬ？」

思わず私は眉を顰めた。一呼吸遅れて――

『うそ……うそ、うそ、嘘よぉぉぉッーーーーー！』

頭の中に響き渡る女の絶叫。それから暫し、頭の中の声はブツブツと独り言を呟いていたが、

『黄金竜ファフニールの降伏宣言を確認。第八試練がクリアされました。敵の無傷での降伏により、特別クリア特典が出現します』

不貞腐れたような、そして、どこか投げやりな声で私の勝利を宣言する。

冗談ではない。此度は、まだ刃さえ交えていないのだぞ。さらに想定外の事態は続く。

透明の板が眼前に出現し、そこには――。

『なんと、黄金竜ファフニールが起き上がり、仲間になりたそうにこちらを見ている。仲間にしてあげますか？【はい】ｏｒ【いいえ】』と記載されていた。

仲間になりたいって、目の前のドラゴンはどう見ても怯えきっており、とてもそうは見えんのだが……。何より、こんな巨大な生物、そもそも私についてこれるわけがなかろう。

いや、このダンジョンは挑戦者のために極めて無駄なく作られている。とすれば、私について来れるように変化する。そう考えるべきか？　ともかく、このドラゴンは話せるらしい。何せ1万年以上ボッチで過ごしてきたからな。たまに頭の中に聞こえてくる邪魔な女の声にまで癒されるという病的な禁断症状も発症していたくらいだ。これは僥倖《ぎょうこう》かもしれんぞ。

「うむ、【はい】だ」

迷わず《はい》を押すと、黄金の竜が光り輝き、急速に縮んでいく。おう。やっぱり、大きさに補正がかかるようだ。若干テンションが上がりながらも、眺めていたが――。

「いや、少々、小さくなりすぎでは？」

遂に人くらいの大きさになった。というより、あれは人そのものだな。

白と黒を基調とする女性の衣服を着た小柄な体躯、幼い顔。どっからどう見ても、童女ってやつだろう。黄金に煌《きら》めく髪は耳を隠すほど長く伸びていて、さらにリボンのところから左側でアップにして尻尾のように垂らして床スレスレまで伸びている。

「ご主人様、ファフニールなのです。よろしくなのです！」

その竜はペコリと小さな頭を下げてきた。

◇◆◇◆◇◆

特別クリア特典とやらの中身は【竜神の衣服】、【竜神の外套】、【竜神の靴】だった。

三点とも、とにかく頑丈であり、劣化がしない特殊効果がある。さらに、強力な物理耐性も有するようだ。物理耐性はともかく、迷宮内で獲得した衣服は既にいたるところがボロボロ。頑丈で劣化しないのはマジで助かった。そんなこんなで、ファフニールとの奇妙な共同生活が始まる。

本をゆっくり読みたいがために、周囲の木材を利用して住居はこしらえている。迷宮内で獲得した書物の中には建設系の本もあり、それを参考にしたから結構精巧に作れたと思う。

今は２９０階層でとれる雷牛の肉を使ってファフニールに料理を振舞っているところだ。

ちなみに、塩は１７０階から１８０階の海水ゾーンから水をアイテムボックスに入れたあと、それを迷宮で獲得した窯のようなアイテムに入れて、炎剣で炙ることにより得られた。時間はあるし、かなりストックもたまっている。

「美味しいのです！」

ファフニールは、幸せそうにリスの頬袋のように肉を口に含んでいる。

「それはよかったな」

私も肉を口に含むと、口の中に何とも言えない旨味が広がる。

うーむ、このように他者とテーブルを囲むのもいいものだな。というか、人生のほとんどをボッチで過ごしてきた私としては会話ができる。それだけで、気が紛れる。

使命感にも似た強者との命の取り合いの渇望はまだ燻《くすぶ》ってはいるが、ファフニールの登場のお陰で大分治まっている。彼女も料理やら私とのダンジョンの探索に楽しんでいるようだし、ウィンウィンの関係ってやつだろう。

——ゲーム開始から約1万3000年後
400層に到達した。今は試練の間で鎧に身を包んだ巨大な鼻の長い生物と対峙している。

この生物は、迷宮で発掘した異世界の動物図鑑にあったたな。たしか、『ゾウ』とかいったか。

もっとも、こいつは四つ足ではなく、二足歩行だがね。

『我は邪神ギリメカラ、新米神の分際でこの階層まで至るとは褒めて遣わぁーーーす！』

うーむ、なんかやけに尊大な魔物だな。しかも、自分を邪神って……少々盛り過ぎだと思うんだがね。というか、これが本で読んだ少年時代に陥る妄想を引きずっている病気という奴なのだろうか。

「なあ、ファフ、こいつどう思う？」

ファフとはファフニールのことだ。長い名前なので、面倒になってここ100年はファフと呼んでいる。それにあの女の声もファフと呼んでいたし、あながち誤った名称でもないのだと思う。

「ぶっ殺すのです！」

右手のナックルを天に突き上げるファフ。はいはい、相変わらず、ファフは物騒だなぁ。暇つぶしにファフに戦闘訓練をしてみたら、本人がやたらとハマってしまい、こんな戦闘好きな性格になってしまった。完璧に子育てに失敗してしまった感はある。やはり、ここは親代わりとして手本を見せねばなるまい。

「おい、怪物、今すぐ降伏しろ。そうすれば見逃してやるぞ」

奴にとって最適な道を端的に提示してやる。

『この我に……降伏しろ、だとぉ？』

ガタガタと小刻みに全身を震わせつつ、鼻の長い生物は低い声を上げる。

うーん、そこまで怖がらせてしまったか。対峙してみれば一目瞭然。今のこいつと私とでは、天と地ほどの実力差がある。小動物は本能で己が勝てぬ相手を理解すると本に書かれていたが、今のこいつが、まさにそれかもしれんな。

「そう、怯えるな。私は危害を加えてこなければ、虫けらから竜まで全力で見逃すぞ」

以前は問答無用に殺していたが、最近のファフの物騒さを鑑《かんが》みてこのようにかなり温和になってきたのだ。

『き、き、貴様ぁぁーー、わ、我はぁ、我はぁ大神マーラ様の第一の家臣、邪神ギリメカラなるぞっ！　本来下級神ごときが会話などできぬ地位にある――』

「そうか。拒否するのだな」

しつこい妄想バリバリの自己紹介に少々ウザくなった私は【魔装】を発動し、【雷切】に魔力を纏わせて振りぬく。尋常ではない量の白光が巻き上がり、自称邪神は一瞬で消し炭となった。

「ご主人様、流石なのですっ！　即殺なのですっ！」

なぜだろう？　なんか、ファフの感性がさらに悪化したような。まっ、いいか。常識は一朝一夕にはいかぬものだ。ゆっくりと学ばせればいい。

ともあれ、結果として特別クリア特典の『討伐図鑑』というアイテムを得た。

◇◇

★【討伐図鑑】：【神々の試煉《ゴッズ・オーディール》】内で討伐した存在の魂を図鑑の所持者と連結した上で図鑑の世界に収納し、魔力を用いて肉体を創造。適時、召喚することができる図鑑。ただし、最初に使用した者のみが以後、所有者として本の中に討伐存在を収納、本から召喚しうる。さらに、図鑑の規模、収容能力は所持者の魔力に依存する。
・アイテムランク：超越級

◇◇

そして眼前に現れる、『ギリメカラの魂があります。図鑑に捕獲しますか？』と書かれた透明の板。

ふむ、あるのだし、試してみない手はないな。右の人差し指で【はい】を押すと、図鑑が輝き始め、ページが勝手に開くと、そこにはあの鼻の長い怪物が入っていた。

うむ。これは面白いな。どうせ時間は無限にある。検証して使えそうなら、もう一度1階から図鑑をコンプリートしてみることにしようか。

◇◆◇◆◇◆

地上へと帰還し、アイテムストレージから【討伐図鑑】を取り出す。

さて、まずこの本が実際に使えるものかの確認だな。うむうむ、少しわくわくするぞ。

「それ、なんです？」

ファフがいつものように私の背中に抱きつきながら、私の両手にある分厚い豪奢《ごうしゃ》な本を興味深そうに覗き込んで尋ねてくる。

「先ほどの自称邪神を取り込んだ本だな」

「自称邪神です？」

キョトンとした顔で小首を傾げるファフに小さなため息を吐く。

ファフの奴、もう綺麗さっぱり忘れている……というより、あの自称邪神の言葉などまったく聞いちゃいなかったな。ファフはすこぶる賢いが、何分、己の興味がないものにはとことん無頓着だ。大方、態度と図体がでかい二足歩行の魔物程度の認識しかあるまい。

「あの鼻の長い二足歩行の魔物のことだ」

「あー、ご主人様がぶっ殺した奴です！」

「ファフ、そんな目をキラキラさせて物騒な言葉を口にするものではないぞ。お前は淑女なのだからな」

その小さな頭を撫でつつ、いつもの台詞を吐くと、

「はいなのです！」

本人はいつものように快活に右腕を突き上げる。

きっと微塵もわかっちゃいないな。まあ、いい。ファフは私の真似をしたがる。要は私が今後行動で示していけばよいだけだ。

ではさっそく【討伐図鑑】の検証だろう。まずは、召喚してみるとするか。

一枚目をめくると、『討伐図鑑Ω』と大きく記載されている。

「ぬ？　Ω？」

図鑑の表題を改めてみると、やはり、表紙の題名は『討伐図鑑Ω』と表記されている。変だな。Ωなんて記載、なかったはずなんだが。まっ、私の見間違いだろうさ。あまりよく確認していなかったのは、確かだし。

さらに数ページを読み進める。どうやら、説明書のようになっているようだな。

なになに……。

★図鑑取扱説明書

・その１：対象を討伐し、その魂を図鑑に捕獲する。真の意味で屈服すれば、生きたままでも捕獲は可能。その際、所持者の魔力により、肉体は再構成される。

・その２：図鑑所持者が図鑑に魔力を込めることにより、図鑑内の捕獲対象の住む世界は広大化、特殊化していく。また、この形成される世界は図鑑所持者のその魔力の強度により決する。

・その３：捕獲対象は【解放《リリース》】と念じる事により、本所持者の下に強制的に召喚される。なお、本所持者が許諾する限り、捕獲対象は己の意思で図鑑内の自身の世界と、図鑑所持者のいる世界との移動が可能となる。

◇◇◇◇◇◇◇◇◇◇◇◇◇◇◇◇◇◇◇◇◇◇◇◇◇◇◇◇◇◇◇◇◇◇◇

よくわからんが、私がこの本に魔力を込める事により図鑑内に独自の世界を作り出して、そこで捕獲対象に生活をさせる。その上で、適宜、呼び出すというシステムらしい。

実際に呼び出してみるか。

自称邪神のページを開くと、【名──ギリメカラ】とのみ表記されていた。

（ギリメカラ──【解放《リリース》】）

説明書通りに心の中で唱えてみると、突如、眼前に出現する鼻の長い強大な魔物──ギリメカラ。ギリメカラはボンヤリと辺りを眺めていたが、顎を引いて初めて私を認識し、弾かれたように背後に飛び退くと、

『貴様は、先ほどの新米神っ！』

妄想たっぷりな虚言を叫ぶ。

この自称邪神。ホントに重度な妄想癖らしいな。不憫《ふびん》な奴だ。それにしても、召喚というくらいだし、私を傷つけられないなどの一定の強制力でもあるかと思っていたが、今も私に対し戦闘態勢を取っているところからみるに、そんなことはないようだ。ま、摩訶不思議な力により、他者の意思を捻じ曲げて従わせるなど吐き気がする。むしろ、これでいい。

ともあれ、図鑑の説明書きによれば、この自称邪神は一応、私の初めての召喚魔物。つまり私の配下のようなものなのだろう。

しかし、こいつプライド高そうだし、その事実を素直に受け入れるとは思えない。というか、このままでは会話すらまともに成立しそうもないぞ。きっと、邪神の我に逆らうとは何事だ、とか言って聞く耳すらもつまい。さてどうするかな。そういえば、己の未熟さを理解していない、態度が横柄な新兵は、初めに上下関係をはっきりさせた方が以後良好な関係を築けると、最近読んだ【新兵育成教本（地獄編）】とかいう本に書いてあった。配下も新兵も似たようなものだろうし、討伐図鑑で捕獲した魔物育成の良いモデルケースになるかもしれん。実践してみるとしよう。

「よかろう。お前に修行をつけてやる」

私はアイテムボックスから、【絶対に壊れない棒】を取り出し、上段に構える。

『しゅ、修行だと、何をふざけたこと――』

怒号を上げようとするギリメカラの横っ面を【絶対に壊れない棒】により、打ち付ける。凄まじい速度でその巨体は回転し、周囲を取り囲んでいる高い絶壁に叩きつけられて、爆風が吹き荒れた。

『がぐっ……』

既に瀕死の重傷のギリメカラに近づくと、アイテムボックスからエリクサーを取り出し、振りかけてやる。そういや、最近、エリクサーを使う頻度がめっきり少なくなったな。

「ほら、癒えただろ？　なら、立て。次だ」

【絶対に壊れない棒】の先を向けると、

『……き、貴様は？』

ギリメカラは血の気の引いた顔で掠れた声を口から絞り出す。

「私？　そういえば自己紹介がまだだったな。私はカイ・ハイネマン。お前の新たな主人だよ」

『我の主人!?　たわけたことを――』

再度、怒りの形相で立ち上がろうとしている奴までの距離を一瞬で詰めると、横一文字に殴りつける。またもや絶壁まで吹き飛び激突するギリメカラ。学習せんやつだな。

絶壁にめり込んだ状態で、瀕死の虫のようにぴくぴくと痙攣している奴に近づき、エリクサーをぶっかける。

『い、一体全体、どういう――』

頭を振って立ち上がろうとして眼前の私と視線がぶつかる。ブワッと顔中から滝のような汗を流しながら、口をパクパクさせていた。

「ようやく自身の置かれている状況を理解できたか。そうだ。今からお前のその腐った果実のような根性を徹底的に叩きのめす」

ノリノリで教本に書いてあった台詞を復唱する私に、

「叩きのめすのですっ！」

ファフも右手を天に突きあげて私を真似して繰り返す。

『あああああぁぁぁぁっーーーー！』

絶叫を上げるギリメカラの巨体を【絶対に壊れない棒】で天へと持ち上げて、私は本格的な矯正という名の修行を開始した。

◇◆◇◆◇◆

来る日も来る日も、朝日が昇るとあのバケモノの振るう棒により、ひたすら打ちのめされ、夜が来ると解放される日々が続く。当初は寝こみを襲ったりしていたが、奴に微塵《みじん》の隙もなく逆に無駄な痛みを植え付けられるだけだった。

とうに精神は擦り切れてしまい決壊寸前であり、奴に対する抵抗などする気も起きやしない。最近では奴の修行とは名ばかりの拷問に従順に従うだけとなっている。

カイ・ハイネマン、あれは何者なのだろう？　ギリメカラとは、そもそも強さの器そのものが違う。あれに挑むということは、まさに羽虫が竜に噛みつくようなもの。もはや勝負にすらなっていないのだ。そう。あの絶望的な感覚は、主人であるマーラ様と相対した時のそれに等しい。

この迷宮、【神々の試煉《ゴッズ・オーディール》】は、条件を満たす才能のある上級以上の位にある神々が命と誇りを賭けて挑む、神話体系を代表する大神へとなるための登竜門《ゲーム》。クリアできねば滅び、クリアすれば大神となることが約束される。そんなイカレきった試練なのだ。

つまり、このゲームはあくまで大神となる力を得るためのもの。既に大神に比肩する力を得ているなら、このダンジョンの最奥にいるあいつにも勝利することが可能だろう。だとすれば、少々、カイ・ハイネマンの行動には矛盾が生じる。

このダンジョンのクリア方法は二つ。一つは、各階層を下りていく正規ルート。この点、ダンジョンは各階層の下に行くほど強力な神々や神話上の存在が障害として立ち塞がる構造になっている。特に800階層から下層を任されているのは自他とも認めるこの世でトップクラスの強者。その強者どもを退けて最奥のあいつの下まで到達すること自体が、強さの証明。故に、このルートでは最奥のあいつに合格と言わせればよく、必ずしも勝利する必要まではない。

もう一つのルートが、神としてのアクセスコードを使用して最終試練に挑み、最奥のアイツを屈服させる方法だ。最奥にいるアイツは、神々の中でも不愉快なほど強力だ。通常なら正規ルートで挑むのが最良であり、アクセスコードを利用するなど馬鹿のすることだ。だが、カイ・ハイネマンなら、アイツを屈服させるだけの十分な力を有しているはずであり、これには当たらない。このルールは挑戦権のある全ての神に事前に与えられている最重要情報のはず。要するにだ。カイ・ハイネマンが、このダンジョンに挑む意義など大してありはしないのだ。

同じ疑問に達した時、朝日が周囲を朱鷺《とき》色に照らし、カイ・ハイネマンが小さな木の建物から出てくると、

「起ぃぃ立ッ！！！」

大声を張り上げる。

『イエッサー！』

まるでバネ仕掛けのように飛び起きると、姿勢を正して右手を額に当てる。

「おい、お前はなんだっ⁉」

『はっ！　我は地を這うゴミムシでありますっ！』

最近日課となった言われた通りの返答をする。当初は屈辱に感じたこの言葉も、今や何も感じず、奇妙なほど自ら進んで口にしてしまっている。

「うむ、この30年間、軟弱で根性なしのお前にしてはよくやった。今日からお前は晴れて無価値なゴミムシを卒業し、戦士となる」

『はッ！　あ、ありがたき、幸せっ‼』

なぜだろう。声が震える。そして、これは涙か。ボロボロと頬を伝う熱い液体が地面にポタリポタリと落ちていた。己の中に渦巻く説明不能な激情に、しばし身を震わせていると、カ

イ・ハイネマンは口角を大きく吊り上げ、

「ギリメカラ、戦士のお前に褒美をやろう。どんな世界が希望だ？」

意味不明なことを尋ねてきた。

『世界でありますか？』

「ああ、そうだ。この図鑑はそういうシステムらしいからな」

『我には何が何だか……』

「なんだ。希望がないのか。だったら、以前本で出てきた象という生物のいる異界の地にでもするとしよう」

カイ・ハイネマンが、ブツブツと独り言を呟いた時、ギリメカラの視界がグニャリと歪む。

そして、そこは懐かしの故郷の景色。そして、眼前の平原には宮殿のような建物が厳かにも聳《そび》え立っていた。

『こ、これは……』

絶句。まさに今のギリメカラの心情をこれほど適切に表す言葉もあるまい。

カイ・ハイネマンは世界を創れる？　いや、それは大神であっても限られたものにしかできぬ奇跡のはず。少なくともこんな果ても見えぬ世界を、作り出すなど絶対に不可能のはずだ。

そして再度視界が歪み、ギリメカラはカイ・ハイネマンの前にいた。

「どうだ？　そんなものでいいか？」

『あの世界は、貴方の御力で創ったので？』

「いんや、お前がさっき見たものはダンジョン内から発掘されたこの図鑑が創り出した世界。私の力じゃないさ」

それはありえない。このダンジョンはあくまで大神に到達するための試練であり、それを超えるものではない。どうやっても、このダンジョンのアイテムでは、あの非常識な風景を実現できやしないはず。だが、カイ・ハイネマンが偽りを述べる意義にかける。だとすれば、あの本が原因なのは真実なのだろう。考えられるとすれば、カイ・ハイネマンが所持したことで、アイテム自体が変質してしまったこと。

なんという存在だ。大神に匹敵する力を既に有し、しかも世界創造の力すらも獲得してしまう。これほどの力の持ち主など、聞いたこともない。だから、ずっと疑問に思っていたことを尋ねてみたくなったのだ。

『貴方は、このダンジョンで何を成そうとしているんですか？』

カイ・ハイネマンにとってこのダンジョンのクリアなど障害にすらならない。なのにあえてクリアをせずに、このダンジョンの正規ルートを歩む理由。それがギリメカラはこの時、どうしても知りたかった。

「んー、強くなることだろうな」

カイ・ハイネマンのこの返答は、ギリメカラにとって予想すらしなかったこと。

『い、今よりも強くなれると？』

今以上の存在になれる？　既に大神に比肩する力を得ながら、そう本気で考えているというのか？　それはあまりに強欲で常軌を逸した思考。

「もちろんだとも。私はまだまだ未熟。最近運よく能力制限の手袋を手に入れたからな。これで能力を制限すれば、よりシビアでゾクゾクする闘争を味わえるってものだ」

この目の前の存在は、頭のネジが完璧に飛んでいる。こんな神はいまだかつて見たことがない。だが、そのあまりに潔い破綻っぷりに、ギリメカラは途轍もない憧憬を抱いていることに気付く。

（そうか。先ほどの涙はそういうわけか）

ようやく己の内心を理解し、迷いも、戸惑いも、疑念も、そしてかつての主に対する忠誠心すらも全て吹き飛び、目の前の存在に対する強烈で抗うことのできぬ信仰心に置き換わっていく。だから――。

『このゴミムシ、貴方に以後、絶対の忠誠を誓いまする』

ギリメカラは大地に跪き、至高の主《あるじ》から初めて賜《たまわ》ったその名で、己の魂からの誓いを口にしたのだった。

◇◆◇◆◇◆

——ゲーム開始から5万000千年後。

まさに、万世《よろずよ》の年月が経過する。

私はダンジョン1階から再度、魔物を狩りまくって図鑑を埋めながら、ダンジョンを攻略していく。途中から出現する魔物にまったく手ごたえを感じなくなってしまったこともあり、私は獲得した【封神の手袋】により、己の能力を制限しながら、闘争に臨んでいる。

こんな面倒な手袋をしている理由は、敵にエンカウントしても基本瞬殺で終わり、修行にならなくなってしまったから。具体的にはステータスの各能力値が一万を超えたあたりから、めっきり上昇しなくなってしまう。

こんなものが私の限界か？　それはありえない。私はまだまだ強くなれるはずなのだ。なぜなら、あらゆる事項に関し事実上限界がないことが、私の【この世で一番の無能】のギフトの唯一といってよい長所のはずだから。だとすれば、強くなる方法が誤っているということ。

この件につき、思い悩んでいる時、実に都合よく、この【封神の手袋】を手に入れた。

この【封神の手袋】は、手袋をはめた者の魔力や身体能力を自在に抑制することのできる手袋。これにより、私の力を抑え込むことが可能となったのだ。

この点、ステータスはギリギリの綱渡りのような命懸けの闘争で相手を倒す方がよりステータスの上昇率が高くなることに、かなり前から気付いていた。試行錯誤した結果、この【封神の手袋】により能力を制限した上で強者に挑み、ズタボロになりながら勝利した時、ステータスは跳ね上がるという事実を発見する。この法則を発見した時の歓喜は、長い年月が流れた今でもはっきりと覚えている。当然だ。これで私はまだまだ強くなれる事が証明されたのだから。

以来、私は【封神の手袋】で限界ギリギリまで能力を制限した上で、ダンジョンを攻略していた。現在、私とファフの二人は草原ゾーンを抜けて600階層に到達したところだ。

600階層は周囲が滝で囲まれた半円状の草原だった。その中心には黄金の鎧に身をまとった頭部が獅子の獣人族に似た魔物が徒手空拳で佇んでいた。

『新参の神《もののふ》か。フハハッ！　この600階層までをたった二柱《ふたり》で到達したというのか。面白ぃッ！　面白いぞっ！　貴様らぁぁッ！』

獅子の顔を狂喜で歪めながら、仰《の》け反《ぞ》り気味に咆哮する。そして、右肘を引き、重心を低くする。この一寸の隙もない構え、間違いない。武道家のものだ。しかも超一流の。

いい、いいぞ！　武道を嗜《たしな》む魔物には初めて会った。今までの魔物は厄介な特殊能力を保有はしていたが、能力任せの力押しばかりで張り合いがなかったのだ。だから、この者のような真の武道家との闘いは私の琴線《きんせん》を殊《こと》の外《ほか》刺激する。

【封神の手袋】で身体能力を著しく低下させている今なら、魂が震える闘争ができよう。

獅子の獣人に唸り声を上げて身構えるファフに、

「ファフ、すまんな。こいつは私に譲ってくれ。なかなか楽しめそうなのだ」

そんな懇願の言葉を伝え、【絶対に壊れない棒】をアイテムボックスから取り出して、奴に向けて構える。

「はいなのです！」

ファフは私の顔を見上げていたが、すぐに元気よく右拳を突き上げて背後に退いてくれた。

『タイマンか。驕り……ではないな。儂と同じ、貴様も生粋の闘神《もののふ》ということか。いいだろう！　儂は、神獣王ネメア！　いざ尋常に勝負っ‼』

奴が大きく息を吐くとその肉体が赤褐色に染まっていき、濃厚な紅の魔力が漏れ出してくる。

「私はカイ・ハイネマン。剣士だ」

次の瞬間、私たちは衝突する。

剣と拳が打ち合わさり、その衝撃により同心円状に暴風が吹き抜けていく。

既に私たちは幾度となく剣と拳を交わせ、お互い無視できぬ傷を負っている。ネメアの全身は血まみれであり、至るところに青あざをこしらえている。そして、それは私とて大差ない。

強者との本気の命の取り合いは久方ぶりに心が躍った。だが、祭りには終わりはつきものだ。

爆風をまとって迫る奴の右拳を鼻先スレスレで避けようとするが、不自然に軌道を変えて私の蟀谷《こめかみ》へと向かってくる。それを折れている左手を絡ませ巻き込み回転させることにより、逸らす。

『ぬっ⁉』

僅かに重心を崩した奴の腹部に向けて横一文字に、【絶対に壊れない棒】を一閃する。

ネメアは丸太のような右腕で受けるが、ぐるぐると地面を転がり、肩で息をしながら起き上がった。

『強い……、強すぎるっ！　身体能力では儂の方が遥かに上のはず。だが、肝心要の儂の武が全く通用せん！　いや、それも違うか。おぬし、それが本気ではないな？』

「いや、本気だったさ」

ネメアの武は本物だ。私とて遊んで勝利できるようなものでは断じてない。現にネメアの蹴りをまともに受けて左手は折れてしまっているし。

『武にあるのは真実のみ。謙遜《けんそん》など不要！　そして、儂は武神《ぶじん》だ。手加減されて敗北するのだけは我慢ならん。儂が本気に値しないのはわかっている。だが、どうか本気を見せてほしい』

奴は姿勢を正すと、頭を深く下げてくる。誓ってもいい。本来こやつはこのような態度をとるような奴じゃない。プライドを捨ててでも武人の矜持を全うするか……。

「別にお前を舐めたわけじゃない。だが、そうだな。確かに同じ武人に対し、いささか礼を失していた。すまない」

私はおよそ数万年ぶりに【封神の手袋】の効力を完全に切る。

『な、なんだ、これはっ⁉　グハハハハハハハーーーッ！　勝てる勝てないではない！　そもそも、次元が違いすぎるッ！』

ネメアは両腕を大きく広げ、声を上げて笑い出す。その顔は激しい狂喜に染まっていた。

私は【絶対に壊れない棒】をアイテムボックスへ収納し、腰の【雷切】を鞘から刀身を抜き放ち、上段に構える。

「お前の誇りを汚してしまった私からのせめてもの詫びだ。今の私の最高の一撃をもってお前を倒そう」

私は息を吐き出し、精神を研ぎ澄ませていく。そして――。

「真戒流剣術一刀流漆《しち》ノ型――世壊《せかい》」

奴目掛けて黒色のオーラを纏う【雷切】を振り下ろした。

ネメアの身体は袈裟懸《けさが》けに引き裂かれる。そして、その傷口が闇色に染まり、まるでその闇に浸食されるかのように、狂喜の籠った笑い声とともにネメアの姿は瞬時に塵と化してしまう。

真戒流剣術一刀流漆《しち》ノ型――世壊《せかい》。ほんの小さな傷でも一度受ければ最後、そこから崩壊が始まり、たちまちそれらは伝播《でんぱ》しながらその範囲を拡大していく。そんな悪質極まりない技。

この技はギリメカラの矯正が終了し、図鑑内に奴のテリトリーを創った途端完成していたものの。タイミングからいってあの図鑑が絡んでいるのはまず間違いあるまい。

世壊は魂には全く影響を与えないことは既に確認している。あとはこの図鑑の出番だ。

やはり、『ネメアの魂がありますか？　図鑑に捕獲しますか？』との透明の板が生じていた。

狙い通り、奴の魂をゲットする。私はああいう愚直な奴は嫌いじゃない。是非、私の配下になってもらうとしよう。

私は図鑑にネメアの魂を捕縛して、魔力を込めることにより、その肉体を再構成させる。

地上へ戻り、図鑑を開いてネメアを【解放《リリース》】する。

目の前に生じる黄金の鎧をまとった獅子顔の獣人。ここまでは計算通り、あとはこいつが素直に私の配下になることを受け入れるかだが、まあ、上手くやるさ。

「お前は、今日から私の部下だ。異論は認めない。従え」

有無を言わさぬ言葉に、ネメアはしばしポカーンとした顔で私を凝視していたが、

『ブハハハハッ！　グハハハッ‼』

すぐに顔をくしゃくしゃに歪めて噴飯する。

うーむ、今の私の会話に面白い箇所が少しでもあったか？　笑いのツボがよくわからん奴だ。

腹を抱えて散々笑った後、ネメアは先ほどまでとは一転、神妙な顔で地面に片膝を突き、左腕を背中に、右腕を前に添えると首を垂れる。

『儂の忠誠を貴方に誓おう！』

今最も私が望んでいる言葉を口にした。

◇◆◇◆◇◆

――ゲーム開始から6万5千年後。

600階層から100階層進むのに約1万年弱過ぎた。600階層までは一階から遡《さかのぼ》り徹底的に討伐図鑑を埋めていたせいで、途轍《とてつ》もない期間がかかったが、今回はただ単に前に進むだけだったせいだろう。階層の攻略自体はサクサク進んだ。ま、それでも一万年近くかかってしまったわけであるから、この迷宮がどれほど馬鹿馬鹿しい広さなのかは明らかなわけだが。

そんなこんなで、私たちは第700階層に到達する。700階層は果てが見えない草木の一本も生えぬ真っ赤な大地、そしてその空には、血のように真っ赤な空が広がっていた。その赤一色の風景の中、一匹の紅の巨大な怪鳥が大地に鎮座している。

『ほう、見ない顔だ。無名者がこの階層までくるか。随分、外の情勢は変容しているようだ。だとすれば、あの――』

怪鳥はブツブツと独り言を呟き、己の世界に埋没してしまっている。

ヤバイな。こいつの強さがまったく判断できん。というか、ここの周辺で出没する鳥系の魔物とどこが違うんだ？　これは、【封神の手袋】の副作用だろうが、最近さらに他者の強さの判断が困難となっている。

「んー、ファフ、お前はこいつ、どう思う?」

「こんがり焼いたら、美味しそうなのです!」

涎《よだれ》をジュルリと垂らし、ファフは期待を裏切らないコメントをする。

そうだよな。ファフは食いしん坊だし、特に鶏肉は好物だものな。だが、私が聞きたかったのはそういう事ではないのだよ。

「ファフ、お前は淑女なのだぞ。食欲ばかりを優先してはダメだ。特にこんな言葉を話す怪しげな怪鳥《ゲテモノ》など食らえば、腹を壊してしまう」

「うー、でも美味しそうなのです」

人差し指をくわえながら、ショボリと項垂れるファフに、

「地上に戻ったら飯を作ってやるから今は我慢しなさい」

その頭を撫でながら、諭すように語り掛ける。

「はいなのです!」

元気よく右腕を突き上げるファフ。うむうむ、素直でいい子だ。

『き、貴様、今、この私をゲテモノと言ったのかっ!』

「あー、ただの言葉のあやだ。だから、いちいち目くじらたてるなよ」

左手の小指で耳をほじりながらも顔を顰めて五月蠅《うるさ》い怪鳥を宥《なだ》めようとする。

『許さぬッ！　この神鳥フェニックスに対する不敬──絶対に許せぬぅッ‼』

　据わった声を上げて、翼を羽ばたかせ空に浮遊する。

『あーまたか……不憫……試練【フェニックス】を倒せ、が開始されます』

　頭内に響くいつもの女の憐憫《れんびん》の感情がたっぷり含有した声。この女の声、久々に聴いたな。不貞腐れていたのか、ファフが仲間になってからとんと耳にしなくなってしまったのだ。

「ファフがやるのです！」

　やはり口から出る涎を拭い、ファフが勇ましく両手のナックルを打ち付ける。

　ファフ、気合入りまくっているところ悪いんだがね、結局、お前、あの怪鳥を食べたいだけだろう？

「いや私がやる」

「えーー、なのですッ！」

　案の定、批難の声を上げるファフに、

「今晩、とびっきりの焼き鳥を御馳走してやるから、我慢しなさい」

　彼女が最も望む対価を提示してやる。

「うー、わかったのです」

　やっぱり、名残惜しそうに、親指をしゃぶるファフ。

『なめるなぁぁーーー‼』

怪鳥は顔を天に向けて怒号を上げる。刹那、火柱が私たちの頭上に落ちてくる。

ファフはまるで虫でも叩き落とすかのように、その火柱を右手で払うと霧散してしまう。私については熱の吸収能力により、その炎は私に吸い込まれてしまった。

『んなっ⁉ 私の炎が――』

馬鹿丁寧に解説してくれている怪鳥を雷切により、一刀両断する。

真っ二つに分かれたのだ。てっきり、試練終了かと思ったのだが、その宣告はない。

『クハハハハッ‼ そんなもの効かぬ！ 効かぬぞッ！』

高笑いをしながら、五体満足の怪鳥が空中にプカプカ浮いていた。

「ふーむ、私は今きっちり殺したと思ったんだがね？」

脳天から垂直に真っ二つにしたのだ。通常なら即死だろうさ。

『無駄だ！ 私は不死にして不滅。不死の神鳥よ‼ 貴様ごときの――』

試しに首と翼、両足を雷切の雷で蒸発させてみる。

「どうやらホントのようだな。あとは――程度か」

『貴様ぁッ！ 話の途中で斬りつけるとは――』

今度はその全身をバラバラの破片まで分断してみる。次の瞬間、紅の炎が上がると怪鳥の形を一瞬で復元した。

『だから、話の途中で攻撃するなといっとろうがッ！』

私から距離を取るべく空高く舞い上がると私に射殺《いころ》すような視線を向けてくる。

『まあいい、どうだ、理解したかッ！　私は不死！　幾千幾万の死でも蘇る死と再生を司る鳥神なり！』

得意げに宣う怪鳥の言葉が正しければ、こいつはいくら刻んでも死なぬようだ。ふざけた再生能力を有する敵には何度か出くわしたが、流石に無限の生を持つものにはお目にかかったことはない。

「くははッ！」

口から濃厚な歓喜を含有した笑い声が滑り出していた。

いいぞ！　いいぞぉぉ、怪鳥ぉぉぉッ！　お前の言葉が真実なら、この私が正攻法で勝てぬという事ではないかッ！　無論、あの技を使えばあっさり勝負がつく可能性が高いが、そもそも力押しで勝てぬ相手などこの数万年、とんとお目にかかっていない。

『不死の私に勝てぬとわかって、とうとう気でも触れたかっ⁉』

己に湧き上がる僅かな焦燥を吹き飛ばすかのように、雄々しく叫ぶ怪鳥。

「最高だ！　お前、最高だよっ！」

『不憫……だからこいつの戦いのジャッジ、嫌だったのよ……』

女の呟きが微かに頭の中に反響される中、私はとびっきりの歓喜とともに、怪鳥の殺害を開始した。

――怪鳥の殺害開始から5時間後。

奴の全身を細切れの破片まで切り刻んだ時――。

『はいはい。フェニックスの討伐を確認しましたぁ～。試練がクリアされましたぁ～』

妙に投げやりな女の声が頭の中に響き渡る。

「は？」

いや、まだ5時間程度しか経っていない。仮にもあれだけ不死、不死と宣っていたのだ。流石にこの程度で音を上げるなどありえんだろ！

だが、私の切実な期待とは裏腹に眼前に出現する透明の板。

『フェニックスの魂があります。図鑑に捕獲しますか？』

クソがっ！ あの口だけの根性なしの怪鳥め！ あれだけ不死と宣ったのだ！ せめて10年くらい持たせてみせろ！

期待していた分だけどうにも憤りが収まらん。あの怪鳥、討伐図鑑でその甘ったれた根性を徹底的に鍛え直してやらねばな。フェニックスの魂を図鑑に捕獲していると、

「ご主人様、ファフ、お腹ペコペコなのです」

ファフの不満たっぷりの声が鼓膜を震わせる。

「すまん、すまん、すぐに飯にしよう。今晩はファフの好きな焼き鳥だぞ」

「わーい、なのです！」

　ピョンピョンと跳ね回って喜びを表現するファフに、

「まあ、確かに10年間はファフの腹がもたなかったな」

　そんな当たり前の感想を口にしつつ、私は地上へと戻るべく足を動かしたのだった。

◇◆◇◆◇◆

　ファフはドラゴンなのです。しかもただのドラゴンではなく、神格を持つ神竜なのです。

では、なぜ、こんな冷たい迷宮にいるのかというと、大昔のことでよく覚えていないのです。

多分、誰かにこの迷宮を守護するように頼まれたのです。忘れちゃったのですが、その時誰かに大切なことを言われたような気がしたのです。それはとっても、とってもファフにとって大切だったと思うのです。だから、ファフは挑戦者の存在を待ち続けたのです。

　そして、その時は訪れたのです。ご主人様なのです！　ご主人様は剣の一振りでファフの背後の壁をドロドロに溶かしてしまったのです。この場所には特殊な結界が張られており、通常の攻撃ではビクともしないはずなのにです。ファフはこの時、ご主人様がとっても、とっても怖かったけど、ふと誰かに言われたことを思い出したのです。

　――いつか、君を解放する者が訪れる。その時が訪れた時、一緒についていくんだ。

だから、ファフはこの時ご主人様についていきたい。そう願ったのです。

それから、ご主人様との生活が始まったのです。

一緒にご飯を食べて――。

一緒に冒険に出かけて――。

一緒に武術の訓練をして――。

一緒に本を読んで――。

一緒に眠ったのです。

特に――。

「ご主人様、ファフ、美味しいのですっ！」

ご主人様の作ってくれるご飯は美味しくて頬がとろけそうなのです。

「そうか、よかったな」

ご主人様がいつものようにファフの頭をナデナデしてくれます。それがとても心地よくて思わず目を細めてしまうのです。

朝ごはんを食べて、ご主人様と家の外に出るとギリメカラが配下と思しき数柱とともに跪いていたのです。まだ一度も目にしたことがないので、新参の配下だと思うのです。

『御方様《おんかた》、この者どもは新たに我が眷属となった者です』

緊張気味に首を垂れるギリメカラの配下の者たちに、

ご主人様はいつものように、激励の挨拶をしたのです。

「ああ、励め！」

『ありがたき幸せッ！』

配下の者たちは涙を浮かべ、身を震わせてその言葉を絞り出すのです。

ギリメカラたちにとってご主人様は、ただの主人ではなく、信仰の対象。自身が信じる神にも等しいのです。故に、ご主人様のこの言葉は、彼らにとってはまさに天啓に等しいのだと思うのです。そして、この大好きなご主人様が称えられる場面を見ると、ファフもつい得意気になってしまうのです。

今日もご主人様と迷宮探索へ行くのです。

ファフはご主人様との迷宮探索が一番好きです。だって、今ご主人様が同行を許しているのはファフだけなのだから。ご主人様の後を付いていくと、７５０階層へと到着したのです。

７５０階層は辺り一面広大な沼地で、その中には一匹の巨大山椒魚《さんしょううお》がいたのです。

その山椒魚は斬っても、斬っても再生してしまうという出鱈目な回復能力があったのです。

ご主人様は口では鬱陶《うっとう》しいと言っていましたが、どこか嬉しそうでもあったのです。

そして、遂に山椒魚が動かなくなった時――。

「そうか。終わってしまったのだな……」

ご主人様はそう小さく呟きました。その横顔がどこか寂しそうで、儚く見えて胸が締め付けられそうになり、ファフはご主人様に抱き着いたのです。

「どうした？　ファフ？」

恐る恐る見上げて確認すると、ご主人様はいつもの笑顔でファフの頭を撫でたのです。

「なんでもないのです」

少し安堵しつつ、ファフはご主人様の胸に顔を埋めてそう呟いたのです。

「地上に戻るか。ん？　なんだ、ありゃ？」

ご主人様がファフの手を引いて踵《きびす》を返そうとした時、巨大山椒魚の死体から、ポヨポヨとした無数の液体の塊が出てきたのです。

「スライムぅ？」

素っ頓狂な声を上げるご主人様に、スライムたちは群がり纏《まと》わりついていきます。

「離れるのですっ！」

ご主人様が襲われている。その事実に心を掻きむしられるような激しい焦燥を感じ、スライムどもに飛び掛かろうとした時、

「ファフ、大丈夫だ。こいつらからは敵意を感じん」

ご主人様は右手を掲げてファフを制止すると、足元のスライムたちを撫で始めたのです。

ご主人様に撫でられて嬉しそうにプルプル震えるスライムたち。

「お前たち、あの生物の中に閉じ込められていたのか？」

一斉にプルプル震えるスライムたちにご主人様はしばし思案していたのですが、

「お前たちはもう自由だ。これからは好きに生きるのだ」

そう伝えると、地上へ向けて歩き出したのです。

その後もスライムたちはぞろぞろと地上までご主人様についてきたのです。


そのあとも来る日も来る日もスライムたちは、ご主人様の後を付いて回り、そして気が付くと図鑑の住人となっていたのです。きっとスライムたちも当初はご主人様に救い出されたことへの恩返しをしたくて付いて来たのだと思うのです。でも、そのうち、ご主人様が大好きになってしまったのです。このようにご主人様はただ強いだけではないのです。図鑑の皆もご主人様が、だーーーーーーい好きなのです！

でも、嬉しい反面、少し不安もあるのです。あのご主人様の寂しそうな顔なのです。あの表情が、どうしてもファフの頭から離れないのです。いつかご主人様はファフの前から姿を消してしまう。そんなありえない妄想に最近頻繁にとり憑《つ》かれてしまうのです。

だから、ファフの寝床でご主人様が頭を撫でてくれている時、尋ねてみる事にしたのです。

「ご主人様？」

「ん？　なんだ？」

「ファフとずっとずっと一緒にいてくれるのです？」

ご主人様はファフのこの質問に僅かに驚いたような顔をしていたのですが、すぐにいつもの優しい笑みを浮かべて、

「ああ、ずっと一緒だ」

そう噛み締めるように断言したのです。それがとても嬉しくて、とってもとっても安心してファフは瞼を閉じたのです。そうしたら、意識はスーと薄れていったのです。

――どうか、ずっとこの幸せが続きますように……。

◇◆◇◆◇◆

――ゲーム開始から8万4099年　到達階層899階。

早朝、ファフとともに迷宮探索をするべく私が寝泊まりをしているコテージを出ると、

「ギギッ！」

地上では討伐図鑑に捕獲した数千のバッタマンが、隊列を組んで武術の構えを取りながら、右拳を突き出していた。そのバッタマンたちの前で両腕を組んでいた獅子面の獣人ネメアが私に気付くと、

『止めェ！　一同、気をつけっ！』

大号令を上げる。

一斉に姿勢を正すバッタマンたち。

そういや、今朝はバッタマンたちの鍛錬の日だったな。

毎日、ネメアに一定のローテーションで捕獲した魔物たちに武術を教えさせている。武術の鍛錬がない日は、魔物たちには無理のない範囲で迷宮に籠っての修行や図鑑内の己の世界での鍛錬を指示している。故に私の配下の魔物たちはメキメキと実力を上げて、それなりの強度になっていると自負している。

「ごくろう。励め！」

いつものように端的に指示を出すと、

『ギガッ！（ハッ！）』

数千のバッタマンたちは左の掌に右拳をあてて、一礼してくる。

このように、討伐図鑑に捕獲した魔物には人並みの知性があり、私との意思疎通すら可能なのだ。この性質により、この者たちの鍛錬の効率は飛躍的に向上した。

『僕もマスターについていくっ！』

私の頭の上に乗る小狼が小さな右手の肉球を掲げて、そう宣言する。

そして、足元にはポヨポヨした青色の粘液の塊たちが私にすり寄ってきていた。

この子狼が【フェンリル】で、今もぷよぷよと私の足に纏わりつくスライムたちが、【ヒーリングスライム】だ。

フェンリルは、800階層のフロアボスだったが、この子狼の外見だ。とてもじゃないが剣を振るう気にはなれなかった。そこで、対策を考えた末、餌付け作戦を実行した。

この点、ジャングルのゾーンで肉や果実や野菜のようなものも獲得し、レパートリーはかなり増えた。さらに、調理の書物のお陰で様々な調味料も開発して料理の質はかなり上がっていた。この開発した特性のタレがたっぷりかかったステーキを提供したら、あっさり篭絡して降伏宣言をしてしまう。ファフのような人化も起こらなかったことから推測するに、きっとファフの人化は例外中の例外だったんだと思う。条件はさっぱりわからんわけであるが。

以来妙に懐かれてしまい自ら討伐図鑑の眷属になりたいというので、許可して今に至るってわけだ。

対してヒーリングスライムは、このなりで第750階層のフロアボスだ。より正確にいえば、こいつらが内部に入った巨大山椒魚がボスだったわけだが。この巨大山椒魚は途轍もない修復力があり、殊《こと》の外《ほか》鬱陶しかったが、討伐した途端、その内部からこのスライムたちが多数出てきた。以来、スライムたちはずっと私についてきて、知らぬ間に討伐図鑑の住人となっていたのだ。

「構わんぞ。最近遊んでやれんかったしな。すまんがお前たちはお留守番だ」

フェンリルことフェンの頭を一撫でして、今もすり寄ってくるヒーリングスライムをナデナ

デする。ポヨンポヨンと気持ちよさそうに震えるヒーリングスライム。ニンマリと笑いながら、撫でていると、

「ずるいのです！　ファフもナデナデしてほしいのですッ！」

　隣の甘えん坊ドラゴンが悔しがる。

ファフ、お前なぁ……事あるごとにナデナデはしているだろう。フェンとヒーリングスライムが増えてから、特に甘えん坊具合が増してしまったな。

「わかった。わかった」

大きなため息を吐くと、ファフの小さな頭を左手で、スライムたちを右手で十分撫でたのち、迷宮に入っていく。

　８９９層の階段前に設置されている転移陣に転移し、奥に延びる９００階層へと続く階段を下っていく。石造りの階段には幾多もの赤色の門が設置されていた。その中をくぐり下りていくと、周囲を木々で覆われた空間に出る。地面は真っ白な砂利が敷き詰められ、木造の建物が荘厳に聳え立っていた。これは異界の本に出てきた『ジンジャ』という施設だろうか。

　建物の正面の扉が軋み音を上げて開くと、その中から九本の尾を持った美しい若い女が姿を現す。艶やかで足首近くまで伸びる銀色の髪に、たわわに実った双丘とくびれた腰、その頭にチョコンと二つの獣の耳がのっている。十中八九、ネメアと同様の獣人系の魔物だろう。あのやけに露出の多い衣服は異界の本に出てきた『ワフク』ってやつだろうか。

「よくぞここまできんした。名もなき神《殿方》よ」

透き通るような美声で、両腕を広げると芝居がかった台詞を吐く。ともかく――。

「論外だな。降伏しろ」

相対せばわかる。こいつは弱い。私は罪もない弱い女をいたぶる趣味などない。ファフやフエンのように降伏してもらえれば、それでいい。

「何の冗談でありんす？」

銀髪の獣人の女は、形の良い眉をピクッと動かし、頬をヒク突かせながら、尋ねてくる。

「お前はあまりに弱すぎる。お前では私には絶対に勝てんよ。そして、私はお前と戦う気もない。故に、お前が降伏するしか道はない。わかったな？」

うむうむ、なんという完璧な理論構成だ。これなら、素直に納得してくれることだろう。

「くふっ、くふふふっ……」

銀髪の獣人は俯き気味に、小さな口から薄気味の悪い笑い声を漏らす。

「そうか。そうか。そんなにほっとしたか。なら、私も暇ではない。とっとと降伏宣言をしてもらおう」

まあ、まったく忙しくもないわけだが。

「ふふふふ……」

さらに大きくなる笑い声。

「ぬ？」

そのあまりに常軌《じようき》を逸《いつ》した笑い声とその姿に、流石に背筋に冷たいものが走り、思わず眉を顰める。

『マスター、あのお姉ちゃん、怖い』

頭の上に乗っていたフェンが私の背後に退避しながら、そう叫ぶ。

「ファフも怖いのです」

私の背後に隠れてチョコンと顔だけ出して、銀髪の獣人の女を眺め観るファフ。

わかる。わかるぞ。お前たちの気持ちは痛いほどわかる。銀髪の絶世の美女が悪鬼の形相で笑っていれば、それは恐怖の一つも覚えよう。

「妾が弱いか、試してみるでありんすッ‼」

女は文字通り、怒髪天を衝くがごとく銀色の髪を乱しながら、私に向けて疾走してくると、その鋭い爪を振るってきたのだった。

銀髪の女の透き通るほど真っ白な肌には玉のような汗が浮かび、肩で息をしている。

当初は火柱を出したり、氷の棘や風の刃を顕現させて放ってきたりしていたが、吸収能力を有する私に効果などあるはずもない。遂にあの鋭い爪での攻撃に終始することとなる。

「もういい加減諦めろよ」

「余計なお世話でありんすっ！」

私の脳天に向けて振り降ろすその右手の爪を避けると、銀髪の女は躓《つまず》いて顔面から地面に激突しそうになる。咄嗟《とっさ》に、その細い腰を右腕で支えると抱き寄せる。

「ほら、言わんこっちゃない」

目と鼻の先で私の顔を凝視する銀髪の女の顔が急速に紅潮していき、その口がアワアワと揺れ動く。女を地面に立たせると、

「今日はこれで終いだ。また、明日遊んでやる」

そう頭頂部をポンポンと掌で叩くと、踵を返す。

どうせ、時間は無限にあるのだ。お遊戯くらい付き合ってやるさ。


それから、この40年近く、この900階層に通ってはこの銀髪の女の遊びに付き合っている。

この900階層より先はこの女を屈服させなければ、進めない。だが、力ずくにより、それをする気など毛頭ない。この女の精神年齢が相当低いことに気付いてから益々、その決意は固くなった。

それに私には時間が無限にあるのだ。焦る必要はない。要は根比べなのである。

「では今日はこれで終いだ」

汗だくとなった銀髪の女に、本日のお遊戯の終了宣言をして、地上へ戻ろうとすると、

「ねぇ」

「ん？」

呼び止められて肩越しに振り返る。

「次はいつ来るんでありんす？」

両手を絡ませ上目遣いで尋ねてくる銀髪の獣人の女に、

「あー、明日は来る予定だぞ」

即答してやる。

「そう！」

嬉しそうにほほ笑むと、

「じゃあ、また明日でありんす！」

両手をブンブンふる。私的にはいい加減降伏してほしいんだがね。

生憎、次の日は討伐図鑑の竜どもが、『ドラゴンの誇りを守る会』とかいう旗を振って、『ギリメカラ派の者どもは直ちに我らに謝罪せよ！』と主張し始めてしまい、その対応に追われてしまう。何でもギリメカラ派の幹部の一人が、討伐図鑑の竜《ドラゴン》のことを蜥蜴《とかげ》扱いしたらしい。心底どうでもいい話だ。だが、竜どもは本気《ガチ》であり、一触即発の状況となってしまっていた。

結局、私とファフが間に入り、口を滑らせたギリメカラの幹部の一人に謝罪させてようやく二日後、手打ちとなる。

ちなみに、ファフは竜たちにとってボスであると同時にマスコット的存在でもある。ファフがいれば竜たちは終始ご機嫌だ。今日一日ファフには竜たちを宥めるよう指示を出しておいた。ファフも竜たちと一緒ならばご主人様不在の禁断症状は出ないだろうし、適切な役割分担だと思われる。

というわけで今日は私一人で九尾の下へ来ているわけだが……。

「で？　今日は戦うのか、戦わないのか？」

今も頬を膨らませてそっぽを向いている銀髪の女、九尾《きゅうび》に尋ねるが、

「……」

つーんと無言でそれに答えるのみ。

まったく、子供だな。これでは、ファフやフェンと大差ない。だが、この調子では今日は無理だろう。

立ち上がって地上へと戻ろうとすると、

「い、行っちゃうの？」

不安そうに尋ねてくる九尾に、深いため息を吐いて、

「なあ、そんなに一人が寂しいなら、私と一緒に来ないか？　多分、退屈はせんと思うぞ」

そんな提案をしてみる。

「そ、そなたと一緒に？」

「そうだ」

九尾はモジモジと両手を絡ませていたが、

「じょ、条件がありんす」

ボソリと口にする。

「ん？　なんだ？」

「最初あった時のように、ぎゅっとしてほしいでありんす」

「その程度のことでいいのか？」

「……」

頬を紅に染めて無言で九尾はコクンと顎を引く。

まったく、そんなもので済むなら早く言ってくれよ。ま、別に時間は腐るほどあるし、大して困らんわけだが。

私は触れれば壊れそうな九尾の身体をそっと抱き締める。さらに全身が紅潮していく九尾。

「だ、旦那様《だんな》と呼んでいいでありんすか？」

震える声でそんなどうでもいいことを尋ねてきたので、

「ああ、好きに呼べばいいさ」

当然に肯定してやると、九尾は私の胸に顔を押しつけてきた。

まったくもって、よくわからん女だ。ともかく、これで先に進めるな。

今も私にしがみ付く九尾の軽い身体を抱きかかえると、地上へと帰還したのだった。

◇◆◇◆◇◆

——ゲーム開始から9万５３３３年　到達階層９４９階。

９４９階層は今までとは景色が一変し、おどろおどろした不気味なものへと変わる。常に黒雲で覆われて薄暗く、地面や枯れ木にはよくわからない生物の腐った死体が散乱し、よくわからん気味の悪い生物Xなどが跋扈《ばっこ》していた。普通の神経をしていたら、軽く病んでいただろうが、私はそんなまっとうな精神構造などとっくの昔に絶滅してしまっている。

一つ問題があるとすれば、あまりこの手の景色をファフには見せたくはないということくらい。故にこの９４９階層だけはファフが寝静まってから探索をしている。ファフは一度熟睡すると朝まで起きない。それを利用したわけだが、多分長くはもつまい。直に気付かれる。そうなったら、多分、また拗ねるだろうし、早くこのゾーンを抜け出さなくてはな。

そんな理由でエンカウントした山のように大きな大蛇のような生物や地面の中を泳ぐ鮫どもを即殺しながら、下層へと続く階段を目指す。そんな時遠方に城のようなものが視界に入る。

「あれは——城か。少なくとも、下層への階段ではないな」

ご主人様不在の禁断症状がいつ発症するかわからぬお子様を抱えている今の切迫した状況を鑑みれば、行く余裕など微塵もないのは間違いない。だが、眼前にポツンと立つ矢印の形をした大きな立札に私は目を奪われてしまっていた。

――バブバブキャッスル（スティンクパラダイス）！　関係者以外立ち入り禁止！

この立て札はいかんぞ。反則だ。こんな面白そうな立札、是非来てくださいと言っているようなものではないか。まあ、少し寄り道をしても大した時間のロスにはなるまい。そうだ。何があるか確かめたらすぐに戻ってくればいいしな。そう全力で自分に言い訳をしつつ、私は城の正面の扉へと向かう。

「すごい臭いだな」

鼻が曲がりそうな臭いの中、城の正面扉へと近づくと自然に黒色の金属の扉が観音開きに開く。さらに臭いがひどくなる中へと私は足を踏み入れる。

城の中の広い通路には真っ赤な絨毯が敷き詰められている。その通路の脇には蝿の頭部をした二足歩行の魔物が一糸乱れぬダンスをしている。敵を招き入れるにしては随分と余裕だな。

「益々、面白いではないか」

８００階層から下層となり、一部の例外を除きエンカウントしても回れ右をして全力疾走で逃亡を図ろうとする魔物ばかりだったのだ。この蝿の魔物どもからは一貫して私に対する敵意も恐怖も感じぬ。おまけに、こんなふざけたトリッキーな態度をしてきているのだ。おそらくこの蠅人間どもは、己の強さに一定の自負でもあるのだろう。だが、こいつらが他者の強さに鈍感だとは思わない。逆だ。こいつらからは辛うじて他の外の魔物との強さの違いを感じる。こんなことは、この数万年で初めてかもしれん。さらに言えば、きっとこいつらは前座。この先にはこいつらのボスがいる。もしかしたら、【封神の手袋】により強めに能力制限したこの状況ならば、以前のようにまっとうな死合いをすることができるかもしれぬ。それは最近の私にとって唯一の渇望になりつつあった。

「いいな。お前らマジでいいぞ」

はやる気持ちを抑えながら、私は奥へと歩を進める。

益々、悪臭が強くなるが私にとって臭いなどさしたる障害には感じない。むしろ、この先にある心躍る闘争に狂喜しながら、私は王座の間へと至る。

王座の間内は緩やかな階段となっており、玉座へと続いている。その階段の両脇には例のごとく蠅頭の怪物が一定位置で佇立《ちょりつ》していた。そして、階段の最上段にある玉座には、頭に王冠を被った二足歩行の巨大な蠅が踏ん反り返っていた。真っ赤なマントを羽織り、首には涎掛けをし、口にはおしゃぶりをしている。そんな冗談のような格好とは対照的に奴からは強者の威風をビンビン感じる。

『ベルゼバブデブー♪　ベルゼバブデブー♪　ブーブー、ブーブー、バブバブ♬』

階段の脇に並ぶ蠅どもが一斉に耳障りな声色でコーラスを口遊《くちずさ》む。

前掛けにおしゃぶりをした蝿が、勢いよく立ち上がると右手を器用にも胸に当てて、

『ベルゼバブデブー♪　ベルゼバブデブー♪　ブブデバブデブー♩　ウジウジしていてとっても臭い、蝿の中の蝿、キングオブ蝿、それがバブゥ♫』

吟遊詩人のごとく熱唱する。

「で？　そのキングオブ蝿様が、私と戦ってくれるのかね？」

『ベルゼバブデブー♪　ベルゼバブデブー♪　ブブデバブデブー♩　糞まみれで、とっても香《こう》ばしい、それがバブの求めるパラダイス♬』

私の疑問が聞こえているのかいないのか、やはり声を張り上げてリズムカルに歌う蝿男。同時に通路の脇の蝿頭たちもけったいな踊りをシンクロさせる。

「もう一度聞くぞ。お前は私と戦うつもりはあるのか？」

『ベルゼバブデブー♪　ベルゼバブデブー♪　ブブデバブデブー♩』

私の疑問に答えるかのように王冠を被った蝿は声を張り上げる。

ヤバイくらいまったく会話が成立しない。自分の世界に入って酔ってやがる。こんなタイプの魔物は迷宮探索してから初めてだ。さてどうするかね。私が試案している時、

「ぬ？」

不意に左腕に生じた懐かしき感覚。視線を落とすと左前腕はドロドロに溶解していた。そして、その溶解した私の左前腕に突き刺さる三本の鉤爪。

『キシャキシャ♬』

さも楽しそうに嘲り笑う王冠を被った蝿男。

「ふむ。それは空間支配の能力か」

空中の黒色の靄《もや》から生じている鉤爪。さらに、王冠を被った蝿男の右手首から先が同じく黒色の靄で覆われていることから察するに、きっと、空間を強引に接続でもしたのだろう。

「面白いな」

確かに奴の空間支配の能力は希少だが、初めて遭遇するわけではない。それ以上に希少で凶悪な能力を持つ魔物など腐るほどいた。だが、その誰も私に傷を負わせたものはいない。なのに、この魔物はこの私の左腕を溶解させたのだ。それはつまり――。

この蝿男がこの私とまっとうな戦いをすることができることを意味する。それはこの数万年、毎日渇望したが叶えられなかった夢。何せ【封神の手袋】により、いくら強めに己の能力を制限しても私がいざ本気になれば一瞬で勝敗が付いてしまうのだから。

「久方ぶりだ」

かすかな不安を含有した王冠を被った蝿男の声に、

『キシャ?』

私はそう魂からの渇望の声を上げげつつ、命懸けの闘争という甘い果実にその身を投げ出した。

「楽しい、楽しい殺し合いをしよう」

あの王冠を被った蠅男は強かった。能力制限下とはいえ、こうしてまともに闘争というものが成立したのはネメア以来、この数万年で初めてだ。何より、この私があれだけどつきまわしたのに、まだ消滅せずに立っていられることがこの王冠を被った蠅男の強さを証明している。

『……』

王冠を被った蠅男の全身は既にボロボロで至るところがちぎれかけてしまっている。そんな蠅男は瀕死の状態で荒い息をしつつ私をしばし無言で凝視していたが、突如恭しくも跪く。同時に私たちの戦いを傍観していた蠅の頭部を有する者たちもそれに倣う。命懸けの死闘を演じた直後による王冠を被った蠅男の突然の奇行に面食らっている私に対し、

『とっても、とうってもぉー、とうってーーーもぉぉぉーーー強き御方！　バブは――バブはめっちゃくちゃくちゃ、感動、感激、崇敬、敬慕したでちゅ』

無数の複眼をキラキラさせながら熱く語ってくる。

「そ、そうか」

急に通じた会話に若干引き気味に頷くも、

『このベルゼバブ、これからずーーと、強き御方についていきまちゅでちゅ』

蠅の怪物ベルゼバブは両手をワシャワシャと擦りながら強烈な恭順の態度を示すと同時に討伐図鑑が出現し、パラパラとめくれていく。そして図鑑の最終ページが開くと王冠を被った蠅

男ベルゼバブの身体は発光し吸収され、一呼吸遅れて他の蝿の怪物たちも同じく次々に吸収されてしまう。図鑑の最終ページには【蝿王】ベルゼバブと無数の蝿頭の眷属たちが登録されていた。

『う、嘘……嘘だッ！　あの【暴食の帝王】、最強悪魔ベルゼバブが屈服した⁉　しかも、それに用いたのが初期設定武器のただ丈夫なだけの木の棒⁉　こんなの絶対にありえない！　いや、ありえちゃいけない！　こんな化け物がもし現世に解き放たれでもしたら……』

頭内に響くいつもの女の声。ただし、それは今まで一度も耳にしたことのないオドオドした震え声だった。ふむ、もとよりこの頭蓋内に響く女の声はよくわからんリアクションをする奴だったし、たいして奇異ではない。というかどうでもいい。それよりも今はこの蝿の怪物だ。

「どうやらついてくる……らしいな」

一応、私と最低限のコミュニケーションをとれるらしいし、別にかまうまい。ベルゼバブのこの強烈な臭いの問題はあるが、基本、図鑑の世界の一つを与えれば済む話だし、何より私とどつき合いができる存在は希少だからな。

「ん？」

気が付くと部屋の中心に黒色の金属の箱が出現する。おそらくいつもの特典というやつだろう。だが、そうすると少々変だな。この蝿男の件はこのダンジョンのクリアとは無関係のサブイベントのはず。特典をもらえる要素など何もないんだが。この件に関して普段の鬱陶しい女の脳内アナウンスもないし、またしょうもないトラップか？　近づいて箱を開けると、そこには刀身が一際長い刀剣が入っていた。この形態、雷切と同じだ。ニホントウってやつか？　鑑定をかけると、

★村雨：異界の刀剣、ニホントウの形態をした意思を持つ妖刀。使用者の魔力の強度や意思により効果が変化する。

・ランク：超越級

やはり、ニホントウか。雷切はかなり使えた武器だった。この【村雨】も私の新たな相棒になる予感がする。

「やれやれ、かなり時間を浪費してしまった。そろそろファフも起きるだろうし、一度戻るとするか」

【村雨】を持って立ち上がると、今もブツブツと気持ち悪く私の頭の中で呟いている女を意識の外に置き、私はファフの朝食を作るべく地上へと歩き出す。

◇◆◇◆◇◆

『貴様ら、気合を入れろ！』

『ギガッ！（ハッ）』

ネメアの叫びに、神殿前で一斉に右正拳を突き出す図鑑の者たち。これは、すっかり日課となった図鑑の者たちへの早朝武術訓練。御前《ごぜん》の指示で毎日、ローテーションで図鑑の者たちに武術を教授している。

ネメアはこれでも獣の身で神格を得た獣神だ。かつて最恐とも称された悪神を滅ぼし、神々の中でその名を知らしめた。数多の神々の中でも最上位の武を持つとの自負により、神獣王ネメアと名乗っていたのだ。だが、蓋を開けてみたら、まったくの井の中の蛙の状態だった。

圧倒的な強者たる御前《ごぜん》はもちろん、配下の竜神ファフニールや最凶悪魔ベルゼバブにも及ばない。九尾やフェンリルを始めとする今も増え続けている御前《ごぜん》の配下の幾柱《いくにん》かには膝を折りかねない。

無論、武では御前以外に後れを取るつもりは毛頭ないが、ガチンコのぶつかり合いなら話は別だ。御前に参列する神々や神話上の怪物たちの有する非常識な特殊能力はそれほど理不尽極まりないものなのだ。そして、あれらの能力はあの不思議な図鑑により、御前の魂と接続されたから進化したもの。いわば、御前から与えられたものに等しい。

元々、この【神々の試煉《ゴッズ・オーディール》】は神を大神へと導く最難関の試練場。ここに配置されている者たちの強度は想像を絶する。そんな元々の強者をさらなる高みへと進化させる。そんなことはこの世の誰だろうと、到底できるとは思えない。

御前、あのお方は一体何者なのだろうか？　己が人間であるなどという冗談を口にするだけで、真実を語ろうとしない。だが、その非常識な存在の強度から言って、名もなき神の中でもきっと異質な存在なのだと思う。

もっとも、御前が何者だろうと意に介さない者たちはいる。例えば――今も御前の家の前で祈り捧げているものたちだ。

『……おお、至高の御方《おんかた》よ！

我ら、ゴミムシどもの貧弱さをゆるしたまえ！

我ら、ゴミムシどもの愚鈍をゆるしたまえ！

我ら、ゴミムシどもの無能さをゆるしたまえ！

我ら、ゴミムシどもは偉大な御方の庇護のもと、我らが地を治め栄華を極めまする！

我ら、ゴミムシどもは偉大なる御方に逆らう愚かなる有象無象の一切を滅しまする！

……………』

ギリメカラは邪神。その派閥の者たちも悪神や邪神で主に構成されている。神が祈りを捧げるなど冗談もいいところだ。だが、奴らは大真面目であり、御前を信仰の対象としている。

御前はギリメカラたちにとって神聖不可侵な存在。故に毎日早朝になると、このように意味不明な祈りを捧げている。対して――巨大な七つ頭を有する黄金の竜を先頭に地響きを上げながら御前の家の前までやってくる竜ども。

『騒々しいぞ！　今祈りの最中だ』

ギリメカラが拝みの姿勢のまま三つの眼球をギョロっと先頭の黄金の竜へと向ける。

『五月蠅いのは貴様らの方じゃ！　御方様《おんかた》もこんな朝っぱらから騒々しくされては迷惑せんばんじゃろッ！』

七つ頭の黄金の竜――ラドーンが怒気を隠そうともせずに叫ぶ。

『迷惑だとぉー！　この我らの信仰を愚弄するのかっ！』

『御方様を敬うのは結構！　じゃが、ものには限度があると言っとるのじゃ！』

いがみ合う二勢力。毎度飽きぬ奴らよ。だがこのままでは御前の就眠を邪魔してしまう。

『やめよ！　御前《ごぜん》の御前《おんまえ》だぞ⁉』

儂のこの言葉で冷静になったのか、ギリメカラ派は無言で図鑑の中に去っていき、竜たちもその場に寝そべってしまう。

やれやれだ。特にギリメカラ派と神竜軍派は毎日のようにこんな不毛な争いを続けている。

別に仲が悪いわけではない。争いの理由は御前に捧げるのが忠誠か信仰かの違いでしかない。

まあ、それはネメアを含む全図鑑の者たちにも少なからずあてはまることなのだが、あ奴らはあまりにそれが突出しているのだ。

そう。ラドーンたちは『竜殺し』という特殊な称号を有する御前を至上の主君として仰ぎ、こうして頻繁に図鑑で採れた果実やら肉やらを献上している。さらに、ラドーンたちを熱狂させる理由はもう一つある。

「おはよ」

「おはようなのですっ！」

『おはよ～』

御前、ファフニール、フェンリルが屋敷から姿を現す。

『一同、気をつけっ！』

ネメアの叫びに早朝訓練の図鑑の者たちは一斉に姿勢を正して、左手の掌に右拳を当てて、一礼する。ラドーンたちドラゴンも立ち上がり、首を垂れる。

『御方様《おんかた》、これが図鑑で採られた果実と肉です。どうぞお納めください』

ラドーンが地面に多量の食料を置いて、恭しく述べる。

「おう、助かる。ファフ——だけでは食べきれないな。そうだ。今日は宴会でもしよう。確か、最近、酒呑《しゅてん》からもいい果実酒をもらったしな」

酒呑とは酒を司る鬼神の一柱《ひとり》。職人肌の気難しい奴だが、奴の創る酒は途轍もなく美味い。

「宴会なのです！　宴会なのです！　ラドーン、ありがとうなのです！」

ファフニールがラドーンに抱き着くと、竜たちはだらしなく顔を緩める。

あれが、ドラゴンたちが熱狂する理由だ。ドラゴンどもはファフニールに首ったけであり、気に入られんと毎度毎度涙ぐましい努力をしている。

御前は家の玄関を振り返ると、欠伸をしながら出てくる銀髪の女に向かって、

「九尾、お前は料理できるよな？　手伝ってくれ」

そのように指示を出す。

「了解でありんす」

頼られたのがよほど嬉しかったのかパッと顔を輝かせて御前に抱き着く九尾。九尾は最近、フェンリルとともに御前の家に居候《いそうろう》しており、多くは御前と行動を共にしている。

「ギリメカラたちにも伝えろ。では各自宴会の準備だ！」

御前の指示により、一斉に歓声が上がり、宴会の準備は進められていく。

ネメアはボンヤリとこの本来ならあり得ぬ光景を眺めていた。ここにいるものどもは武闘派の神々や神話上の怪物どもばかり。プライドはこの上なく高く、その指示一つで、こんなに一致団結して動くなど、到底考えられない事態だからだ。こんな光景はきっといかなる大神にも実現はできまい。

『計りしれん御方よ』

我が主君の偉大さを改めて実感しながらも、急遽決定した宴会の準備をすべく動き出した。

第三章　神々の試煉のクリアと王女救出

――ゲーム開始から10万77年後。

【神々の試煉《ゴッズ・オーディール》】地下９９９階。

さらに気の遠くなる年月が過ぎた。

ベルゼバブは９５０階層につき自身の庭のごとく把握していたので、奴の案内のもと数日で試練の間へと到達する。試練の間に待ち構えていたボスはやたら尊大な二足歩行の蛸《たこ》の頭部を持つ巨人だったが、ベルゼバブとは比較対象にならないほど弱く、素手で瞬殺だった。

９５１階層からは巨大な黒色の石の壁と床からなる通路が広がっていた。この場所ならともに探索してもファフの教育にも悪くない。そう考えた私は日中の普段のダンジョン探索を今まで通りファフとともに行う。さらに、比較的安全な場所はフェンや九尾の同行を許し、共に探索を行った。探索終了後の夜は討伐図鑑の魔物たちの馬鹿騒ぎに付き合ったり、獲得した本を熟読したりして寝る。こんな充実した生活を送っていたのだ。

ちなみに、ずっと本を読んでいたせいか、【書物完全記憶能力】というスキルをかなり早い段階で獲得していた。これは書物限定ではあるが、文字通り、一度覚えたら忘れない、そんなスキル。脳医学の見地からは、人が記憶できる情報量はとてつもなく膨大であり、こんなスキルも存在可能なんだそうだ。

もうここでずっと暮らすのも悪くないかな。そう思っていた時、９９９階の最奥へと到達する。そこの下層への階段には、【最終試煉の間】との金属のプレートが貼り付けてあった。

「いくぞ。準備はいいな？」

ヤバイくらいワクワクするぞ！　興奮で胸が弾むのを全力で抑えながら、隣のファフニールへ語り掛ける。

「ハイなのですっ！」

彼女は、右拳を突きあげて元気よく答え、私達は下層へ下りていく。

最下層は円柱状の巨大な空間だった。その真っ黒の空間の中心にはテーブルと椅子。その豪奢な椅子に座って本を読んでいるのは、紫色のローブを着ている女のような綺麗な顔立ちの魔法使い風の紳士だった。あの右目についているのは、書物で見たことがある。片眼鏡《モノクル》ってやつだ。

「ふむ、見ない顔であるな。まさかここまで至る無名の神がいるとは、驚きである」

紳士はそんな妄言を吐きながら、私達を一瞥すると、本をパタンと閉じて席から立ち上がる。

私も背中に背負っている【村雨】を引き抜き構えた。

「あのな、私は人間だぞ。そして私の隣は……ドラゴンだな」

「ドラゴンなのですッ！」

ファフニールがダンジョンで手に入れた右手のナックルを天へと突きあげる。

「はあ……ここは【神々の試練《ゴッズ・オーディール》】。神が神話体系を代表する大神となるための試練。人間ごときが、ここに至れるはずがないのである」

眉をひそめると、不機嫌そうにそう言い放つ。

どうやら、こいつも重度の妄想癖を持っているようだ。第一、神などこの世にいるわけがあるまい。

「そう言われても、真実だし。なあ、ファフ」

「はいなのです！　ご主人様はたぶん、人間なのです！」

ファフ、たぶんは、余計だぞ。というか、その部分だけ強調しすぎだ。

「ふん！　多少やるようだが、常識や礼儀がなっていないようである。どうれ、吾輩が汝らの実力を見てしんぜよう」

右の片眼鏡に真っ赤な魔法陣のようなものが浮き上がる。あれは私の鑑定のようなものなのだと思う。まあ、私には他者の能力を分析する力などないが。

「ふへ？」

両眼をカッと見開き私を凝視していたが、

「いやいやいやいや、ありえんだろっ‼　なんだこれっ‼」

ダラダラと玉のような汗を流し出して声を張り上げる片眼鏡の紳士。

「確認したな。じゃあ、とっととやろう。殺し合い」

こいつは、このダンジョンの最終ボスだ。相当な強者なのは間違いない。ここからの戦いはまさに命懸けのものとなることだろう。ならば、私も人事を尽くそう。

私は【魔装】を発動して【村雨】に魔力を纏わせ、【金剛力】により身体能力を向上させる。

あれから、私の【真戒流剣術一刀流】の型は七つから、さらに三つ増えて、十となっている。

どれも一撃必殺の効力を有する技ばかりだが、もちろん、最終ボスに簡単に効果があるとは思っちゃいない。だが、私には奥の手の【終ノ型】がある。最悪、あれならこいつがいかに強者だとしても、細胞一欠片《かけら》残さず消滅させることができるはずだ。

まあ、【終ノ型】を使用すれば、約一日は完璧に行動不能となるが、それはファフや討伐図鑑の愉快な仲間たちがいるし、何とかなるんじゃないかと考えている。

では、まずは小手調べから。

私は身をかがめて床の赤色の絨毯を蹴ろうとした時——。

「ちょ、ちょっと待つのであるっーーー!!」

片眼鏡の紳士は、血相を変えて両腕を上げる。

「何の真似だ？　まさかと思うが、一太刀もやり合わず降参とか言わないよな」

冗談じゃない。ようやく、最高の命の奪い合いができると思ったのだ。こんなの肩透かしもいいところじゃないか。

「そのまさかである！　というか、この非常識なステータス、汝《なんじ》、絶対頭おかしいのであるっ！」

そんなこと言われてもな。なんか鑑定も大分前から調子が悪くなり、象形文字のようなものしか表示されなくなってしまっている。鑑定君には長い間、お世話になっているし無理はないかもしれんが。

「頭おかしいって、初対面の相手に失礼な奴だな。んなことより、早く殺し合おう。さっきから、楽しみで楽しみで仕方ないのだ」

私は、魔力をより戦闘に特化したものへと変えていく。

「降参、はーーい吾輩、降参である！」

すべてが始まる前に両腕を上げて降伏宣言をする。何だ、この必死さとチキンさ。まだ、この周辺の雑魚魔物の方がずっと根性があったぞ？

『最終試練試験官――アスタロスの降伏を確認、受託します。最終試練が終了いたしました。威圧のみによる討伐により、特別クリア特典――アスタロスが眷属としてカイ・ハイネマンに与えられます』

いつもの女のどこか諦めたような、そしてやけくそのような声が頭の中に響き渡る。

「ま、ま、待つのである！　こんな真正の化物の眷属とは流石にあんまりなのである！」

泣きそうな顔で、いや、実際に目尻に大粒の涙を貯めながら、アスタロスは天へ向けて絶叫するが眼前に例のごとく透明の板が出現する。

『アスタロスの眷属の効果として称号――【チキンマジンの主人】を獲得いたします』

　チキンマジンね。このダンジョンの管理者ってアスタロスのこと、相当嫌ってるよな。

　さらに矢印に触れると、

『【チキンマジンの主人】の称号の効果――スキル融合が発動。

　――【毒吸収】、【麻痺吸収】、【石化吸収】、【熱吸収】、【氷吸収】、【土砂吸収】、【風吸収】、【水吸収】、【雷吸収】、【光吸収】、【闇吸収】は、【全属性状態異常吸収】へと融合されます』

　と、記載されていた。

　鑑定の結果、【チキンマジンの主人】とは、臆病なマジンを支配した者に与えられる栄誉であり、独自スキルの開発や融合をすることができる効果のある称号らしかった。

　うむ、名前とは対照的になかなか有用な称号ではないか。この称号を獲得しただけでもアスタロスを眷属にした意味があったというものだな。

　さらに透明の板の記載は続く――。

『【神々の試煉《ゴッズ・オーディール》】がクリアされました。おめでとうございます！　試煉のクリアにより【討伐図鑑】の対象が、一定のレベル以上の人間種以外の存在へと拡充されます。同時に、試煉クリア特典により、カイ・ハイネマンの記憶を本試煉直前のものへと強制接続します…………記憶が無事回帰されました』

私の頭に鮮明に思い出される懐かしの記憶……のはずなんだが、私ってこんなにナヨナヨしてたのか。正直、客観的に見てもキモイぞ。もはや、今の自分と変わり過ぎてて違和感ありまくりだ。まあ、そのうち慣れるだろう。

そんなことをボンヤリと考えていた時、私達の足元に魔法陣が出現し次の瞬間、あの懐かしき滝壺の奥にいた。その滝壺の奥の壁にあったはずの【神々の試煉《ゴッズ・オーディール》】へ至る洞窟は完全に消失している。

滝壺の奥から出ると息を深く吸い込み吐き出す。適度に肺を冷やしてくれて気持ちがすこぶるいい。これが夜の冷たい空気ってやつか。記憶では知っているが、体感としては十万年ぶりだし、とうの昔に忘れ去った懐かしさというやつなのかもな。

まず今後の行動方針を決めねばな。

しょせん私のギフトは【この世で一番の無能】。つい先ほどまでは己が強者であることに一定の自負があったが、カイ・ハイネマンの記憶が戻った今、それが幻想であるのは疑いがない。

第一、妄想の中で勝利しただけで世界一の剣豪になどなれるわけがなかろう。まさに井の中の蛙。無謀に突っ込んで死ぬところだった。【神々の試煉《ゴッズ・オーディール》】とかいう大層な名前のダンジョンも今から思い返してみると大したことはなかったな。何せ無能者の私がクリアできてしまったくらいだ。ダンジョンの中では最も難易度が低いのだろうさ。

うむ。この世界はあのダンジョンほど甘くはあるまい。四大魔王、勇者に、Sランクハンター、この世界はとびっきりの強者で溢れている。記憶が戻る前の私なら戦いたいとか思っていたんだろうが、生憎、そんな気はさらさらない。というか、なぜ、ほんの少し前まで命を懸けた戦いに気味が悪いくらい渇望していたのだろう？　正直内心ドン引きしている。

とにかく、慎重に行動するに越したことはない。それを踏まえて、これからどうしようかね。念願のハンター資格でも取って、いっそのこと世界を見て回る旅にでも出かけてみるか？

いや、その前にこの危機を切り抜けるのが先決か。私達を取り囲む獣の群れをグルリと見回す。

「もう逃げるのはおしまいかぁ。まあ、お前のような雑魚っぽい奴にしてはよくやったよ。実際、あの霧が立ち込めてきた時はマジで焦ったからな」

樹木の奥から獣たちに守られるように黒色のローブを着た優男が姿を見せる。

うん？　ちっとも強そうには見えないぞ。カイ・ハイネマンの記憶では相当強いはずなんだが……。ま、実際に戦ってみればわかることか。

「ん？　お前ってそんな恰好だっけ？　それに、仲間がいたのか？　二人とも、マジでいい女じゃねぇか」

舌なめずりをしてねぶるようにアスタロスとファフを見る赤髪の男。

「殺す……」

アスタロスが額に太い青筋を張らせて両手をパキパキと鳴らす。まあ、女性扱いされた上に、男から欲望たっぷりの視線を向けられれば無理もないわけだが。

「特にお前は幼女趣味の変態どもには大人気だろうよ。奴隷商に高く売れそうだなぁ」

顎に手を当ててねちっこい視線で眺め見る。ファフは顔を嫌悪に染めて、

「ご主人様、ファフ、こいつ気持ち悪いのです。殺したいのです！」

両拳を打ち付けて、私に進言してきた。

「まてまて、まだこいつには聞きたいことがあるのだ」

アスタロスはともかく、ファフはきっとガチだ。いつものようにファフの頭をそっと撫でて機嫌を宥めながら言い聞かせる。

確かこの男、計画がどうとか言ってたし、聞き出す努力くらいしなければな。それにファフは今の私にとって身内同然。そんな危険なことさせられるか。

「なら吾輩がやろう。人間の分際で少々、いい気になりすぎである。なーに、殺さねばよいのであろう?」

チキン魔人——アスタロスが純白の手袋をした両手をゴキリと鳴らせて一歩前に出る。気持ちはわかる。わかるが、お前、弱いんだから、猪突猛進に突っ込むなよ。

「いや、私がやろう。こいつらがどれほどのものか知りたいからな」

「どれほどか知りたいってマスター……こんな雑魚どもを、であるか?」

アスタロスは何かけったいな生き物でも見るかのような視線を向けながらも尋ねてくる。

失礼な奴だな。それにしても、雑魚か。確かに、あのダンジョン内の魔物同様、脅威には全く感じないな。どうも最近、敵の強さの判断が鈍くなっている。能力向上のため、最近はずっと【封神の手袋】により、己の能力を制限しながら修行を実施していた。そんな生活を数万年もの間、送っていたせいだろう。今の私は相手の強さを量る能力が以前と比較し、著しく低下しているきらいがある。

もちろん、大雑把な強弱の判断はつくのだ。具体的には、弱い、少し弱い、とても弱い、話にならないくらい弱い、羽虫同然に弱い、のような塩梅だ。だが、それも魔物ならともかく対人相手だと自信はまったくない。なにせ、約10万年近く、人とのかかわりなど皆無だったものでね。知らぬものは量りようがないのである。ともあれ、舐めてかかれる相手ではないのもたしか。全力でいかせてもらおう。

【雷切】をアイテムボックスから鞘ごと取り出す。

「テメエら、この状況がわかってんのかっ⁉　それとも、恐怖で頭おかしくなっちまったか？」

取り囲んでいる黒色の獣たちは、総勢40を超えている。ダンジョン前の私の記憶としてはまさに絶体絶命なのだろう。だが、やっぱりだ。まったく脅威に感じんね。試しに小手調べでもしてみるとしよう。

「【真戒流剣術一刀流《しんかいりゅうけんじゅつ》】、壱ノ型、死線」

これは、私にとって最も身近で息を吸うような基本の技。私の言霊に呼応するように、黒色の獣どもに線が走る。刹那、バラバラの肉片となって地面へと落下してしまう。

「へ？」

赤髪の男は大きく目を見開き、バラバラの肉片となった黒色の獣どもを茫然とみていた。

アスタロスの言う通り、雑魚だったわけか。もっとも、この世界は危険。油断は禁物だな。特にあのダンジョンに入る前までの私は、迂闊《うかつ》な行動が目立っていたし。

「さて、お前、計画がどうこう言っていたな。話してもらおうか？」

獲得した本の中にはご丁寧に拷問の本もあった。私が読んだ本はファフが読みたがる傾向があったから、アブノーマル系はファフの教育に悪いので読んではいない。だが、今後はその手の本も積極的に目を通しておくべきかもしれん。

ともかくだ。拷問のやり方は知らんが、徹底的に痛めつければ吐くだろう。ほら、私にはいくつかの回復手段がある。確かに、【超再生《パナケイア》】は自己にしか使用できないが、他にも迷宮で発掘した超高性能ポーションなど色々あるのだよ。色々な。

「く、くるなぁっ‼　化け物めぇ‼」

短剣を抜いて震える手でブンブン振り回す赤髪の男の両腕を【雷切】の峰で叩き折る。

骨が皮膚を突き破って明後日の方へ向く両腕に、赤髪の男は絹を裂くような絶叫を上げる。

その悲鳴を合図に、私は尋問を開始したのだった。

赤髪優男の尋問を開始したら、すぐに全てを暴露した。

なんでも、アメリア王国のフラクトンとかいう貴族が、帝国と通じてアメリア王国第一王女ローゼマリー・ロト・アメリアを拉致しようとしたらしい。あの女、勇者を召喚した聖女だったのか。でも、まあ、改めて考えれば確かに疑う余地はない。というか、気付かなかった過去の私がどうかしているわけだが。

ともあれ、姫さんの拉致の首謀者であるフラクトンとは、あの口髭をカールにしたおかっぱ頭の偉そうな貴族のことだろう。無能だの背信者だのと散々嫌がらせを受けた記憶しかないな。

そして、エンズとかいう召喚士と剣帝――ジグニール・ガストレアの二人が帝国から派遣されている。

召喚術――様々な異界の生物を喚び出す術。ダンジョンに入る前のカイの知識では、召喚術とは、古代魔法と双璧を成す至上の魔法。しかも、エンズは精霊王という超常の怪物を召喚可能な術師のようだ。

【討伐図鑑】は、私の魔力により魂の情報に応じて肉体を生成し、その肉体ごと本が作り出す独自の世界へ収納しえる仕組みだ。だから多分、召喚術と似ているんじゃないかと思っている。

とはいえ、あのヌルすぎるダンジョン内の魔物だし、召喚士の召喚するものに楽々勝利できるほど現実は甘くはあるまい。おまけに厄介な現剣帝ジグニール・ガストレアまでいるのだ。分の悪い戦いとなるのは目に見えている。戦略的に見れば撤退も十分取りえる選択肢だが――だめだ、それだけはだめだ。確かに進んで強者と戦いたいとは思わんが、これは過去のカイ・ハイネマンの想いというやつだろうな。私はローゼという娘の保護に強く執着してしまっている。きっとこの強い想いの源は、私がダンジョンに飲み込まれる直前、ローゼとの談話で私の大切な幼馴染であるレーナと親友であると聞いてしまったから。私はレーナが悲しむ姿は見たくないと思っている。いや、多分それだけじゃないか……。

ともかく、敗北の可能性という朧気な理由だけで、強者に背を向けて尻尾を巻いて逃げるなど今の私の性分に反する。それだけは絶対に取れぬ選択なのだ。

それに、旧剣帝アッシュバーン・ガストレア、あのご老人の剣技だけは、ダンジョン内で気が遠くなる時が経っても覚えていた。あれほど精錬された剣技はそうはない。全盛期の、しかも私の劣化した記憶ではない本人の剣技。それを考えると正直、シビレがくる。そして、ジグニール・ガストレアはその大剣豪アッシュバーンが想いを託した人物。マズいな。危険極まりない相手なのに、どうしても一度剣を合わせてみたい。そう思ってしまっている。

この世界は強者で溢れている。ジグニール・ガストレアが、その中でも最上位に位置する剣士なのはまず間違いはない。無意味で生産性皆無の戦いを欲するか。まったく救いようがない。だが、それもまぎれもない今のカイ・ハイネマンの本質だ。

さて、ことは一刻を争う。さっさと行動に移すとしよう。まずは敵戦力の攪乱《かくらん》だが、それにはどうしても頭数がいる。気は進まないが、討伐図鑑の愉快な仲間たちに協力を願うとしよう。

【討伐図鑑】をアイテムボックスから出すと、一ページ目、【バッタマン】のページを開く。

【バッタマン】のページは999体と表示されている。この【討伐図鑑】は魔物の強度によって登録個体数の最大値が決まっており、強くなるほど登録個体数が次第に減っていくという仕組みだ。つまり、最も多く登録できる【バッタマン】が999だってわけだ。今から思うとよくもまあ、これほどの数を集めたものだ。私は基本凝り性なのである。

最初は様子見だし、100体ほどで様子を見るか。

「【バッタマン】――100体、【解放《リリース》】」

私の言霊により、眼前に出現する100体のバッタ男たち。

『ギギガガ（ご主人様、ご命令を）』

バッタ男たちは左の掌に右拳を付けて一礼してくる。

「これはダンジョンの最上層の魔物？　いや、それにしてはいささか強すぎるようであるが、マスター、これはなんであるか？」

「うむ、特別クリア特典とやらで、ダンジョン内の魔物の魂を収納し、その後受肉させて使役できる本が手に入ったんだ。これがその本だな」

アスタロスは【討伐図鑑】に片眼鏡を合わせていたが、ぶわーと玉のような汗が滝のように

流れ落ちる。そして蹲り両手で頭を抱えると、

「なんちゅう奴になんちゅうもんが渡ってしまったのであるかっ！」

涙目でブツブツと意味不明なことを呟き始めてしまった。挙動不審なチキンマジン様は放っておこう。さてそれよりも――。

私はバッタマンたちの前に立つと、

「この周辺に黒色ローブの人間たちとそいつらの使役する黒豹という獣、それとオーガという鬼の化物がいるらしい。そいつらを攪乱しろ。私達が障害なく目的地にたどり着けてさえいればそれでいい。ただし深追いはするな。全員五体満足で戻ってこい。これは絶対の命令だ」

厳命を下す。仮にもバッタマンたちは私の配下。無駄に死なせるような馬鹿な真似はしたくない。

『グギギガギギガガ？（殺せるのなら殺しても構いませんか？）』

「うむ、あくまで無理をするなということだ。まったく構わんぞ」

『ガガグギィィ‼（ありがたき幸せ）』

泣く真似をしているバッタマンたちに、頬を引き攣らせているアスタロス。ファフは満足そうに満面の笑みで頷いていた。

「では、そろそろ行動開始だ！　いけ！」

『ギギッ（はッ！）』

再度一礼をすると、散開して森へ行くバッタ男たち。

「さて、彼らが頑張ってくれている間に私たちも行くとするか」

「行くのですっ！」

右拳を天に突き上げるファフニールを尻目に、

「少々、聞きたいのであるが、マスターはあれらが本気で負けると考えているのであるか？」

アスタロスが右の掌で顔を覆いながらも私に尋ねてきた。

「うん？ まあ、元はあのイージーダンジョンの最上層の魔物だしな。まともに戦えば勝利は難しかろう。だが、彼らも相当鍛えている。攪乱の任務なら十分こなせるはずだ」

私の登録している魔物たちは全て数万年単位で毎日鍛えさせたから、かなりの強度となっている。彼らならこの任務も無事遂行できるだろう。

「もう勝手にするのである」

アスタロスは心底疲れ果てたように肩を落として、諦め気味にそう呟いたのだった。

◇◆◇◆◇◆

初めての偉大なる主人の命にバッタマンたちは、はち切れんばかりの歓喜に身を震わせつつ、戦場である闇夜の森を疾駆する。攪乱せよとの仰せだが、偉大なる主人の前に立ち塞がる愚か者に待つべき道など一つだけ。たとえ相手がいかなる強者なれど、必ず黄泉へと送って見せよう。それこそが至上の御方《おんかた》への忠誠の証となるのだから。

強烈な歓喜と決意の中、バッタマンたちは口からキチキチという唸り声を上げながら、敵を滅殺するために、地面や木々を高速で跳躍していく。

——シルケ大森林の包囲網西側召喚部隊《サモナー》——黒豹隊。

「暇だよなぁ。第一、戦闘も碌に知らねぇ素人の女一人捕らえるのになぜ帝国でも最強ともいわれる俺達、召喚部隊《サモナー》が出張らなきゃならねぇんだよ」

「仕方ないよ。素人女っていっても、世界で唯一あの勇者召喚が可能な女だしさ」

「勇者ねぇ。そんな大層なもんなのかよ？　エンズ様の方がよっぽど強いだろうに」

「そこは僕もそう思うけどね。やっぱ、対魔王への切り札がほしいんじゃん？　ほら、元来、勇者って対魔王では最大のポテンシャルを示すって言われてるし」

「で？　俺達個人にメリットってあんのかよ？」

「さあ、でも勇者召喚の術の概要を聞きだしたら、あとは研究でも何でも僕らの好きにしていいってさ」

「マジか！　好きにしていいって事は抱いてもいいってことだよなぁ⁉」

「うん。多分ね。まあ、僕は研究の方に使わせてもらうけど。何せ世界で唯一勇者を喚ぶことができる女だし。色々調べてみたい」

「いい！　いいねぇッ！　わざわざ、こんな王国くんだりにまで来たんだ。昼はお前らの実験動物、夜は俺達の玩具として精々気張って働いてもらわねえとな」

「そうだね」

金色の髪を坊ちゃん刈にした男が顔を醜悪に歪めつつ相槌を打ち、

「一度でいいから姫様を抱いてみたかったんだ！」

黒色の髪を短く切りそろえた男が、顔を欲望一杯に染めてそう力説した時、何か緑色の影のようなものが二人の傍を過ぎ去る。

「あれ、君の顔、へんじゃない」

金髪坊ちゃん刈りの男が指さす先には、顔がずれていく短髪黒髪の男の顔。

「いや、お前こそ――」

それが二人の最後の言葉となる。二人の全身に切れ目が広がり、綺麗に輪切りとなって地面へと叩きつけられてしまった。


――シルケ大森林包囲網中央召喚部隊《サモナー》――本陣。

「な、何なんだ⁉　何が起こっているッ⁉」

召喚部隊《サモナー》の総隊長は次々に起こる異常事態にヒステリックな声を張り上げた。

緑色の影が動く度、部隊を守る召喚した黒豹どもがスライスされて地面へ臓物をまき散らす。戦闘の要であったオーガどもも、その頭部が粉々に爆砕される。

「サラマンダーの召喚に入る！　援護を頼む！」

隣の部下へと叫ぶが返答はない。眼球だけを向けると顔の上半分が消失した部下の姿。

「うあぁぁぁぁーーーっ！！？」

必死だった。懸命に絶叫を上げてこの悪夢のような場所から離れようとするも、己の視界にひびが入っていく。

「はれ？」

素っ頓狂な声とともに、総隊長はバラバラの肉片まで分解されてしまう。


――シルケ大森林の東側召喚部隊《サモナー》――オーガ隊。

「本陣との連絡が完全に途絶しました」

「王国の奴ら裏切りやがったなっ！　くそがっ！　あの野郎、ヘマしやがってっ！　だから俺が総隊長をやればよかったんだっ！」

坊主に無精髭のオーガ部隊隊長サイムは、蟀谷《こめかみ》に太い青筋を浮かべ、地面を蹴り上げる。

サイムは、召喚部隊《サモナー》の中ではエンズに次いで強力な召喚魔獣を使役している。本来ならば、総隊長に就くのはサイムのはずなのだ。それが、素行が悪いという強さとはまったく無関係なことを理由に、部隊長にとどまっている。

「まあいい。今回の失態で、どうせ奴は失脚だ。次の総隊長は当然俺だろうしな」

口端を上げた時、

「どうしますか？　このままでは……」

部下の金髪の副隊長が、顔を強張らせてさも当然のことを尋ねてくる。

「はっ！　舐められたままでいられるかよっ！　おい、トロル！」

肩越しに振り返ると、頭が禿げ上がった巨人がスーと姿を現す。

その赤色の体躯はまるで全身が筋肉でできているかのように筋骨隆々であり、右手には巨大な鉄の金棒を手にしていた。

『じ、じ、仕事《じごと》かぁ？』

周囲に響く呂律が回らないダミ声に周囲の部隊員たちが顔を顰《しか》める中、

「ああ、この中で適当に三つほど生命力《マナ》を喰らっていい。だから、俺たちを攻めている身の程知らずどもを皆殺しにしろ！」

サイムは定められた契約を口にした。召喚士が行使する召喚魔法には二種類ある。

一つは召喚魔法により、召喚した上で一時的に使役する術。この魔法は召喚と使役を同じ魔法で行うので、おのずと限界があり、強力な存在を呼び出すことはできない。

もう一つは【魂使契約《こんしけいやく》】。召喚または、既に世界に存在するものたちと己の対価を支払って使役するための契約だ。対価という特殊な贄《にえ》が必要だが、召喚だけに特化できるから、より強力な存在を呼び出せる。そして、この【魂使契約】を使えるのは特別なギフトを有する者のみ。

サイムはもちろん後者であり、今トロルに命じたのは対価を用いる契約の履行だ。

「ちょ、ちょっと待ってください、隊長！　それは――」

若い副隊長が血相を変えて異を唱えようとすると、

「じゃあ、お前な」

サイムは笑顔で人差し指を突きつける。刹那、カクンと若い副隊長が糸の切れた人形のように脱力してしまう。

『美味《んば》い』

トロルはしばし満足そうに恍惚に顔を染めつつも咀嚼《そしゃく》していたが、若い副隊長まで近づくとその躯を無造作に掴み、

『肉《にぐ》も美味《うば》い』

ボリボリと齧《かじ》り始めた。

「うぁ……」

「ひっ！」

思わず後退る部隊員たちに、

「お前とお前」

左手と右手で人差し指を差すと、その部隊員たちはやはり、白目を剥《む》いて脱力する。

カタカタと震える召喚部隊《サモナー》の隊員たちに、

「てめえらも、早くオーガを出しやがれっ！」

そう叱咤すると、慌ててオーガの召喚を開始する部隊員たち。

「おい、いつまで食ってんだっ！　食事は仕事が終わってからにしろっ！」

サイムが叫ぶと、

『わがった。おで働《はだら》ぐ』

トロルはかぶりついていた副隊長だった肉片を放り投げて、歩き出そうとする。その時――。

「た、隊長っ！」

部隊員の一人が森の奥に人差し指を固定しながら真っ青な唇で叫ぶ。

「ん？　なんだありゃぁ？」

サイムは思わず素っ頓狂な声を上げる。さもありなん。木々の隙間から微かに差し込む月の光が照らしているのは、頭部がバッタの男だったのだから。

「か、囲めっ！」

恐怖故か、部隊員の一人の指示にサモナーたちはオーガを動かし、バッタ男を取り囲む。

「こいつが王国の召喚士どもの切り札か。ちっとも強くは見えねぇな。たっく、トロルに対価まで使って損したぜ。肉の壁くらいには使えたのによぉ」

サイムは興味をなくしたのか切り株に腰を下ろして、

「とっとと殺せ」

興味なさそうに、指示を出す。

バッタ男は重心を低くし、右肘を引き、左手を僅かに前に置く。その、まるで人間の行うような武術の構えを視界に入れて、

「くはっ！　見ろよ。一丁前にバッタが武術の構えをしてるぜっ！」

サイムは腹を抱えて笑い出す。

サイムの余裕の姿に若干、緊張が緩まったのか乾いた笑みが部隊員たちから上がる。

「やれ、オーガ！」

一人の部隊員の指示でオーガがその丸太のような右拳をバッタ男に向けて振り下ろす。

暴風をまとって迫るオーガの右拳をバッタ男は左の掌で弾き、ゆっくりと無造作に歩くと、右拳をオーガの腹部に突き上げる。

肉が裂け、骨が砕ける音とともに、オーガの上半身は嘘のように吹き飛んでいた。

「は？」

「へ？」

間の抜けた部隊員たちが声を上げた直後、初めてバッタ男の姿が霞む。刹那――バッタ男を取り囲むオーガたち、そしてそれらを召喚した部隊員たちの身体にいくつもの線が走り、バラ

バラの肉片となって地面にくずれ落ちる。

「はぁ⁉」

切り株から飛び退くと、サイムは、

「トロルっ！　そいつを殺せっ！」

裏返った声で指示を出す。

『わがった』

トロルは血だまりの中で佇むバッタ男にノソリと近づくと、巨大な金棒を振り上げ、下ろす。

『あで？』

己が振り下ろしたはずの右腕を持つバッタ男にキョトンと首を傾げるトロル。そして、再度バッタ男の姿が消え、トロルの全身は破裂し、粉々の肉片となって四方八方に飛び散る。

「嘘だろ……？」

今置かれている現実が信じられず、後退ろうとするが何か壁のような物にぶつかり、地面へとつんのめる。

「何が——ひっ⁉」

首を上げた時、目にしたものは——サイムを取り囲む無数のバッタ男。

「ああ……」

サイムの口から漏れる恐怖をたっぷり含有した声。それらは次第に大きくなり、夜の冷たい空気に溶け込んでいった。

蹂躙《じゅうりん》せよ――我らが主《あるじ》の願いを叶えるがために！

蹂躙せよ――我らの忠誠を主に示すために！

蹂躙せよ――至高の主に牙を剥いた愚か者どもをこの世から一匹残らず抹殺するために！

バッタマンたちは、己の主人のために夜の森を駆けて敵一切の殺戮を実行する。

◇◆◇◆◇◆

外の喧噪《けんそう》にアメリア王国第一王女、ローゼマリー・ロト・アメリアは飛び起きて枕元に置いてあった短剣をもって身構えると、護衛の女騎士――アンナがテントに転がり込んでくる。

「姫様、敵襲です！　すぐにご用意を‼」

「て、敵襲ぅ⁉」

素っ頓狂な声を上げるローゼに、アンナは顔を苦渋に染めて、

「帝国の者です！　内通者がいましたっ！」

絶望に等しい言葉を吐く。

「誰⁉」

「フラクトン卿です！　他にも数人の騎士が離反して戦闘状態にあります‼」

フラクトン卿は伝統たる貴族至上主義を謳《うた》うギルバート派の筆頭。元々ローゼの派閥とは真っ向から対立している。そして、今回の旅の護衛メンバーを決定したのは、枢密院。枢密院は王の諮問機関ではあるが、事実上高位貴族が独占しており、そのほとんどが現在ギルバート派で占められている。その当然の結果としてローゼ派の護衛騎士たちは全て実戦経験のない新米騎士ばかりとなる。故に、父である国王は万が一を考えて自身のロイヤルガードであるアルノルトをローゼの護衛に付けたのである。

泣きそうな声をあげるアンナを落ち着けるべく、その頭を撫でると、

「大丈夫。ここを離脱します。アルノルトは⁉」

今一番重要なローゼたちの生命線につき尋ねた。アルノルトは王国の騎士長であり、現国王のロイヤルガード。同行している騎士程度なら、瞬きをする間に制圧できるはずだから。

「そ、それが近隣の民家が魔獣に襲われているとの報告を受けて……」

そういうことか。この度のローゼ派の護衛は実戦経験のない新米騎士ばかりであり、魔獣の討伐などできるはずがない。対してベテラン騎士たちは、全員ギルバート派であり、一般平民を救うために命をかけるなど、たとえローゼが命じたところで断固として拒絶することだろう。故に、アルノルトなら無辜《むこ》の民が襲われていたら、一人でそちらに向かうはず。

でも、アルノルトは責められない。当初の国王の危惧も、盗賊や魔獣に襲われた際へのベテ

ラン騎士たちの護衛の不作為を疑っていたにすぎまい。まさか、謀反を起こす者が混じっているとまでは考えていなかったはず。というか――。

（ギル、そこまでするのっ⁉）

今、祖国であるアメリア王国では、王子たちの間で次期王位継承が水面下で争われている。その最有力候補が、第一王女のローゼマリーと第一王子のギルバートだ。

だけど、それはあくまで政争であって王室内での話に過ぎなかった。まさか、ギルバート側が敵国たる帝国と内通するなんて……。

「すぐにここを離脱し、アルノルトと合流します。カイをすぐに連れてきてください！」

テントを出ると、そこには血を流し地面に倒れる無数の騎士たち。

「駄目ですよぉ。逃げられませーんって」

金髪の騎士が地面に俯せに倒れ伏す騎士を踏みつけながらも、ローゼに剣先を向けてきた。

「フラクトン卿、貴方たちは祖国を裏切ったのかっ‼」

アンナは唸るような声を上げて、古参の同僚の騎士たちとその傍で勝ち誇った笑みを浮かべているフラクトンを睨みつける。

（最悪ね……）

周囲は既に黒色ローブたちに囲まれている。彼らだけならアンナもフラクトンたちが雇った傭兵くずれと判断していたはず。アンナが帝国兵と断言した理由は、あの二人だ。より正確には、髪を綺麗に剃った年配の巨漢と野性味のある黒髪の青年の二人が着ている軍服に刻まれた双頭の神鳥の紋章にある。あれはグリトニル帝国の国章。つまり、彼らは帝国の軍人だ。テントは全て破壊されている。見渡すがカイは見当たらない。倒れてもいないから森の中にでも退避したのかも。ならいい。今はローゼの傍にいる方がよほど危険なのだから。

「謀叛《むほん》とは人聞きの悪い。むしろ、裏切ったのはローゼ王女、貴方の方だ」

「私が裏切った？　その根拠は？」

この者たちの理屈くらいわかっている。自分たちの利権やら特権を守るためなら国すらも売り渡す。そんな者たちだ。ある意味聞くまでもないかもしれないが。

「貴方は我ら王国貴族の伝統を――」

「あー、そういうのはいいです。それは、私と貴方たちとの信念の違いであって、私が王国を裏切った根拠にはなりません。帝国と通謀してまで私を排斥できるとする根拠を教えてくださいませ」

救えないほど予想通りのフラクトンの台詞を遮り、再度同じ質問をぶつける。

フラクトンは暫しローゼを睨んでいたが、

「貴方が帝国の第三皇子に嫁げば、王国と帝国との不毛な争いも終わる。おまけに、ギルバート王子が即位し、我が祖国の伝統と秩序も守られるのですっ！」

すぐに小さく息を吐くと笑みを作り、両腕を広げて得意げに宣言する。

「ならば堂々と会議の席でそう主張すればよいでしょう？　違いますか？」

「それは、貴方が受け入れないから――」

「私が受け入れられないから敵国と通謀したと？　それではただの反逆者の思考ですね」

「……」

無言で歯ぎしりをするフラクトンに、

「貴方がアメリア王国民を傷つけた時点で、貴方が何を言ってもただの薄汚い反逆者です！　恥を知りなさいっ‼」

言葉を叩きつける。丁度その時、樹木の奥から白色の塊が飛び込んでくると、血を流し倒れる新米騎士を踏みつけている離反した騎士へと衝突。離反した騎士はその身体をくの字に折れ曲がった状態で背後の樹木に叩きつけられ、崩れ落ちるとピクリともしなくなる。

「アルノルト！」

油断なく大剣を構える薄い青髪に無精髭の男を視界に入れて、思わず目尻に涙が浮かんできた。当たり前だ。それは今一番来て欲しかったローゼの幼い頃からの英雄《ヒーロー》だったのだから。

「ア、アルノルトッ！　なぜおまえがここにいるっ⁉」

「先に民家の集落があるにしてはあの周辺はいささか辺鄙《へんぴ》すぎたからな。あと、先導した彼は一介の狩人にしては気配を消すのが上手すぎる。だから途中で悶絶させて戻ってきたが、どうやら正解だったようだ」

そう答えると、ローゼたちの前に出て大剣を構える。アルノルト一人の出現で、先ほどまで余裕の表情で眺めていた帝国の黒ローブたちは油断なく武器を構えていた。

「どういうことだ？　ここは黒豹とオーガどもの包囲が完了してるんじゃなかったのか？」

黒髪の野性味のある青年が隣のスキンヘッドの巨漢に尋ねる。

「私も驚いている。突破──したようには見えない。とすると、伏兵がいたのか？」

スキンヘッドの巨漢に刺すような視線を向けられ、

「い、いない！　そんな奴、いないはずだっ！」

フラクトンは慌てて首を左右に振る。

「けっ！　大方あんたの虎の子の召喚部隊《サモナー》がヘマやったんだろ？」

「否定はしない。調査した上、帝都に帰還した後、しっかり粛清《しゆくせい》はする。それよりも今は──」

スキンヘッドの巨漢が黒髪の野性味のある青年に意味ありげの視線を向けると、

「わかってる。どの道、そのつもりだ」

軽く頷き、一歩前に出ると腰の長剣を抜く。

「まさか王国一の剣士と戦えるとは、つまらん任務に予想外のアタリが出たな。俺はジグニール・ガストレア。楽しい魂が震えるような殺し合い、しようぜ！」

「現剣帝か……拒否はできそうも……ないか」

アルノルトも大剣を構え、重心を低くする。

「いざ尋常に勝負せよっ！」

「尋常に勝負しようぜ！」

その言葉を交差させ、次の瞬間二人の剣士は剣を激突する。

「すごい……」

口から漏れ出たのはローゼマリーの嘘偽りのない感想だった。

アメリア王国は、女であっても王となる者は幼少期から武術と魔法を徹底的に叩きこまれる。民のみを戦場に立たせるな。いかなる苦難の際も己が剣と杖をとって民のために立ちあがれ。それが初代の王の残した訓示であり、長年脈々と受け継がれてきた伝統。だからこそ、武術については目だけは肥えている。そう自負していた。なのに、二人の剣術はローゼの理解の遥か上をいっていた。

アルノルトから放たれた鋭い斬撃が踏み込んだジグニールに放たれるも、その鼻先を通過する。そして、懐へもぐりこんだジグニールの二つの斬閃をアルノルトは力任せに大剣を振るい、後方へ吹き飛ばす。

ジグニールが持ち前の敏捷性を生かして地面、木々の幹を高速移動し、死角からの怒涛の乱撃を浴びせれば、アルノルトはそれら全てを大剣で受けて立つ。月明かりに照らされた激しく打ち合う長剣と大剣の舞は、これほどかというほど美しかった。

「これが獅子王と剣帝との闘い……」

隣のアンナが魂の抜かれたような顔でそんな素朴な感想を口にする。

「ええ、私も真の達人同士の命懸けの戦闘など目にするのは初めて。これほどのものだとは」

二人の剣術はもはや人類が及ぶ事のできる至高の域にある。そして、わかったのは二人の剣の技量が完全に同格ということ。加えてアルノルトは、ジグニールの剣撃を全て大剣で受け切っているのだ。これはすなわち――。

「騎士長、勝てるでしょうか？」

アンナが濃厚な不安に彩られた表情で、たった今、ローゼが結論付けた事項を尋ねてくる。

「剣帝ではアルノルトには勝てません」

「え？　でもどうみても互角じゃ？」

「互角だから勝てないんです」

「うーん、えと……」

頭を傾けて考え込むアンナに苦笑しながらも、

「アルノルトは剣帝のあの高速の斬撃を大剣だけで受け切っている。そして大剣と長剣、威力は圧倒的に大剣が上です。それに剣帝もあの運動量をずっと続けるわけにもいかないはず」

嚙み砕くようにローゼが導き出した結論を説明する。ほら、さっそく綻びが見えてきた。

アルノルトの大剣が豪風を纏ってジグニールの胴体を横断せんと迫る。ジグニールはそれを上空に跳躍して避けようとするが、滑って一呼吸遅れる。

「うおおおぉぉぉぉっーー!!」

アルノルトは獣のような唸り声を上げつつも、大剣の軌道を変えてジグニールの跳躍した先へと向けて振りぬいた。

大剣がまともにクリーンヒットし、ジグニールは剣で受けた状態で数回転して吹き飛ばされてしまう。受け身をとりすぐに起き上がるが、ジグニールに向けて大剣を上段に構えたままアルノルトが疾走していた。

無駄だ。一呼吸遅い。勝負あり。アルノルトの勝利だ。アルノルトは無傷。あの剣帝が倒れれば、逃げることくらいできるはず。

しかし、そのローゼマリーの淡い期待は——

「ぐっ!」

アルノルトの右足に噛みつく一匹の蛇により、粉々に打ち砕かれた。

不自然に動きが止まったアルノルトにジグニールの剣が袈裟懸けに振り下ろされて、俯せに倒れ込む。

ジグニールは暫し肩で息をしながら倒れるアルノルトを見下ろしていたが、その右足に今も噛みつく蛇を視界に入れて、額に太い青筋を張らせる。

「エンズぅっ‼　なぜ、俺たちの決闘の邪魔をしたぁぁッ！！？」

　スキンヘッドの巨漢の男を激高する。

「これは皇帝陛下の勅命による戦争の一環なのだ。ここでお前が倒れれば王女に逃げられるかもしれん。無論、その可能性は低いが、万が一がありえる。お前のくだらんプライドなどそれに比べれば些細なことだ」

「くだらんだと？　貴様、俺の剣士の誇りを愚弄するつもりかぁぁッーー！！？」

　血走った目でジグニールはスキンヘッドの巨漢エンズに剣先を向けると重心を低くした。

「そんなつもりはないんだがね。だが、仕掛けられたならば全力で抗わせてもらおう」

　エンズも両手をゴキリと鳴らして、構えをとる。

　黒ローブたちの注意は二人に集中しており、ローゼたちから離れている。今ならアルノルトを担いで森の中に逃げ込み、撒いたら回復魔法をかける。それしか手段がない。

（いまっ！）

　アルノルトへ向けて走り出そうとした時、あっさり羽交い絞めにされてしまう。

「だーめ、逃がしませんよぉ」

　背後を振り返ると、恍惚な表情でギルバート派の騎士の一人がローゼを見下ろしていた。

「は、はなせぇ‼」

　アンナの怒号が鼓膜を震わせる。唯一動かせる顔だけ声の方に向けると、アンナに覆いかぶさる髭面で小太りな年配の騎士。

「なあ、この女は俺たちがもらってもいいんだよな？」

髭面小太りの騎士の悍《おぞ》ましい問いかけに、

「かまわん。好きにしろ」

視線すら合わせず、エンズは肯定する。

「おーい、好きにしていいってさ。早い者勝ちだぜ！」

「や、止めなさいっ！」

必死に声を上げるも、誰も聞く耳すら持たない。

「姫様、アンナが女になる瞬間、見てやってくださいよぉ」

小太りの騎士の仲間の一人が暴れるアンナの両腕を掴み、馬乗りになる年配小太りの騎士がアンナの鎧を引き剝がす。

「やだ！　離せ！　離せよぉ‼」

既にアンナの声は涙声に変わってしまっている。

「アンナから離れなさい‼　貴方たちは恥というものを知らないのですかっ！」

「もちろん、知ってますよぉ。でもですねぇ、敗者は勝者に従うのも、戦《いくさ》の理でしょぉ」

年配の小太りの騎士がアンナの上着を引き裂くと、二つの大きな双丘が夜空の空気にさらされる。

「いやあぁぁぁッ!!」

アンナの悲鳴が響きわたる。

ジグニールは襲われているアンナを横目で一瞬見ると、舌打ちをして剣を鞘に納めて森の中へと歩き出す。スキンヘッドの巨漢も肩を竦めると構えを解き、黒ローブたちに目で合図をする。

黒ローブたち数人がゆっくりとローゼに近づいてくる。

こんなの酷い！　酷すぎる！　ギルバートは血を分けた弟だ。なのにローゼを帝国にあっさり売り渡した。そして、ギルバートの部下の騎士たちは、ローゼの大切な妹同然の少女にこんな非道を働く。ローゼが帝国に行けば、きっとこの者たちは素知らぬ顔で元の生活を続けるんだろう。いや、きっとこの愚行の功績によりギルバートから重用される。

――アンナを辱めておきながら！

――ローゼを帝国に売り渡しておきながら！

このアメリア王国を極限まで汚濁《おだく》するのだ。

許せない！　許せるわけがない！　こんな恥知らずどもなんて全員死んでしまえばいい！

神、いや、悪魔でもいい。誰でもいい！　この恥知らずどもからアンナを守って‼

「誰か――助けてぇぇぇぇッ――‼」

喉が潰れん限りの絶叫を上げる。

――突如、アンナに覆いかぶさり、今にもアンナの双丘に触れようとした年配で小太りの騎士の身体が持ち上がる。より正確には、黒色の異国の服を着た男性の右手により、頭部を鷲掴みにされて持ち上げられていた。こちらからは、背中しか見えない。だから、わかるのは中肉中背のアッシュグレー色の髪の男ということだけ。

「ぎひっ‼ 痛だっ！ ぎがががっ！」

悲鳴は絶叫へ、そして言葉にすらならぬ奇声へと変わる。ローゼが瞬きを一度した時、年配の騎士の頭部は果実のように弾け飛んでしまっていた。地面へと落下する頭部を失った年配の騎士の躯《むくろ》。

「この程度で砕けるのか。やっぱりだ。迷宮最弱の魔物よりも耐久力がない。現実世界の強者と弱者の差って相当激しいのかもしれんな」

たった今、人を殺したというのにその男からはまったくそれに対する忌避感のようなものが感じられない。まるで、それは果実でももぎ取るかのよう。彼にとってその程度の感慨しか覚えていないようだった。

「ひいやぁあっ‼」

同僚の騎士が殺されて、アンナの両腕を押さえている男が金切り声を上げるが、

「騒々しい」

アッシュグレー色の髪の男は手袋に付着した血を払いながらも、その声を張り上げる騎士の

頭部を蹴り上げる。

やはり、頭部が弾け飛び、噴水のようにまき散らされる血液。

思考がついていかない。あんな単調な攻撃で二人の騎士が死んでしまった。しかも、さっき蟲でも踏み潰すがごとく殺された二人は、王国の中でもそれなりに腕の立つ騎士だったのだ。アメリア王国は、まごうことなき大国。その中での上級騎士はまさに世界でも有数の武力を有していると言える。それが、あんなにあっさり……。

アッシュグレー色の髪の男は初めてグルリと周囲を見渡す。その顔を一目見た時、ローゼの心臓は激しく動悸する。それは、あの無能者と蔑まれたカイ・ハイネマンだったのだ。

◇◆◇◆◇◆

バッタマンたちの陽動は上手く行っているようで、実にすんなり目的地まで辿り着くことができた。

「あらまあ……」

そこは今にも女が襲われようとしている瞬間だった。襲われているのは、ローゼの腹心であるアンナという名の女騎士。しかも襲っているのは、以前私に触れて穢《けが》れるとかほざいていたクズ剣士か。何が穢れるだ。それを言うなら、公衆の面前で恥ずかしげもなく女を犯そうとするお前らこそが、穢れきっている。

そうだな。アンナには一度助けてもらっている。ここで借りは返しておくべきだろう。それに、ファフの教育上よくないし。とっととこの害虫どもを駆除しよう。

「誰か――助けてぇぇぇぇッーー‼」

ローゼの絶叫を合図に私は地面を蹴って、年配の髭面の小太りの剣士の背後に立つと、その頭を鷲掴みにして持ち上げる。どーれ、どの程度で死ぬかの実験だ。精々、有効活用させてもらうとする。

「ぎひっ‼　痛だっ！　ぎががががっ！」

ほんの少し力を込めただけで頭蓋骨ごと粉々に砕け散ってしまう。まいった。ここまで脆いとは思わなかった。

「この程度で砕けるのか。やっぱりだ。迷宮最弱の魔物よりも耐久力がない。現実世界の強者と弱者の差って相当激しいのかもしれんな」

私がそうであったように、この者も碌な恩恵を持っていなかったのだろう。もしかしたら、それに負い目を感じて過去の私に必要以上に絡んできたのかもな。まあ、同情など露ほどもしないがね。

ともあれ、普段は【封神の手袋】を少し強めに使用しておくべきだ。じゃないと握手しただけで両手を砕きかねん。

ドサリと地面へ落下する頭部がなくなった死体を見て、アンナの両腕を持っていた坊主の騎士が怪鳥のような悲鳴を上げる。

馬鹿かこいつ。本来の主を裏切って、国を裏切って、そして無力な女を犯そうとしていたやつが今更己の死に恐怖するのか。死にたくなければ、大人しくしていればよかった。非道に足を踏み入れねばよかった。要するにこの者どもは一切持ち合わせちゃいないのだ。我ら戦士には必ずなくてはならぬ覚悟が。

その事実に無性に腹が立った私は、奴の頭部を蹴り上げて破裂させてその口を塞ぐ。

さて、あとは――。

ローゼを捕えている黒髪の槍使いと視線が合ったのでとびっきりの笑顔を見せてやったら、小さな悲鳴を上げて立ち上がる。

地面を蹴って背後をとると、その首を後ろから右手で握ると持ちあげる。

今の私は【封神の手袋】で、相当制限している。それでも反応すらできないとは、やはりこの世界でも弱い奴は弱いんだな。

「お、俺はまだ何もしちゃいない！　ホントだ！　俺はそいつに唆《そそのか》されただけだ‼」

この茶番の首謀者である高位貴族、フラクトンを見て必死の形相で叫ぶ。

「き、貴様ぁッ‼」

フラクトンが蟀谷に青筋を漲らせて黒髪の槍使いに激高する。

「まだ、ってことはお前も混ざるつもりだったんだろ?」

過去のカイ・ハイネマンの記憶からすると、さっき殺した二人とこいつはいつも行動を共にしていた。この血生臭い場所で女を犯そうとするくらいだ。この愚行自体初めてではあるまい。そんな御託、検討するまでもない。何より――。

「ち、ちがっ――」

「それに、唆された? 仲間を裏切り殺そうとした。それが、お前の選んだ道。その責は負うべきだ。いわゆる、因果応報というやつだな」

黒髪の槍使いを上空に放り投げて、

「やめ――」

悲鳴を上げつつ落下してくる黒髪の槍使いの身体の中心に右拳を叩きつける。瞬時に真っ赤な果実のごとく破裂する黒髪槍使いの騎士。

「……」

てっきり襲い掛かってくるのかと思っていたが、周囲の黒色ローブどもは全員血の気の引いた顔で私を眺めるだけ。

動かぬのなら、むしろ都合が良い。今のうちに、怪我人を回復させておくことにしよう。

【討伐図鑑】をアイテムボックスから取り出すと、【ヒーリングスライム】を人数分、【解放《リリース》】して、ローゼの部下全員の回復を命ずる。スライムたちは虫の息で横たわる騎士たちを包み込

む と、一瞬でその傷を癒して私の周りをぐるぐると回る。褒めてくれということだろう。

「よくやったぞ。お前たち」

愛《う》い奴、愛《う》い奴。そのぽよん、ぽよんした身体を撫でていると、嬉しそうにプルプルと震える。

「ずるいのです！　ファフもナデナデしてほしいのです‼」

背後で飛び上がって悔しがる甘えん坊ドラゴンに苦笑《にがわら》いをしながらも、

「危険だから入ってろ」

スライムたちに指示を出すと、一瞬で図鑑の中に吸い込まれてしまう。

瀕死の重傷だったはずの騎士たちが起き上がるさまを目にして、ローゼは暫し目を見開いていたが、今も気絶しているアルへ駆け寄ると、抱き起こす。

「俺は……」

赤髪優男の尋問からも、おそらくこの男の本名は獅子王――アルノルト。現国王のロイヤルガードであり、まごうことなき、現王国一の騎士だ。この御仁は公式の大会などで剣を振るう事はなかったから、彼の剣技を私はまだ見たことがない。だが、祖父からは相当の手練れであり、私が将来目指すべき目標だと聞いている。まさか彼があのアルノルトだとはな。

ともかく、アルノルトが敗北したということは、あの剣帝がそれ以上の実力者なのか、それともローゼたちを人質にとられてまともに戦わせてもらえなかったかのいずれかだろう。

「姫様？」

未だに意識が混濁しているのか、アルノルトはボンヤリとそう呟いた。

「貴様、今の召喚術か？」

スキンヘッドの巨漢が、檻の中の猛獣を覗き込むかのような強烈な警戒心の下、私を観察しながらも尋ねてくる。

「少し違うが、まあ、魔物を呼び出せる。その一点では違いはないな」

「フハッ！　クハハハハッ‼」

突如高笑いをするスキンヘッドの巨漢に、帝国兵と思しき他の黒ローブたちは奇異の目を向ける。

「その驚異的な身体能力に、超希少な魔物の召喚スキルホルダー。我らの同胞となるに相応しい。俺たちとともに来い！　代わりにその女どもには一切手を出さん。どうだ、悪い話ではなかろう？」

「エンズ様、それでは皇帝陛下の命に反しますっ！」

傍の副官と思しき黒ローブの男が即座に翻意を促す。

「はっ！　その男は我らと同等以上の力を保有している。陛下も召喚できるかどうかも怪しい勇者などという俗物よりも、よほどお喜びになるはずだ」

「しかし――」

なおも口を開こうとする副官の胸倉を掴むと、

「おい！　貴様、この私の言に逆らうのか？」

ドスのきいた声を上げる。

「い、いえ、失礼いたしました！」

おいおい、私の意思を無視して勝手に話をまとめるなよ。

「だ、駄目です！　カイ！」

ローゼが焦りで上ずった声を上げ、

「エンズ殿、それは約束が違いますぞ！　ローゼマリー王女が帝国第三皇子と婚姻し、我が国と講和を結ぶ。その約定を違えるおつもりか⁉」

フラクトンが血相を変えて声を張り上げる。

「王国との講和？　第三皇子との婚姻？　それはそちらが勝手に主張していたことだろう。我が帝国にそんな意思はない。その女はしょせん、我が国の勇者召喚の実験動物。それ以上でも以下でもないのだよ」

「そんな……」

顔を絶望一色にして項垂れるフラクトン。どの道、ローゼを売った以上、この男は破滅だろう。

「勝手に決めるな。私はお前らになどついていく気はない」

今の私は善人では決してない。むしろ感覚がこの世界の倫理から大きく外れている以上、悪人と言った方が正しかろう。だが、無力な女を実験動物にすると恥ずかしげもなく口にする奴らと組むほど落ちちゃいない。何せ私も無力だったものでね。その手の強者の理屈には反吐が出るというものだ。

「むろん、王国人のお前が素直についてくるとは考えちゃいない。ジグニール、やるぞ。私は後方支援に徹する」

空気が変わった。うーむ、帝国の六騎将の二人を同時に相手にするのは骨だが、まあ、この可能性も十分に考慮に入れている。致し方ないな。

「ざけんな！　もう、手を出すな！　今度余計なことしたら、マジで殺す！」

頬に傷のある男、ジグニールが腰の剣を抜くと私に向けて構えながら、エンズに射殺《いころ》すような視線を向ける。

「馬鹿か、貴様っ⁉　相手は召喚士だぞッ！　剣術だけで勝てるものか！」

エンズの初めての激高に、黒ローブたちは首を竦める。

「いんや、私は召喚士ではない。剣士だ」

がっかりだ。がっかりだよ。ジグニールのあの構えに挙動、あれは剣を極めた者のそれではない。ただ己が強いと信じて疑わない粋がる小僧のものだ。そんな腕では到底天下の獅子王に勝つことはできまい。どうやら、アルノルトはまともに戦わせてもらえなかったようだな。

それにしても、なぜ、あの旧剣帝アッシュバーン・ガストレアほどの男が、あんな未熟な小僧に剣帝の名を譲ったのだ？　あの程度の腕の者なら帝国には、掃いて捨てるほどいるだろうに。不可解だ。不可解すぎる。

「お前はアッシュバーン・ガストレアの身内か？」

「アッシュバーン・ガストレアは俺の祖父だ」

とすると、血統のみで承継を許したのか？　少しアッシュバーン・ガストレアを買いかぶりすぎていたか？　いや、アッシュバーン・ガストレアのあの無邪気ではあるが一切の隙のない剣技は本物。孫が可愛いという理由だけで我らの剣の道に泥を塗るような男ではない。

だとすると、この者に一定の価値を見出したからか。まあいい。この者は未熟だ。ならば、刃物を向ける価値はない。

私は近くの槍を拾うと【雷切】でその先端の穂の部分を切断。【雷切】を鞘に納めて、槍の木製の柄の部分を握って構える。

「それは何の冗談だ？」

私の意思を察知したジグニールが、顔を悪鬼に変えながらも疑問を投げかけてくる。

「ふむ。今のお前に刃を向ける価値はない。かかってきたまえ。稽古をつけてやる」

「上等だぁ！　その傲慢さ、二度と吐けなくしてやる‼」

いくつもの太い青筋を額に漲らせながらも、ジグニールは私に斬りかかってきた。

私は握る槍の柄の部分である木製の棒でそれを受けると、偉大なる旧剣帝アッシュバーン・ガストレアの意図を探るべく稽古を開始する。

◇◆◇◆◇◆

基本、ジグニールの戦術は一撃離脱。ただ、ジグニールのその強力な脚力による俊敏性と鍛え抜かれた剣の鋭さは、死角からの相手への一撃必殺の攻撃を可能にする。結果、相手は防戦一方を強いられる。現に王国一の騎士であるアルノルトですらも、受け続けてその隙を狙うのが精一杯だったのだから。なのに、眼前で繰り広げられていることは、全く予想すらしていなかったこと。

ジグニールは地面を疾走し、背後から長剣を横薙《よこな》ぎにするが、カイは右手に持つ木の棒により振り返りもせず弾き返す。

ジグニールによる右斜め後ろから放たれたローゼには残像すらも見えぬ剣尖もカイの滑るような木の棒の軌道で避けられる。

左前方からの頸部を狙う横一文字の斬撃。それが弾かれると予想していたジグニールは懐に飛び込んで、腰の短剣を腹部に向けて突き刺そうとする。しかしその短剣ごと木の棒で逸らされてしまう。

（どういうこと？）

正直、ローゼには先ほどのジグニールとアルノルトの戦いの方がよほどすごく感じた。

この戦いに激しさなどない。それどころか、カイの動きはローゼにすら目でも追えるものだ。この程度の動きなら、ジグニールの神速の一撃ですぐに勝敗が決してしかるべき。なのに一向に当たる気配すらない。

「アルノルト、ジグニールの攻撃はなぜカイに当たらないのですか？」

その強烈な疑問から、今もローゼの傍で二人の戦いを放心状態で眺めているアルノルトに尋ねた。

「……」

「アルノルト？」

「は、はい。えー、それは……おそらく剣の腕が違いすぎるんだと思います」

「剣の腕が違う？」

「ええ、まさにその日、剣を持ったばかりの新米剣士と数十年剣を振り続けてきた歴戦の剣士。それ以上の技量の差があの二人にはある」

「で、でもカイには才能が……」

「いえ、違うんですっ！　これは才能なんかじゃない！　その程度のことでこれほどの差はつかないっ！　この絶望的なほどの差は、きっと経験則の差です！」

よほど動揺しているのだろう。普段冷静沈着なアルノルトとは思えぬほどのその口調は厳しく、表情は鬼気迫っていた。

「経験則の差？」

益々意味不明だ。カイが年配の剣士ならまだ理解ができる。だが、カイはジグニールよりもずっと年下なのだから。

「ええ、私の剣の師がいつも言っていました。人は皆、名声、愉悦、自尊心等を忘れて剣をふれない。それらの一切を捨て去って無心で振り続けられる者こそが、真なる剣の頂へと辿り着けると。おそらく、彼は振り続けたんだと思います。そして、気の遠くなる修練の末、遂に到達した」

「で、でもカイはまだ、15歳ですよ！」

「それは何かの間違いです。彼は我々よりも遥かに長い年月を生きている。何より、彼の剣技がそれを物語っている」

力強くアルノルトはそう断言する。

カイが遥かに長い年月を生きている？　カイがエルフということだろうか。ハイエルフはエルフの中でも特に長寿だ。千まで生きる者すらいると聞く。そうと考えればまだ納得はいくが――カイの出自はしっかりしている。彼は人間。それは間違いない。

「そろそろ終わりそうです」

アルノルトの言葉により、無理矢理、現実に引き戻される。

今、カイの木の棒により右手を叩かれて、ジグニールが剣を地面に落としたところだった。

◇◆◇◆◇◆

そうか。そうであったか。アッシュバーン・ガストレアがなぜ剣帝の称号をジグニールに与えたのかがわかった。それは私にはなかったもの。すなわち、剣の才能だ。言い換えれば、圧倒的な剣のセンスといえばよいか。剣を振り続けたからわかる。私と違い、この男はこの上なく剣に愛されている。

遂にジグニールは号泣してしまった。別に情けないとは思わない。それだけ、ジグニールにとって、剣術は己の価値そのものだった、という事なのだから。

「もうこんなくだらないことに手を貸すのは止めるのだ。お前にそんな時間はない。アッシュバーン・ガストレアがなぜ、剣帝の名をお前に託したのか、もう一度じっくり考えるのだな」

子供のように声を上げて泣くジグニールにそう告げるとスキンヘッドの巨漢――エンズに顔を向ける。

「剣帝を連れて帝国へ帰れ。剣帝の才に免じ、此度《こたび》に限り、お前たちを見逃してやる」

これは私のエゴだ。だが、元々私は我儘だ。最後まで我を貫き通させてもらう。

「剣で剣帝に勝つ召喚士か。危険だ。貴様は危険すぎる」

エンズは、顎を引き、身体を固くし、警戒態勢に入っている。

違う意味で面倒なことになりそうだ。

「危険ならどうするのかね？　言っておくが、私が認めたのはジグニールだけだ。お前らのような俗物の生存を私が許したのはある意味、奇跡とも言えるのだぞ？」

「ほざけ！　だが、よーくわかった。貴様はそもそも誰かが飼いならせるような甘い存在ではない。ここで殺さなければきっと、いや、必ず、我が帝国の脅威となる。だから――ここで死んでもらう！」

エンズが背後に跳躍して詠唱を開始する。直後、生じる魔法陣。長い髭を蓄えた筋骨隆々の赤色の肌の魔人がその魔法陣から炎を纏ってゆっくりと出現してくる。

相当の熱量なのだろう。魔人は浮遊しており直接接触はないにもかかわらず、地面はマグマのように真っ赤にグツグツと茹《ゆだ》っている。

『盟約に従い参上した。それで我に何を望む？』

「その人間を殺せ！」

炎の魔人は両腕を組みつつ、眉を顰《ひそ》めて私をしばし品定めしていたが、順にファフニール、アスタロスへ眼球を移し、

『その三匹はなかなかやるぞ。相当の対価が必要だが？』

眼球だけをエンズに向けてそう言い放つ。

この言葉に悪鬼の形相で奥歯を噛みしめるアスタロスと、何も考えていないのかポケーとしているファフニール。

それにしてもこいつも全く強さを感じぬ。この感覚、バッタマンよりもさらに以下であり、羽虫程度にすら及ばない。だが、それはおかしい。おそらく、六騎将の隠し玉だし、件《くだん》の精霊王のはずなのだ。もちろん、あのダンジョンにも強さを偽る魔物はいた。だから、珍しいがありえないとまでは言い切れない。

しかし、だとすれば、奴の今の発言が不可解だ。先ほどの発言からも奴は他者の強さを一定限度で測ることができるのだと思われる。この点、今の私の平均ステータスは【封神の手袋】により、100程度に抑え込んでいる。そして、それはアスタロスやファフニールも同じ。隠蔽系のアイテムを装備していてステータス平均100程度に偽っているのだ。理由は簡単。余計に警戒されるより油断してもらった方がこちらとしても与しやすいから。なのに、今こいつは私たちをなかなかやると言ったよな。たった100程度をか？　つまりそれは――。

「わかっている。部下どもの生命力《マナ》をくれてやる。それで対価としては十分のはずだ」

「ちょ、ちょっと待ってくださいっ！」

エンズの部下の一人が必死の形相で翻意を願うが、

「祖国のためだ。受け入れろ」

エンズは実にあっさり部下を切り捨てて、その死を言い渡した。

黒ローブたちは、目の中に絶望の色をうつろわせて、両膝をつく。

「アスタロス、私達がしているアイテムはちゃんと発動中なんだろうな？」

「そのはずである。少なくともこのボンクラどもに吾輩たちの力は見破れぬはずである」

ふはは！　そうか！　そういうことだったのか！　このエンズという男は六騎将ではない。剣帝についてきたただの従者だ。あのスキンヘッドの巨漢がやたら尊大だから六騎将と勘違いしてしまっていたが、あの火の魔物（？）は精霊王などではなくただの雑魚だ。肌感覚的にも雑魚臭しかせんし、何より現在の私達のステータス１００程度を強いと認識しているようだしな。

確かに、情報のソースは帝国兵。奴らが簡単に口を割るはずもない。そもそも信頼性に著しい疑いがあるのだ。素直に情報を鵜呑《うの》みにした私が愚かだった。

だとすると、あれも精霊王ではなくただの悪霊ってわけか。そうだな。天下の精霊王が、人間の生命力《マナ》なんて要求するわけないものな。

「対価など不要だぞ。何せお前はもう逃がさんしな」

炎の悪霊に向けて私は木の棒の先を向ける。

『我を逃がさんだと？　大きく出たなぁ、人間？』

ニタァと口角を上げて炎の悪霊は私を見下ろして尋ねてくる。顔は笑ってはいるが、目は真逆。相当イラついているな。

「うむ。当然だ。お前のような悪霊など放置しておけば害悪しか起こさん。ここでしっかり駆除しておくことにするよ」

『わ、我が悪霊だと？』

震え声で宣うところから察するに、かなり怒ってくれている。うむうむ、いい感じだぞ。なにせ、逃がさぬと言ったはいいが、特段手段があるわけではないし。

「ほう、違うのか。だとすると、なんであろうな。魔物か？　いや、あの弱者専用ダンジョンの最上層の火炎系の魔物程度にも圧は感じんぞ。やっぱり、悪霊だろ？」

先ほど倒した黒色の獣同様、周囲をブンブンと飛び回る羽虫程度と区別がつかんな。

『我は精霊王イフリートだっ‼』

「はいはい。そうだろうな。悪霊というものは皆そう言うものだ。生前で認めてほしかったのだな？」

実際に悪霊に会ったことなどないから説得力は皆無だがね。

遂に自称精霊王は眉間に太い青筋を浮かべてプルプルと全身を小刻みに震わせる。

『いいだろう！　今回に限り対価などいらん！　そいつらの肉体をズタズタに引き裂く事により、留飲をさげて——』

「あーあー、そういうのは別に要らぬよ。だいたい、悪霊にできもしない妄想を垂れ流されてもな。困惑するだけでまったく意味がな――」

自称精霊王は息を吸い込むと、得々と話す私に、灼熱の炎を吹き付けてくる。もっとも、炎や熱に対し、吸収の能力を有する私には当然効果はない。ちなみに衣服や装飾品も私の吸収能力の効果により燃えることはない。

『な、なぜ無事でいられる⁉』

燃えないのがよほど意外だったのか、驚愕に目を見開き私にそんなどうでもいいことを尋ねてきた。

「お前のチンケな炎じゃ、私は燃やせない」

『そんな馬鹿な‼　この精霊王イフリートの炎ぞっ‼　貴様のようなただの人間など、骨まで残さず燃え尽きるはずだっ‼』

まだ言うか。この自称精霊王！　そういや、こんなこと前にもあったな。あーそうだ。自称といえば、ギリメカラだ。【討伐図鑑】から召喚した当初は、やたらと反抗的だったから、徹底的にその根性を鍛え直したのだ。同じ自称者同士、丁度よいかもしれん。奴に調教を任せるとしよう。

【討伐図鑑】をアイテムボックスから取り出し、ギリメカラのページを開く。

「お前の炎が効かないんだ！　そいつは、普通じゃない！　イフリート、全力でいくぞ！」

私に炎が効かないと知り、エンズが焦燥に満ちた声を上げるが、私は構わず【解放《リリース》】した。

『わ、わかっている！　我が最大の炎でぇ……ひぇ？』

自称精霊王の悪霊の口から出る、どこか間の抜けた素っ頓狂な疑問の声。その視線の先には、鼻のやたら長い二足歩行の巨大な自称邪神が跪いている。

『おお！　我が偉大なる崇敬の主《あるじ》よ！　此度は我のようなゴミ虫を召喚いただき恐悦至極にございまするっ！』

片膝をついて、私に首を垂れる自称邪神。まあ、教育が行き届きすぎて、自称ゴミ虫になっているけれども。

「そこの悪霊を教育してやってくれ。自分は精霊王などとわけのわからんことを言って面倒なんだ」

今もパクパクと陸に上がった魚のように口を動かす自称精霊王に、自称邪神の魔物ギリメカラはその三つの目をギョロッと向ける。自称精霊王はたったそれだけの仕草で、まるで子ウサギのようにビクッと全身を痙攣《けいれん》させた。

『悪霊……ごときが、我らが至高の御方《おんかた》のお言葉を否定するなど、何たる不敬‼　なんたる不《ふ》逞《てい》！　許せぬ！　許せぬぅ！　到底看過できぬわぁぁぁ‼』

それって怒ることかよ、と言いたくなるような台詞を吐き出しながらも、三つの眼球を血のように真っ赤に染めて天へと咆哮し、もはや戦意など完全に喪失しガタガタと震える自称精霊王に向けて突進していく。

結論を言おう。ギリメカラの圧勝だった。というより勝負にすらなっていなかった。ドーム状の黒色の霧のようなもので包み、その逃亡を防止した上で、自称精霊王の悪霊をフルボッコにした。そのフルボッコ行為が常人にはかなり悪質だったので、ローゼの護衛騎士の中の一部の心が繊細な者たちは気絶してしまう。

『お前は蛆虫。そうだな？』

頭部を鷲掴みにすると、ギリメカラは炎の悪霊に尋ねる。

『はい。私は下賤で卑しい蛆虫ですぅ‼』

泣きながら許しを請う自称精霊王の悪霊に、満足そうにギリメカラは頷くと私に跪く。

『この蛆虫をこのゴミ虫に預けてもらえませぬか？　さらなる教育をしたいと存じます』

ギリメカラに預けろね。私的には人間を養分とするようなクズ悪霊などさっさと駆除したいのだがね。だが、確かに【討伐図鑑】の性能拡張とやらの効果も見てみるのもいいかもな。

「わかった。その腐った根性、叩き直してやれ」

あらん限りの声で絶叫する自称精霊王の悪霊の後ろ襟首を掴むとギリメカラは、【討伐図鑑】の中に消えていく。

【討伐図鑑】を確認すると、ギリメカラの数ある【眷属】の項目の最後にイフリートと記載されていた。名前まで精霊王と同じか。まったく、名前が同じだからといって強さまで同じくなるわけもあるまいに。いるよな。強そうな名前だからって粋がる奴って。

ともあれ、あとはあの剣帝の従者であるエンズだけだ。こんな雑魚が六騎将を詐称するとはな。すっかり騙されてしまった。

「ま、ま、まて、待ってくれ！　いや待ってください！　きっと貴方を――」

両膝を地面に突き、必死で懇願するエンズの言葉を、

「不要だ。お前はやり過ぎた」

私は木の棒で奴の首を飛ばすことにより遮った。そして黒ローブたちへ視線を移すと全員、小さな悲鳴を上げて震え上がってしまう。

「剣帝を連れて帝国へ帰れ。それがお前らの仕事だ。もし、違えば――」

木の棒を向けた途端、副官らしき者が失意にある剣帝を抱えると一目散で逃げ始める。そして黒ローブたちも命からがら逃げ出していく。

◇◆◇◆◇◆

フラクトンと生き残った騎士くずれは、アルノルトにより既に拘束されている。あえて私が手を出す義理もないだろう。

これでローゼとアンナへの義理は果たした。あとは、バッタマンたちを回収するだけ。

でもこれからどうするかね。一応、記憶では母上殿の下へ行くことになっているが、せっかく家の柵《しがらみ》から解放されたことだし、この世界を自由に見て回りたい。

旅をするにも金が要る。この際だからハンターの資格でも取って旅費を稼ぐか。なら、近くのバルセが最適かもな。あそこは、シルケ樹海という魔物の巣窟《そうくつ》があるし。そうだな。そうしよう。

森の中へ歩き出そうとすると――。

「ま、まてっ！」

フラクトンに呼び止められる。

「わ、私は次期国王たるギルバート王子の剣にして盾だっ！　我らの側につけ！　お前ほどの力があれば、たとえ無能のギフトホルダーでも王子は必ずや重宝してくださる！」

「貴様っ、この後に及んでそんな世迷言を抜かすかっ‼」

アルノルトが胸倉を掴んで激高する。仲間の騎士が傷つけられ、犯されそうになったんだ。その上でのこの頓珍漢な言葉。怒りたくなる気持ちもわかる。

「黙れ、平民めっ！　私は伯爵、そう伯爵だぞ！　貴様らのような平民風情とは人としての価値が違うのだっ！」

まったく、醜悪だな。この人の世が一番悪質で、救いがない。こんな生きる価値のないクズがのさばるような国などいっそのこと滅べばいいのだ。

「お前は私を無能な背信者と散々蔑み、嫌がらせまでしてくれたじゃないか？　その私がなぜお前らの側につかねばならん？」

それだけは絶対にありえぬ選択だろうな。

「そ、それは……王子の御力でギフトの結果などどうにでも揉み消せる！　金も女も思いのままだぞっ！」

「そうやって、その馬鹿騎士どもを篭絡《ろうらく》したのか？」

アルノルトに縛られている騎士たちに眼球だけ向けると、小さな悲鳴を上げて震えだす。

くだらん。実にくだらん連中だ。

「もうじき、ギルバート殿下が王位につかれる。そうなれば――」

私は奴に近づくとその顔を鷲掴みにする。

「いいか？　仮定の話はもうたくさんだ。誰が王位につこうがまったく私には興味がない。どうせお前らのような害虫の誰が政《まつりごと》を行おうと同じことだ」

「ローゼ様まで害虫扱いするつもりかっ⁉」

アンナが騒々《そうぞう》しく喚き声をあげる。服を着て普段の鬱陶しい女に逆戻りしたらしい。まあ、他の騎士たちの表情から察するに皆同意見のようだがね。唯一、アルノルトだけは私に否定の表情を向けず興味深そうに傍観しているようだが。

「うむ、もちろんだとも。より分かりやすく具体的に表現してやろう。王侯貴族は、民にとり憑き生き血を啜《すす》る寄生虫だ」

第一、こいつらもギフトというわけのわからんもので選別し、それを持たぬ種族を迫害してきた。結局、こいつらもこのフラクトンとは大きく変わらん。この国に住まう害虫にすぎんのだ。

「貴様ぁッ‼」

激高するアンナ。それに呼応するように、他の騎士たちも腰の剣の柄に手を当てている。

ほらな。これがこいつらの本質だ。自分の思う通りにならなければ、すぐに実力行使に出ようとする。そして相手はいつも黙って無力にされるがままであるべきだと本気で信じてやがる。だから私はこいつらが死ぬほど嫌いなんだ。

「ほう、私とやり合うか。私は構わんぞ。いずれかが滅ぶまで徹底的にやろうじゃないか」

私がフラクトンから手を離して奴らに向き直ると、ファフニールが重心を低くし唸り声をあげる。アスタロスは大きなため息を吐くと顔をギラギラした獣のようなものへと変えて指をゴキリと鳴らした。

相手はアメリア王国、大国だ。しかも伝説の勇者もいる。未熟な剣帝やそのお付きの従者とはわけが違うのだろう。かつての私なら躊躇していたんだと思う。だが、今は違う。この私がそんな些細なことで膝を折ることは絶対にない。

たとえ相手がいかなる強者でも私に敵対するというなら、徹底的に滅ぼしてやる！

「やめなさいっ！」

凛とした声に慌てて姿勢を正すアンナたち騎士ども。アルノルトも一礼する。

「はっ！　親王の登場か。で？　どうする？　あんたを侮辱した私を死刑にでもするつもりかね？」

この国の王侯貴族は古来それをしてきたのだ。血統などという無形で無価値な概念のために多くの命を奪い、魂を凌辱してきた。ギフトでの差別も、早い話、被差別階級を故意に作りだし、本来なら王侯貴族に向くはずの民衆の不満をその者たちへ向かせてガス抜きさせる為政者どもの姑息な手段にすぎん。こいつら王族が上にいる限り、きっとそれは繰り返される。

「まさか。それより私は嬉しいんです」

「はあ？　気でも触れたか？」

この女、突然何を言いだすんだ？

「ぶ、無礼な――」

案の定、アンナが私に食って掛かってくるが、

「止めなさい！　私はそう言ったはずですっ‼」

ローゼとは思えぬ激しい口調で言葉を叩きつけられ、アンナは身を竦める。

「初めてだったんです」

「あ？」

「この国で初めて、同じ感性を持つ人に会いました」

「聞こえなかったのか？　私はお前ら王族と貴族がこの国を腐らせている元凶と言ったんだぞ？」

「だから、私もそれに同意すると言いました。この国は腐っている。貧困や疫病、犯罪が横行しているのに王国政府は何の対策も立てず己の利益追求のために邁進しています。このまま今の体制を続ければ、近い将来この国は確実に破綻します」

「だろうな。だが、それがどうした？　お前ならば、善政ができるとでもほざくつもりか？　それは抜本的な解決にはならんぞ？」

「ええ、そうでしょうね。私個人の力や発想などたかが知れている。でも、民の一人一人が政《まつりごと》に参加できるのなら？」

驚いたな。人民が自らの手で、自らのために政治を行うという発想は、この現実世界では明らかに異質だ。私とてあの迷宮内で獲得した書物を読んでいなければ辿り着くことがなかった考え。ふむ、少しだけこの女に興味が湧いたな。

「その発想、どこで得た？」

「ハンターだった叔父様から幼い頃にもらった本に書いてあった異なる世界の物語に出てきたんです」

「異なる世界の物語？」

「ええ、そこはカガクという私たちの世界とは異なる概念が支配する世界。そこでは貴賤《きせん》の区別なく、各民が自身の進む道を己の意思で決定し歩いて行ける社会です」

十中八九、『科学』のことだろうな。迷宮の書物の中に頻繁に出てきた言葉であり、まず間違いあるまい。だとすると、その本は異界の書だな。無論、あくまで物語のようだし、私の読んだ本とは異なるようだが。

「あくまでそれは空想の物語。理想郷ではないぞ？」

その本の中にはその異世界の業がうんざりするほど描かれていた。物事には必ず、表裏が存在する。ローゼが読んだ本が物語である以上、書いてあるのは表だけの可能性が高い。

「仰りたいことは重々わかっています。それでもその世界を見てみたくなってしまったのです。だから、これは私の夢」

ローゼは胸に両手をあてると瞼を固く閉じる。

この姫さん、普通じゃないな。そもそも、常人はいくら素晴らしく描かれていても物語の世界を実現しようとは思うまい。しかも、その対価として捧げるのは己の王族の地位。普通の思考回路じゃない。道理で、貴族どもに人身御供にされそうになるわけだ。

「あんたマジでイカレてるな」

「貴様、またローゼ様に――」

私の心底呆れたような素朴な感想に、再度アンナが激高するが、

「アンナ！」

ローゼの有無を言わさぬ制止の声により、慌てたように口を噤《つぐ》む。

ローゼは表情の一切を消すとフラクトンたちに向き直り、

「フラクトン、そして彼に加担した騎士たち、この件は国王陛下に報告します。特に、今回の件は帝国と通謀していたという最悪の事態。極刑は免れないと思ってください」

奴らにとって破滅に等しい宣言をする。

「そんなはずはない！　ギルバート殿下は――」

「弟は帝国との通謀の容疑がかかる者を命懸けで救おうとするほど思いやりのある人物ですか？」

ようやく自分が取り返しのつかない失態を犯したと認識したのだろう。フラクトンは、血の気が引いて震え始める。

そんなフラクトンを尻目に、

「本日この時をもってカイ・ハイネマンを私、アメリア王国第一王女ローゼマリー・ロト・アメリアのロイヤルガードに任命します！」

そんな阿呆で独善的な宣言をしやがった。

ロイヤルガードね。このアメリア王国において武術を志す者にとっての最上の栄誉だし、知ってはいるさ。確か、王位継承権を有するものが与える最高位の騎士の称号だったたか。

ロイヤルガードは、王位継承権者の守護者であり、武力と権威の象徴。侮蔑の対象である無能な私をそんな役に就けるなど、普通の思考回路ではない。やっぱりこいつはありとあらゆる意味でヤバイ奴だ。

「ちょ、ちょ、ちょっとお待ちください！　そいつは無能の背信者ですよ！　それをよりにもよってロイヤルガードに任命するなど許されることでは――」

案の定、アンナが血相を変えて反論しようとするが、

「おだまりなさい！　では逆にお聞きしますがアンナ、貴方は誰なら相応しいと考えるのです？」

それをローゼは再び強い口調で遮り、逆に聞き返す。

「そ、それは伝統と格式のある王宮近衛騎士たちが妥当ではありませんか？　少なくともずっとそうしてきたはずです！」

「その王宮権力の筆頭であるフラクトンはこの度裏切りましたよ？　ついでに言えば、王宮の政を決定する枢密院が雇った騎士たちに貴方は乱暴されそうになりましたね。彼らは広い意味では弟ギルの臣下です。申し訳ありませんが、私は王宮自体をもう信じられません」

「だからってそんな背信者をロイヤルガードに任命しなくても……」

アンナは、下唇を噛み締めつつ呟く。

「背信者？　馬鹿馬鹿しい！　貴方は剣帝さえも凌《しの》ぐカイの剣術を見なかったのですか？　貴

方たちの大好きな見せかけだけの才能では絶対に届かぬ場所に彼はいるんです」

「それは――」

「厳しい言葉になりますが、もし私が神ならば、貴方よりも能力溢れる彼を祝福します。全知全能の神なら、なおさら彼を祝福することでしょう」

「――っ⁉」

　私よりも神に祝福されていない。そんな心底どうでもいい指摘がよほどショックだったのか、アンナは俯いて口を閉ざしてしまった。人間というのは自分の価値観の範疇《はんちゅう》で拒絶されるのが一番傷つくという見本かもしれん。だが、それはそれ。せっかく世界漫遊の旅に出ようと思っていたのだ。初っ端から足止めを食うなど御免被る。

「私の意思を無視して勝手に任命するな。そもそも私は引き受けるつもりはない」

　私の拒絶の言葉に、周囲の騎士たちから安堵のため息が漏れる。

「いえ、貴方には是非とも私のロイヤルガードになっていただきます！」

　この女、これほど強引な奴じゃないと思っていたんだがな。今のこいつからは、執念のようなものさえ感じる。

「ロイヤルガードは、王位を有する者の顔なんだろう？」

「はい、よく花を生ける花瓶に例えられますね」

「なら、花が輝くにはそれに相応しい花瓶が必要だろう？　特に私は無能。その花瓶の役からは最も遠い。他を当たれ」

「貴方の他に適任者などいません！」

「適任者ねぇ。王国の勇者殿はどうだ？　相当強いらしいし、この王国では断トツの人気者ではないのか？」

「勇者は対魔王軍の主力戦力。もし私が勇者をロイヤルガードにすれば、他勢力が暴発し、下手をすれば内乱となります。何より、私はあの勇者様をそこまで、信頼してはいません」

「だったら、そこの王国騎士長殿に国王が引退したら、なってもらえばいいだけの話だろ？　実力的にも人間性もそれこそ適任だ」

「ロイヤルガードは生涯ただ一人の王族のみに仕える決まりとなっております。現国王陛下が、王位を譲られても、アルノルトは父上のロイヤルガードです」

「なら、お前の部下に任せろよ。私を巻き込むな」

「ロイヤルガードは最高位の騎士の称号です。王位継承権者を守護する絶対の強さが求められます。非常に残念な話ですが、任せるだけの技量がまだ私の配下の者たちにはありません」

「……」

ローゼのある意味、無情な指摘にアンナはもちろん、周囲の騎士たちは無言で悔しそうに顔を歪めた。

「何より、貴方に私のロイヤルガードになってほしいのですっ！」

ローゼは周囲の騎士たちを横目でチラリと見ると、力強くそう宣言する。

「それはそっちの理屈だ。私には何ら関係がない。他を当たれ」

「いえ、私のロイヤルガードは貴方以外にはありえません」

「断固拒否するね」

「よろしいのですか？」

微笑を浮かべるローゼに薄ら寒いものを感じ、

「どういう意味だ？」

その言動の根拠を尋ねた。

「貴方が受け入れられないなら、私はロイヤルガードにレーナ・グロートを指名するつもりです」

「はあ？　あいつ碌に戦った事もない素人だぞ？」

今回の件で、はっきりとした。敵はクズだが狡猾だ。魔物を倒すとはわけが違う。剣の腕だけで守れるとは、とても思えない。甘いレーナにはあまりに相応しくない。そんなことは、ローゼなら一番わかっていることだろうに。

「でも剣聖です。剣術だけなら、既にかの勇者殿すらも凌ぐほどに。何より、幾度も王国を救ったという剣聖のギフトホルダーが、私のロイヤルガードになる。その事実は、この国では遥かに重いこと。他の王位継承権者たちの絶好の牽制《けんせい》材料となる」

「あいつの意思は？」

「流石にあのお人好しでも、王室などという極めて厄介なクズ組織に、関わり合いになりたいとは思わぬはずだ。

「彼女は私が望むのならば快く受け入れる。そう言ってくれました」

あの大馬鹿娘め！　そういや、あいつって友に頼まれると断れないという面倒な性格をしていたんだったな。

「ロイヤルガードを引き受けない場合のレーナの立ち位置は？」

「王国にとって、勇者や剣聖は対魔王軍の旗印的意味合いが高く、絶対に失うわけにはいかないのです。要の戦闘以外は後方支援がメインとなるでしょう。しかし――」

「もういい。理解した。レーナがロイヤルガードを引き受ければ、危険度が段違いになると言いたいんだろ？」

「はい」

ローゼの言う通り、ギルバートとかいう愚物はまともじゃない。なにせ、実の姉を帝国へ売り渡そうとするくらいだしな。レーナがローゼのロイヤルガードになれば、執拗に命を狙われるのは目に見えている。そして、今の私には幼年時代の記憶もしっかりある。だからだろう。少なくとも私は、レーナという名の幼馴染が不幸になることだけは我慢がならないようだ。

だからといって――今の私がこんな人質紛いの脅しに屈すると思ったら大間違いだ。

「要するにお前は、私を脅迫しているのだな？」

怒気を込めてローゼに問いただす。ただそれだけで、直接敵意を向けられていない周囲の騎士たちは小さな悲鳴を上げて尻餅をつく。アンナも真っ青な顔で震えていた。平然としているのはアルノルトと実際に敵意を向けられているローゼのみ。

「こんなやり方になってしまった事には心からお詫びいたします。ですが、私がしたいのは貴方との対等な契約です」

「対等な契約？　私の選択肢を一方的に奪っておいて、そんなものが対等と言えると本気で思っているのか？」

それはあまりに傲慢な発想というものだ。ま、王族らしいといえばそれまでだが、この王女は間違ってもこんなことできない奴かと思っていたんだがな。しょせん、人生経験に乏しいカイ・ハイネマンの時の印象だ。誤謬《ごびゅう》はあるだろうさ。

「私は貴方の意思を奪った。ならば私の意思を貴方が握れば対等になる。そうではありませんか？」

「はあ？　お前、何を言ってるんだ？」

「これを使います」

ローゼはスカートのポケットから金色の宝石が埋め込まれた指輪を取り出すと私に渡してくる。鑑定をかけてみると――。

★【隷属《れいぞく》の指輪】：金色の宝石の指輪を装着した者は、赤色の宝石の指輪をしている者を使役することができる。ただし、自身の【魔力】よりも【耐魔力】が著しく高い存在には効果がない。

・アイテムランク：中級

他者の意思を奪う指輪ね。そして、ローゼの左手の人差し指には赤色の指輪が装着されている。ローゼの意思を私が握るとはそういうことか。己の理想を叶えるためなら、自身さえも生贄に捧げるね。自己犠牲の精神のつもりなんだろうが、この女は全くわかっちゃいない。己を犠牲にするのにも覚悟がいるのだ。その覚悟は己の中から搾《しぼ》り出すもの。こんないかがわしいアイテムに頼って成立するようなものでは断じてない。それにやり方もまったく理にかなっていない。というか無茶苦茶だ。

「これは王家に代々伝わる隷属の指輪。裏切り防止の観点から各王族に複数個、譲渡されているものです。その具体的な使用法は――」

「この指輪の効果はだいたい理解しているから解説は必要ない。それよりもだ。もし私がこの指輪を使ってお前を操り、王国を無茶苦茶にしようとしたら、どうするつもりなんだ？」

　得々と説明するローゼの言葉を遮り、半分呆れが入った疑問を口にしていた。

「貴方はそんなことができるような方ではありません」

　ローゼは自信ありげにそんな根拠がまったくない言葉を吐く。

「阿呆。人とは元来、欲望にまみれた生物《いきもの》なのさ。お前が見ているのは全て上っ面の幻想にすぎんよ」

　なんか、馬鹿馬鹿しくなってきたな。要するにこの女はあの剣帝同様、未熟な子供に過ぎんというわけか。だが、その程度の甘い認識なら、次こそは確実に死ぬ。敵が狡猾で愚劣なら、こちらも一切の躊躇なく奴らを破滅させるための策を練る必要があるが、今のこの女の幼稚な言動を鑑みれば不可能だろうし。対抗策が練れないなら、ギルバートとかいう愚物から具体的に身を守る方法を考える必要がある。だが、アルノルトがローゼの直属の騎士ではない以上、いつまでも護衛はできまい。つまりこの女はもうじき完全に無防備になるというわけだ。今回のこの愚行もその焦りからかもな。

「レーナの件を引き合いに出したことは本当に申し訳なく思っています。ですが――」

「もういい」

　私は深い深いため息を吐くと、ローゼから渡された金色の指輪を握りつぶした。

「なっ、何を――」

血相を変えて疑問を口にしようとするローゼの赤色の指輪も粉々に砕く。そして、腕を組んで私たちのやり取りを眺めているアルノルトに向き直る。

「アル、今、お前はこのお転婆娘の保護者だろ?」

「そうなるかな」

顎を引くアルノルト。

「なら、この馬鹿娘にお説教でもしてやれ。話はそれからだ」

この娘、どうにも危なっかしくて見ていられん。ローゼはレーナとキースの友人。特にレーナの親友らしいし、ここでこの子供を見捨てるのも寝覚めが悪いのも確かだ。どの道、今、やるべき明確な目的があるわけでもない。ローゼの身を守れるロイヤルガードを見繕うまでなら、この茶番に付き合ってやってもいいさ。

「うん、そうするとしよう」

アルノルトはローゼの小さな右手を掴むとテントまで引っ張って行こうとする。

「ア、アルノルト、でもまだカイとの話が終わっては――」

「姫様、もう終わりましたよ」

「それってどういう――」

「それより、姫様の先ほどの言動、ゆっくりとお話ししなければならぬ事がございます」

アルノルトは一目でわかる作り笑いで答えると、ローゼをグイグイ引っ張りテントの中に入

って いく。

「マスター、面倒事を抱え込みすぎである」

呆れたようなアスタロスの言葉に、

「ほっとけ」

肩を竦めると、私もバッタマンを回収すべく森の中へと入っていく。

第四章　パプラの陰謀

フラクトンたちを引き渡すべく、アルノルトは一足先に最寄りの大都市バルセへ向かう。本件は大国で現在敵対関係にあるグリトニル帝国最強とされる六騎将が、国内の貴族と通謀してアメリア王国王女ローゼマリーを誘拐しようとした事件。いわば内乱誘致の大罪だ。国王の騎士たちの長であり、ロイヤルガードでもあるアルノルトには早急に国王に報告し、フラクトンたちを引き渡す必要性があるらしい。

それでも本来ならば王女たるローゼの保護を最優先に考えるべきだし、アルノルトならそのようにしていたことだろう。なのに奴は、今回私が存在することを理由に己の責務を全うするべくフラクトンと一部の騎士どもを連れてバルセに向けて一足先に旅立ってしまう。

そんなこんなでこの数週間もの間、シルケ大森林の山の麓にある町パプラに滞在し、お転婆姫さんのお守りをする羽目に陥っている。ではなぜ、ローゼもすぐにバルセに向かわないかというと——。

「バルセでの安全が確保できるまで、現場待機しろか……。ローゼ、お前、どれだけお仲間の貴族どもに嫌われてんだよ」

父たるアメリア王国国王から近隣の町に留まるよう指示を受けたから。どうやら国王は反逆したフラクトンの背後にいるギルバート王子の勢力からローゼが再度の危害を受ける可能性を危惧しているようだった。

「ローゼ様に対するその不敬な態度をやめろ！」

アンナが予想を裏切らぬ反応をする一方、

「それを言われると弱いのですが、実際にその通りです。だからこそ、あなたが私のロイヤルガードになっていただいたのは私にとって最大の幸運でした」

ローゼは苦笑いをしながら軽く頷き、私にとって傍迷惑な返答する。

「だから、引き受けるのは次の適役が見つかるまで。あくまで暫定の措置だと言っただろう？」

「ええ、わかっています。貴方は適任者を選定するまでのロイヤルガードです」

うんうんとやはり満面の笑みで頷く。本当にわかっているのだろうか。

ちなみに、ローゼはアルノルトにたっぷり絞られたはずなのだが、その翌日気持ち悪いくらい機嫌が良くなっていた。まあ、逆にローゼの護衛騎士たちはまるでこの世の終わりのように沈み込んでいたわけであるが。

それから、当分行動を共にすることにつき、ローゼたちにいくつかの条件を付きつけた。

一つ、私たちに余計な詮索《せんさく》を一切しないこと。

二つ、私たちに命令その他一切の干渉をしないこと。

三つ、ローゼのロイヤルガードはあくまで代理。適任者が見つかるまでの暫定の処置であること。

以来、ローゼは少なくとも詮索禁止と干渉禁止の二つについては厳守している。

「で？　なぜ、この度、奴らはこんな強引な方法をとったんだ？」

事情を話すよう促すと、ローゼはゴホンと一度咳払いをすると表情を真剣なものへと変える。

「多分、弟のギルバード派の者たちが私を排除しようとしたのは、もうじき始まる王位継承戦のため。きっと、私がレーナをロイヤルガードにする可能性を危惧してのことだと思います」

「その王位継承戦とやらで、剣聖のギフトホルダーによるローゼマリー派の勢力拡大を恐れたってわけか」

「いえ、剣聖のギフトはもちろんですが、レーナそのものが一番の原因でしょう。何せ今のレーナは王国の重鎮や高位貴族たちからも大人気ですし」

レーナが王国の貴族たちに大人気ね。どうにも過去のカイ・ハイネマンの記憶と乖離《かいり》しすぎている。だって、あいつ過去の私以上に庶民の代表のような奴だったぞ。

だが、レーナがそれほど高位貴族から人気があるなら、一連の不明だった事実も氷解する。

「なるほどな。どの道、レーナは危険だったというわけか」

「おそらくは」

案の定、ローゼは顎を引く。ローゼはレーナを親友と言っていた。過去のカイ・ハイネマンの記憶からもあの時のローゼが偽りを述べたとは思えない。そのレーナをあっさりロイヤルガードにつけようとしたことには違和感があったが、逆にレーナを守るためだったか。

ギルバートという愚物から危険視されている以上、ローゼが王国に存在すれば、レーナは排除対象となる。ローゼとレーナが大層仲が良いのは周知の事実のようだし、それは間違いあるまい。ならば、いっそのことローゼのロイヤルガードにつけてしまう方が、奴らもおいそれと行動に移せなくなる以上、闇討ち等の危険性を少なくできるし、理にはかなっているか。

そしてここでローゼが私のロイヤルガード就任を宣言すれば、以後レーナがローゼのロイヤルガードにはならないことを公式に認めることとなる。つまり、レーナは依然として公的には中立のままであり、ギルバート派が自らの危険を冒してまで貴族に人気のレーナを排除するだけの理由がなくなる。そういうことだろう。

もっともこの度ローゼが選択した方法は下の下であり、全く賞賛する気にはなれんがね。

「フラクトンの裏にいた今回の黒幕にはいきつくのか？」

ローゼは悔しそうに下唇を噛み締め、首を左右に振ると、

「フラクトンはあくまで実行犯。王戦については当然、重要なことは何も知らされていなかった可能性が高いです。ギルたちまで追及できる望みは薄いかと」

予想通り、否定の言葉を述べる。

「だろうな」

仮にも奴らは帝国と交渉して王女であるローゼを実際に売り払う事に成功している。この度、ローゼが助かったのはただの運。ありえぬ偶然が重なったにすぎぬ。つまりだ。奴らはこと悪事に関しては狡猾であり、少なくとも馬鹿ではない。そんな足がつくような証拠など残しちゃいまい。

「どのみち、その王戦とやらが始まらない限り動きようがないのだろ?」

「その通りです。今は王戦に備えて私たちの勢力拡大に心力を注ぐべき時です」

「了解した」

ローゼの言う勢力拡大とはあくまで貴族や豪商たちへの協力の要請のような温和な手段だろう。ならば私が出る幕はない。彼女もそれは重々承知だと思う。だとすれば——。

「ご主人様……眠いのです」

ちょうど、私の隣の席でしょぼしょぼした目をこすりながら、ファフが私の袖を引っ張る。

「ああ、そうだな。部屋に戻るとしよう」

椅子から立ち上がり既に半分、夢の世界に旅立ってしまっているファフを背負って自室へ歩き出した時、

「カイ」

呼び止められて肩越しに振り返り、

「ん?　なんだ?」

疑問を口にする。

ローゼは席を立ちあがり、深く頭を下げる。そして——。

「この度、ロイヤルガードを引き受けていただき感謝いたします」

王族とはとても思えぬ言葉を吐いたのだった。


アスタの奴、この数日間、部屋から一歩も出てきていない。アスタ曰く、魔人《マジン》は大気の魔力を吸収するだけで栄養補給ができるから、殊更《ことさら》外部から摂取する必要はないんだそうだ。それにしてもだ。いくらなんでも限度がある。パプラで宿泊している宿の女将さんに相談されたこともあり、この度、生存確認することにしたのだ。

鍵を開けて部屋に入る。

衣服は床に無造作に脱ぎ捨てられて、テーブルには私が与えた本が山のように積まれていた。そしてベッドには仰向けに下着姿の長身の美女が大の字で爆睡していた。

「こいつ……女だったのか」

今も自己主張している双丘を見れば一目瞭然だ。いつもローブを着ているから身体つきまでは判断しようがなかった。まあ、言われてみれば女のような顔をしているし、声も男にしては高いから若干違和感はあったのだ。だが、本当に女だったとはな。ま、確かに意外だがどうでもいい話だな。

私は窓際まで行くと勢いよく木の窓を大きく開ける。そして、部屋の隅にあった木のバケツと箒《ほうき》を掴み、その柄でバケツを叩き始めた。

「さあ、起きろ！　今から、町の見物に繰り出すぞ！」

太陽の光に眩しそうにアスタは目を細めてベッドから上半身を起こして、大きな欠伸をしながら周囲を見渡していたが、私と視線がぶつかる。即座に顎を引いて半裸状態の己を確認し、アスタの全身は真っ赤な果実のごとく赤く染まっていく。そして、怪鳥のような悲鳴を上げて毛布に包まってしまった。

うーむ、魔人のくせに私の幼馴染殿たちと酷似した反応をするのだな。

「で、出ていくのであるっ！」

「うむ、今後ちゃんと規則正しい生活をするのならな」

「するのであるっ！」

「わかった。信じよう」

本人がこう言っているのだ。信じるしかあるまい。また閉じこもったら叩き起こせばいいし。まったく、どこぞの道楽娘じゃあるまいし、身辺自立くらいしてもらいたいものだ。

「宿の一階で待つ。すぐに下りて来いよ」

その言葉を残し、私は部屋を出て一階へ下りていく。たまには外の空気を吸わせんと、アスタの奴、永遠に引き籠りかねんからな。

それから、ネメアにダンジョン産のアイテムにより姿を消した状態でローゼを護衛するように指示し、ファフとフェンとともに宿の一階入り口で待っていると、薄っすらと頬を紅色に染めながら、アスタが下りてくる。

アスタは今、普段の暑苦しいローブは着ておらず、紫色のスリットの入った紫色のズボンと、同じく紫のトップスを着こなしている。さらに、同じく紫色のハットを被っていた。この姿は誰がどう見ても女性だ。初めからそんな恰好なら男と見間違うこともなかったろうに。それはそうと――。

「なぜ、今日、そんな恰好なのだ？」

アスタは私から顔を背けたまま、

「ただの気分転換である」

ぶっきらぼうに答える。気分転換ね。まあ、私の幼馴染殿たちも似たようなシチュエーションでそんなことを頻繁に言っていた。まあ、女とはそんなもんなんだろうさ。

「ではいくぞ！」

そう叫び、私たちはパプラの町へと繰り出した。

宿に目の前にある大通りには幾人もの人々が行きかっている。当たり前だが、結構な人だな。

ここ宿場町パプラはシルケ大森林の南端にあるバルセへ至るための中継点という性格が強い。

バルセはアメリア王国でも五指に入る規模の都市。その理由は、近くにシルケ樹海という魔物の巣窟があるから。このシルケ樹海はシルケ大森林の南西側に広がる、広大な密林地帯であり、ここに出現する高レベルの魔物を求めて、世界中のハンターがこの街を訪れている。

対して、パプラはあくまでシルケ大森林の中にある宿場町であり、周囲には主に野生動物やスライムや群れから逸れたゴブリンが生息するに過ぎないため、主に新米のハンターが中心に活動している。ではなぜ、このようにこの町が賑わっているのかというと――それはあの赤色の果実だ。あの果実パプラの実を求めて王国中の商人たちがこの町に買い出しに来ている。

さらにこの町の特徴を挙げるとすれば、今も店前で客たちとやり取りをしている獣耳をはやしている住人たちにある。そう。ここは、戦災孤児の獣人族や、獣人族とアメリア人のハーフが多く住む町。もっとも獣人族の血を引く者が多いといっても、せいぜい百人単位に過ぎず街の大半が人族だ。それでも、基本ギフトを持たぬ獣人族が迫害の対象とさえなるこのアメリア王国内において、獣人族が他の人族と同じ権利を享受している街は、ここ以外皆無といってよい。特に、ここはハンターの英雄、ウルフマンの故郷と言われており、あの迷宮に吸い込まれるまで自分はずっとこの場所を一度訪れたいと思っていた。

「あのお肉、おいしそうなのですっ！」

ぴょんぴょんと飛び跳ねてはしゃぐファフと、

『お肉、お肉、お肉ぅ！』

ファフの頭の上にお座りして涎を垂らしながら小さな両手を上下に忙しなく動かすフェン。様々な食べ物が置いてある活気のある場所はファフたちにとって初めてのせいか、さっきからやたらとテンションが高い。クルクルと回りながら、屋台から屋台へ回っては私が渡した金銭で買い物をしては、フェンとともに美味しそうに頬張っている。

祖父から餞別代りにもらった金銭も無限にあるわけではない。ぼちぼち金を稼ぐ手段を真剣に考えねばな。一応、10万年の間に迷宮内で発掘した武器やアイテムが腐るほどあるが、無能な私が売却すればまず間違いなく悪目立ちする。降りかかった火の粉は払うが、好き好んで火の粉を発生させようとは思わない。私が望むものはスローライフだからな。だとすると、ハンター登録して、クエストを受けて金銭を稼ぐのが一番手っ取り早いかもしれん。

そんな思案をしていると町の中央の広場に人だかりできている事に気付く。多少は興味があるな。行ってみるとするか。

人だかりの中心の椅子にふんぞり返っているのは、豪奢だが趣味の悪い衣服を着た中年の男。あの右胸にある王冠をした竜の紋章。あれはアメリア王国の国旗であり、身に着けられるのは一部の高位貴族のみ。その傍で数人の者たちが固唾を飲んで見守っていた。

「これが今年この町でとれたパプラの実です」

赤色の美しい果物が載った真っ白な皿を激しく緊張した両手で差し出す大柄で丸刈り頭の熊耳の男。中年の貴族はいかにも不機嫌な表情で従者らしき黒ローブの男に目配せをする。

黒ローブの男の足元に一瞬、小さな魔法陣が出現すると、すぐに丸刈りの獣耳の男の足元に移動し僅かに発光すると消失してしまう。

魔法陣が小さく、その出現時間も僅かであったため、周囲の住民の誰も気づいてはいないようだが、きっとあれは、何かの魔法の発動だろうな。アスタは魔導士っぽいし、この手の魔法には詳しかろう。尋ねてみるか。

「アスタ、今のは？」

「さあ？　新陳代謝促進の欠陥魔法のつもりではないかと。もっとも、不愉快なくらいお粗末な構成で、およそ魔法と呼べるものではないのであるが」

先ほどの魔法に思うところがあったのか、アスタは心底不快そうに顔を顰めながら即答する。

「伯爵様？」

大柄丸刈りの熊耳男がなかなか、手を伸ばさない金髪をカールにした小太りの貴族に躊躇いがちに尋ねるが、

「わかっておる！」

不機嫌そうに声を荒らげると、小皿の上のパプラの実と思しき真っ赤な果実を右手で鷲掴みすると一齧りする。皆が生唾を飲み込む中、中年男は数回咀嚼《そしゃく》していたが勢いよく席を立ち上がって、地面に果実を吐き出して右手に持つ果実を地面に叩きつけた。

「完全に腐っておるではないかっ！　こんなもの食えたもんじゃないわ！　貴様、この儂を愚《ぐ》

弄《ろう》する気かっ！」

額に大きな青筋を漲らせながら怒声を上げる。

「へ？　は？　そんな馬鹿なっ！」

弾かれたように熊耳の丸刈りの男は地面に落ちた果実を拾って口に含み、

「そ、そんな……」

たちまち、全身の血の気が引いていく。そんな男から、初老の人族の男へと視線を移し、

「おい町長、儂、ゲッディはこの度、ギルバート殿下の商談のための使者としてこの地に参っている。契約が成立すれば、このパプラの実はギルバート殿下に定期的に献上されることとなるのだ。その儂に腐った物を食わせたということは、ギルバート殿下に食べさせようとしたことと同義。貴様は今、我ら血盟連合全てを敵に回した。そう心得よ！」

人差し指を向けると、騒々しく大声で喚き散らす。

「申し訳ございません！　これは何かの手違いです！」

町長と呼ばれた初老の男は、両膝を地面につくと額を地面に擦り付けて謝罪の言葉を述べる。一呼吸遅れて傍観していた町民たちも慌てて町長のそれに倣った。

「手違いだと⁉　ギルバート殿下に腐った物を献上させようとしておいて、手違いです、の一言で許される。貴様は本気でそう思っているのかっ⁉」

「めっそうもございません！　どうかお許しをっ！」

必死に許しを請う町長をはじめとするパプラの住民たち。

「殿下への最大級の不敬だ。この町の住人全員打ち首は免れんぞっ！」

「それだけは、どうかお許しを」

次々に慈悲を求める声を上げるパプラの住民に、ゲッディ伯爵は両手の掌で両膝を叩くと、

「ならお望み通り、慈悲をやろう。そうだな――此度は特別に賠償金、五千万オールで許してやる」

そんな妄言を平然と口にする。

「五千万オール⁉　そんな大金、どうやってもこの町には捻出するのは不可能ですっ！」

「なら、三千万オール。これ以上の恩情をかけるつもりはない。1オールも残さず、支払ってもらうぞっ！」

「そんな……」

絶望の声を上げる町長を尻目に、ゲッディは弛《ゆる》んだ頰肉を緩ませる。その快楽に歪んだ醜悪《しゅうあく》な表情を一目見れば、この伯爵の意図などもはや考えるまでもないな。

まったく、これでは盗賊と何ら変わりがない。今なら王族のローゼが貴族制度に嫌悪感を覚える理由がわかる。アメリア王国の貴族は救いようのない程腐っている。こんな馬鹿を駆逐したところでこのアメリア王国に根付いた情勢は変わらない。だが、あの馬鹿貴族は私を不快にさせたのだ。私が介入する理由としては十分だ。これが原因でアメリア王国と戦争になったと

しても。それはそれ、それは今の私を躊躇させる理由にはならない。

まさに一歩踏み出そうとしたその時――。

「ゲッディ伯爵！　それはならねぇよ！」

背中にひどく湾曲した二本の細い剣を背負った紫色の髪をトゲトゲ頭にした男が声を張り上げながら姿を現す。

「そうですね。彼らとしても故意に腐ったものを出す意義などない。誤ったというのは真実でしょう」

そのあとには動きやすそうな軽装をした緑髪のイケメン青年が続き、町民たちの援護を行う。

「誰だ、貴様らは？」

眉を顰めて尋ねるゲッディ伯爵に、

「俺は勇者マシロ様に選ばれた四聖《しせい》ギルドの一つ、【コイン】のリーダー、【棘剣】のサイダー！」

こいつは同じく【コイン】のサブリーダー、【賢人】のカバー！」

紫色の髪をトゲトゲ頭にした男サイダーが胸を張って宣言する。緑髪のイケメン青年カバーも右手を胸に当てて、

「どうぞお見知りおきを」

恭しく一礼する。ゲッディ伯爵は目を大きく見開くと、

「あのマシロ様の四聖ギルドかっ！　しかし、こやつらはギルバート殿下の正式な使者たる儂に腐った果実を食わせた大罪を犯した！　これは殿下のメンツがかかっておいでだっ！　そう簡単に許すことなどできぬっ！」

　右拳を固く握って熱くるしくまくし立てる。

「ギルバート殿下は他の王族とは比較にならないほど寛大な御方。民が誤ったことなど、きっとお許しになることでしょう」

「そうかもしれんが、それでは儂の忠誠心が許せんのだっ！」

　くどい顔で瞼を固く閉じて語りに入るゲッディ伯爵にカバーは何度も頷いて、

「我ら【コイン】にとってもギルバート殿下は敬愛すべきお方。伯爵のお気持ちもよくわかります。ですが、ご自身のために民が苦しむ姿を見ればお優しいギルバート殿下は、きっとお苦しみになられます。ここは私たち【コイン】の顔を立てると思って、その尊きお気持ちを静めていただけないでしょうか？」

　しばし、ゲッディ伯爵は両腕を組んで考え込んでいたが、

「わかった。此度はお前たち【コイン】の顔を立てるとしようかのぉ。おい、今度こそまともな果実を持ってこい！」

「はっ！　直ちにっ！」

　町長が大きく頷くと周囲の町民たちは皆抱き合って喜び始め、口々にギルバート殿下とやら

と、【コイン】を称賛し始めた。

「アスタ、お前、あれどう思う？」

「茶番であるな」

実際に微塵も興味がないのだろう。冷めた視線を滑稽で哀れなカモたちへと向けながら、欠伸をしつつも私が今覚えていた感想を口にする。

「お前もそう思うか？」

「無論である。第一、ギルバートとかいうおサルさんが原因で自分たちが窮地《きゅうち》に陥ったのにそれを称賛するなど正気の沙汰ではないのである」

「まったくだ」

十中八九、あのゲッディ伯爵と【コイン】はグルだ。このままいけば、まずこの町の住人は骨までしゃぶられ尽くされることだろう。だが、わずかな思考すら停止させ、レミングの群れのごとく自分から破滅に向かって行進する愚者どもに興味はない。私は勇者や英雄ではない。そして、そんな偽善者どもに憧れるほど若くもない。自ら抗うことすら放棄した者どもに手を差し伸べてやる義理などないのだ。あとは彼ら自身の問題だろうさ。

「行くぞ」

アスタたちを促し、歩き出した。

◇◆◇◆◇◆

——シルケ樹海北西端。

魔物たちの楽園の中で二人の男女が顔を突き合わせていた。

一人は黒一色の上下の衣服を着た金髪の美しい女。女の顔はまさに運命に取り組むような難しい顔をしていた。それとは対照的に全身入れ墨を入れた細身にサングラスをした男が両手をポケットに突っ込みながら緊張感皆無の陽気な様子で、

「ほーう、確かにここは古代の遺跡だぜ。これと同じクラスがこんな雑魚どものたまり場にもう一つあるってのか？」

隣の金髪の女に尋ねる。

「あのね、ここと違ってシルケ樹海の最奥周囲の魔物はこの上なく強力よ」

「それは認識の違いだぜ。お前ら弱っちぃ魔族にとっては強者。俺たち【凶】にとっては雑魚。ただそれだけのことだ」

明らかに挑発して小馬鹿にするような口調と言葉に、金髪の女は形のよい眉をピクリと動かすだけで肩をすくめると、

「そういうことにしておきましょう。ともかく、この場所には伝説の魔獣トウテツが眠る。そ

れを復活させて混乱させること。それが此度の依頼。受けるの？　受けないの？」

神妙な顔で男に確認した。

「受けるぜ。単に復活させて混乱させるだけで一億オールは破格だ。それに、虫が滑稽に悲鳴を上げながら、逃げ惑う姿を見るのはエンターテインメントとしては最上のものだしなぁ」

顔中を恍惚に染めながらサングラスの男は眼前の洞窟の奥を眺めながら呟く。

「悪趣味ね」

「そうかねぇ？　ほら、他人の不幸は蜜の味って言うだろ？　弱者の悲鳴と恐怖と絶望の表情を見るのは強者の特権というやつさぁ。お前ら魔族も少なからず、そうなんだろう？」

（一緒にするな！）

金髪の女の口から微かに漏れる小さな声に、

「ん？　違うのかぁ？　あーそうか、お前らは強者じゃなくて弱者だったなぁ。なら、俺たちの楽しみ、わからねぇのも無理はねぇかぁ」

ケタケタと嘲笑するサングラスの男に、木々の奥から耐えかねた数人の黒装束たちが飛び出してくると、男に槍や剣の先を向けて、

「ネイル様、もう我慢がなりませんっ！　こんな盗賊ごときにこれ以上愚弄されるなど――」

憤怒の形相で声を張り上げるが、

「やめろっ！　すぐに武器を収めなさいっ！」

怒号が響き渡り、

「しかし……」

「いいから、早くしまいなさいっ！」

「はっ！」

普段冷静な主の獣のような形相に僅かに気圧されながら、数人の黒装束たちは各自武器をしまうとサングラスの男から離れようとする。

「部下が暴走してしまい申しわけがなかったわ。私から謝罪する。この通りよ」

ネイルは闇の魔王アシュメディアの三人の側近のうちの一人。プライドはこの上なく高い。

そのネイルのある意味屈辱的な態度に部下たちに動揺が走る中、

「いいぜぇ。俺は機嫌がいい。この度に限り、見逃してやる」

ネイルに背を向けると、目的の洞窟の中に歩いていく。

「感謝するわ」

頭を下げるネイルに、サングラスの男は洞窟の前で立ち止まり、肩越しに振り返ると、

「その必要はねぇさ。なんせ——この俺に敵意を向けた馬鹿を除いてだからなぁ。俺、『ジルマ』の名において命ずる。そいつら、溶けちまいな」

そう弾むような口調で宣告する。

「ぐぼっ!?」

「ぐがっ！」

突如、先ほど木々の奥から飛び出し、サングラスの男に武器を向けていた黒装束の男たちの全身がボコボコと茹で上がり、一瞬で骨も残さずドロドロに溶解してしまう。

「なっ⁉」

咄嗟に、ネイルはサングラスの男から距離をとるが、

「心配すんなぁ。お前らは生かしておいてやるよ。なにせ、大切なスポンサー様だからなぁ。あーそうだ。その魔獣とやらも近くの町に先導してやる。いわゆる、特別追加サービスってやつだな。ほら、俺ってこれでも仕事はきっちりしてるからよぉ」

片腕を上げて洞窟の中へ消えていく。

ネイルはふらつく足取りで、部下たちのドロドロに溶けた屍に近づくと両膝をついて抱きしめて、

「すまない……お前たち……」

涙声でそんな懺悔《ざんげ》の言葉を絞り出す。

しばらくしてから、涙を袖で拭いて勢いよく立ち上がり、周囲をぐるりと眺めまわして、

「今からこの場を離脱しバルセへ退避するわ！　以後、何があってもシルケ樹海への侵入を禁止する！　もちろん、監視も不要よ！」

右手を挙げて強い口調で指示を出す。木々の奥で身を潜めていた残りの黒装束たちは一斉に

動き出す。

◇◆◇◆◇◆

――パプラの果実店

「帰れ！」

パプラで暮らす少年シラ・ザルバは今も鬱陶しそうに右手を振って追い払おうとする果実店の店主に縋り付き、

「そんなこと言わないで、お願いだから買ってよ！」

懇願《こんがん》の台詞を吐く。

「お前たち、ザルバ家との取引は禁止となったはずだ」

「取引禁止となったのはパプラだけ！　これらはパプラ以外の果実さっ！」

布袋の紐を緩めて色鮮やかな果実を示そうとするが、果実屋の店主はそれを一瞥すらせずに、

「今後、儂の店はお前ら、ザルバ家とは一切取引はしない！」

声を荒らげてそう宣言する。

「それじゃあ、僕らはどうやって暮らしていけばいいのさっ！」

「んなことは知ったこっちゃない！　お前の親父が腐った果実を伯爵にお出ししたせいで、こ

の町は破滅するかもしれなかったんだっ！　町に住まわせてやるだけありがたく思えっ！」

胸倉をつかまれると、店の外へ叩き出される。地面に無様に転がり、布袋から売却用の果実が飛び出る。通行人たちの冷たい視線を肌に感じながら、シラは布袋内に果実を戻すとトボトボと歩き出す。

あの日からこの二週間、シラたちはずっとこんな感じ。主な資金源だったパプラの実はギルバート殿下への不敬を理由に全部没収されて、収穫された他の果実は町のどの商人からも購入を拒絶される。

もともとシラたちザルバ家はこの町で代々パプラの実で生計を立てていた。

パプラの実――この町の創設者であるパプラが開発した真っ赤な果実であり、この町の特殊な風土でしか栽培しえない植物である。頬が落ちるほど甘く美味しく、アメリア王国でも指折りの特産品となっている。ザルバ家はパプラの子孫としてその実の栽培方法を秘伝として伝授されて、受け継いでいる。

もっとも、祖父は秘伝だったパプラの実の栽培法をこの町へと提供しており、ザルバ家が独占することはなくなった。つまり、ザルバ家がパプラの実を作らなくなっても町全体としてはたいして困りはしないのだ。元々獣人族とのハーフであるザルバ家をよく思っていなかった町長に今回の件を逆手に取られたのだと思う。

「こんなの、あんまりだ……」

あの優しかった祖父が望んでいたのは、この街に住む獣人の戦災孤児や人族とのハーフの地位の向上。故に、祖父は病に倒れるまでこの町のパプラ事業に尽力した。そのかいもあり、厳しかった獣人族やハーフに対する町の態度は大分緩和されて、万人に住みやすい場所となる。さらに、多数の新米ハンターたちが訪れるようになったことも相まって、町は莫大な利益を得るようになった。

順調に進んでいたところでの突然の今回のありえない失態で、ザルバ家に対してはもちろん、獣人族やハーフに対する町の態度も完璧に逆戻りとなり、以前と同等以上のいくつもの制約が課せられてしまう。結果、今回の事態を招いたとして仲間であるはずの獣人族やそのハーフからも父は責められ後悔と自責の念で寝込んでしまった。そこで大人である母が力仕事である果実の収穫を行い、シラがパプラの城門付近で旅人に対してその果実を売却し、わずかな金銭を得て生活している。

いつものように、町の石の城壁の前で果実を売り続けていると、

「おい、小僧、誰に断ってこの場所で売ってやがるんだっ⁉」

蟀谷に太い青筋を浮かべた巨躯の男たちが、シラを取り囲む。パプラの町が大きくなってこのようなゴロツキが住み着き、好き勝手振る舞うようになった。こいつらは、パプラの町の東側を拠点に活動する暴力集団『パラザイト』。不当な場所代の要求や強引かつ不当な取引の強要などを頻繁に求めてくる。通常ならば町長が取り締まるべきものなのだが、理由をつけてな

かなか動こうとせず、このようなゴロツキがのさばる結果となっている。この城門付近は町の衛兵詰所が近く、『パラザイト』の連中も滅多に訪れなかったのだが。

「こ、ここで売るのに許可など必要ないはずだっ⁉」

衛兵さんが気付けるよう大声をあげて叫ぶ。案の定、何事かと町の若い一人の衛兵さんが出てくるが、シラを一目見るとまるで何事もなかったかのように建物内に入ってしまった。

「あー⁉ ここで商売してぇなら、俺たちの許可を取る必要があるに決まってんだろっ！」

薄気味の悪い笑みを浮かべて右足で蹴り上げてくる。お腹にクリーンヒットして、地面を何度も転がる。息ができなくなる中、顔だけ向けるとゴロツキどもは布袋に手を伸ばして中を確認すると、

「なんだ、この不味そうな果実！ こんなもん、買う奴の気がしれねぇぜ」

地面に中身をぶちまけて、せせら笑う。

「なにせぇ、全部腐ってるからよぉ」

もう一人が嘲笑しつつ、果実を踏み潰す。

ダメだ！ あれだけは許せない！ あれは父が大切に育て、母が収穫した果実。あの果実を収穫するまで両親が毎日来る日も来る日も汗水たらして世話をしていたのをシラはずっとこの目で見てきていた。あんな行為だけは絶対に許してはならない。だから、とびっきりの恐怖の中、立ち上がって右拳を強く握り、奴らに向けて走りながら獣のような声を上げた。

何度も殴られ、蹴られ、すでに全身の感覚すらない。

「果実を返せぇ！」

涙と鼻水でぐしゃぐしゃになる中、立ち上がって喉の奥から声を張り上げる。

「しつこいってんだよっ！」

シラの顎にクリーンヒットし意識が飛びそうになるが、何とか踏みとどまる。

「いい加減にしろ、まだ子供だぞっ！」

そこで見物人たちから聞こえてきたのは意外な声。シラに暴行を加えていた黒髪坊主の男は、観客をぐるりと見渡して、

「誰だっ！　今叫んだ奴っ⁉」

怒号を上げる。一瞬の静寂の後で、

「『パラザイト』はこの町から出ていけ！」

「そうよ、衛兵は何やってるのっ⁉」

次々に上がる非難の声。黒髪坊主の男は茹蛸《ゆでだこ》のように真っ赤になって、

「てめえら――」

声を張り上げようとした時、シラは黒髪坊主の男の右足にしがみつき、脹脛《ふくらはぎ》に渾身の力で噛みついた。

「いでぇっ！　離せっ！」

岩のような右拳で殴られるが、それでも歯の力を入れると男は絶叫を上げる。再度殴られ後方へ吹き飛ぶが踏みとどまって、脹脛の痛みに悶える男に近づき、その股間を全力で蹴り上げた。

「ぐぎぃっ！」

絶叫を上げて泡を吹いて地面に倒れ伏す黒髪坊主頭の男に、周囲の見物人たちから一斉に歓声が上がる。

「なめられやがって」

今まで薄ら笑いを浮かべつつ傍観していた奴らのリーダーらしき髪を綺麗に剃《そ》り上げて禿頭にした男が、右の掌を城壁へ向けると数語詠唱する。刹那、禿頭の男の右の掌から火の玉が出現して城門のすぐ傍の城壁へと衝突して轟音を上げる。

土煙が立ち上がり、先ほどの歓声は一転静寂へと変わる。

「今口にしたやつはどいつだ？」

ドスのきいた声を上げながら周囲に確認を求める。

「お前かぁ？」

「いや、僕は――」

慌てて両手を振る金髪の青年にスキンヘッドの男は近づくとそのお腹を蹴り上げる。悶絶す

る青年。その顔に唾を吐くと、

「覚悟もねぇなら、俺たちの商売に口をはさむな！」

そう吐き捨てる。そして、シラを見下ろして、

「こいつには見せしめが必要だ。両腕を切り落とせ」

「へい」

何の躊躇《ためら》いもなく頷き、下唇に傷のある金髪のゴロツキが曲刀を抜き放ちながらシラに近づいて振り上げようとするが、後ろ襟首を捕まれ持ちあげられてしまう。そこには金髪のゴロツキの巨体を片手で軽々と持ち上げる黒色の異国の服を着た若いお兄さんが佇んでいた。

「子供の両腕を切り落とそうとするか。なら似たようなことをされても文句は言えんよな」

ゾッとする声とともに、金髪のゴロツキの両腕がグシャグシャに潰れる。

「はれ？　俺の腕？」

呆然と不自然に拉げる己の両腕を眺めていたが、金髪のゴロツキは絶叫を上げる。

異国の服を着たお兄さんはまるでゴミでも捨てるかのように地面にゴロツキを放り投げる。

そして、今も泣きわめくゴロツキを見下ろすと、

「騒々しい。黙れ」

厳命を下す。たったそれだけで、金髪のゴロツキは涙を流しながら、口を閉ざす。

異国の服を着たお兄さんはどこからか、本のようなものを取り出すと一匹のスライムを出現

させる。

「この子供を癒せ」

お兄さんがそう命じた途端、スライムはシラを包み込む。次の瞬間、嘘のように痛みが消え、あらゆる傷が癒えてしまう。

「……」

大怪我を瞬時に修復した奇跡と煙のように消えるスライムに絶句していると、異国の服を着たお兄さんはどこからか木の棒を右手に取り出し、ゴロツキどもを見回してスキンヘッドの男に視線を固定する。スキンヘッドの男はビクッと一度痙攣し、一歩後退りすると、

「か、囲めぇっ！　こいつ、召喚士だ！　気をつけろ！」

いつになく必死の命を飛ばす。ゴロツキどもは戸惑いながらも、一斉に木の棒を持ったお兄さんを包囲し各々の武器を向けた。

「私に逃げずに向かってくるか。ま、その最底辺の技量からすれば大したもんだ」

「いやいや、マスター、ただの無謀で身の程知らずの糞虫《バカ》である」

異国の服を着たお兄さんの傍で、紫色の髪にハット被り、右目に透明なものを付着した女性が右手を左右に振ってその言葉を否定する。

「舐めやがってぇ！」

「きえぇぇ！」

異国の服を着たお兄さんに向かって長剣を構えながら二人のゴロツキが突進するが、お兄さんに触れる寸前で両腕が明後日の方へ向き、剣が空へ舞う。お兄さんは自ら持っていた木刀を地面に突き立てると、両手で二つの剣をキャッチし、その長剣二つをゴロツキどもの頬肉にそれぞれ突き立てて地面に縫い付ける。

怪鳥のような絶叫が響き渡るなか、地面から自らの木刀を引き抜くと、逃げようと後退るゴロツキの一人の懐に入る。

「へ？」

キョトンとした顔のゴロツキの鳩尾を無造作に蹴り上げる。冗談のようにぐるぐると高速回転して、城壁へ叩きつけられてピクピクと痙攣するゴロツキの一人。

「火球《ファイアボール》！」

「水弾《ウオーターバレット》ぉ！」

魔法を詠唱していた二人のゴロツキの両掌からそれぞれ、炎の球体と水の球体が放たれて一直線にお兄さんに迫る。異国の服を着たお兄さんは右手に握る木刀でそれらを絡めとると、一閃する。まるで時間を逆行《ぎやくこう》したかのように、炎と水の球体は放った術師へと戻り、衝突して仰向けに倒れこんだ。

「ば、化け物……」

絞り出すようにスキンヘッドの男はこの場の誰もが感じた感想を口にした。

「さて、あとは、お前だけだな。どうした？　こいよ？」

震える手で杖を握るスキンヘッドの男に異国の服を着たお兄さんは木刀の剣先を向けて挑発する。

「ま、待ってくれ！　俺はもうあんたに逆らう気はない！」

武器の杖を地面に放り投げて、両手を上げて降伏宣言するスキンヘッドの男に、お兄さんは初めて不快そうに顔を歪める。

「おいおい、それはないであろう？　お前はさっき、そこの青年に覚悟を説いたばかりではないか」

「それは素人風情が俺たちの世界に口を突っ込んだから――」

「違うな。違うぞ。小僧！　それは逆だ。己の手を血に染めないお天道様の下で生きる彼らには我ら戦人の覚悟など必要ない。逆に言えば、我ら戦人には一定の覚悟が必要なのだ」

「か、覚悟？」

「ああ、わが身が無様に、成す術もなく無力に朽ち果てるという覚悟だ」

「そんなの、あるわけ――」

スキンヘッドの男の言葉は最後まで続かない。まさに瞬きをする瞬間、全身が捻じ曲がり、拉《ひしゃ》げ潰れる。紫色の髪に紫色の一風変わった衣服を着た女性が僅かに痙攣しているスキンヘッドの男に近づくと、

「虫の息だが、生きているのである。随分、器用なものであるな」

　緊張感のない感想を述べる。

「まあな、こんなことばかり、10万年近くしてきたものでね」

「マスター、貴方はやはり、恐ろしい御方である」

　紫色の髪の女性がしみじみとそう呟いた時、血相を変えて詰所から出てくる衛兵たち。マスターと呼ばれた異国の服を着たお兄さんは衛兵たちに小さな舌打ちをすると、右手に不思議な真っ赤な水の入った瓶を取り出し、ゴロツキどもに振りかける。まるで巻き戻しのごとく修復するゴロツキども。

「おい、これはどういうことだっ⁉」

　地面で今もうめき声をあげるゴロツキどもを見渡し、マスターと呼ばれたお兄さんに詰め寄ると、若い衛兵が怒声を上げる。

「さあてな。体力が有り余っているようだから少々、稽古をつけてやったところだ。なあ、そうであろう？」

　マスターと呼ばれたお兄さんはスキンヘッドの男たちに同意を求めた。途端、たちまちゴロツキどもの顔からサーと血の気が引いていき、大きく何度も頷く。

「だそうだぞ？」

「おい、新参者がこの町で勝手な――」

お兄さんは、納得がいかぬように顔を顰めながらも反論を口にしようとした衛兵の胸倉を掴むと引き寄せる。そして――。

「お前はこの町を守る衛兵であろう？　ならばせめて己の責務を全うせよ。己の役割すらも放り投げて力を振るうだけなら、そこの虫けらと何ら変わらぬぞ？」

背筋が寒くなる声でそんな忠告をすると胸倉から手を離す。

「貴様ぁ――」

お兄さんの侮蔑のたっぷりこもった言葉に若い衛兵が怒声を上げようとするが、年配の衛兵がそれを腕で制し、

「やめろ！　この旦那はヤバすぎる！」

必死な声色で叫ぶ。

「し、しかし――」

「いいから、死にたくなければ、逆らうなっ！」

年配の衛兵の割れ鐘のような声に、若い衛兵はビクッと身をすくませると口を尖らせたまま、一歩下がる。その年配の衛兵の顔には玉のような汗がいくつも張り付いていた。

「行っていいかね？」

「はい。俺たちは何も見ていなかったし、怪我人もいない。何の問題もありません」

年配の衛兵は他の若い同僚の右腕を掴むと、まるで逃げるように詰所へ戻っていってしまう。

「アスタ、その少年をローゼの下まで連れていき事情を説明しろ」

「イエス・マイマジェスティ！　で、マスターは？」

紫色の髪の女性、アスタは右手を胸に当てると恭しく一礼して、その意図を問う。

「私はそいつらに、野暮用がある。すぐに合流するさ」

「マスターが直々にであるか……心の底から不憫《ふびん》な者どもである」

アスタは憐憫《れんびん》の表情でスキンヘッドの男たちを一瞥すると、ゴロツキたちからいくつもの命乞いの台詞が飛ぶ。マスターと呼ばれたお兄さんはそんなゴロツキたちに右手で握る木刀の先を向けると、

「黙れ。いいか、これ以上私を不快にさせるな。もし、あと一言でも余計な言葉を口にしたらわかるな？」

氷のような凍てつく瞳でそう言い放つ。

「は、はひっ！」

涙目で何度も頷くスキンヘッドの男たち。

「なら、お前らのボスのところに案内してもらおう」

「ど、どうぞこちらへ」

お兄さんを案内すべく歩き出すゴロツキども。

「さて、君もついてくるのである」

やる気なく、そう口にするとアスタもシラの返答を待たずに歩き出す。

◇◆◇◆◇◆

ゲッディ伯爵の詐欺行為を目撃してから二週間が過ぎる。このパプラの町に完璧に興味を失った私は、ファフがねだる時以外、極力外出を控えて宿の中で暇を潰していた。この宿はローゼたちが貸し切っており、外の不快な住民どもの醜態《しゅうたい》を目にしなくて済むからな。ローゼからは何度もゲッディ伯爵の件につき相談を求められるが、それをスルーして今に至るってわけだ。

ファフが宿で寝入ったので、読書でもしようと椅子に腰かけようとした時、ドアが叩かれる。どうせまたローゼだろう。ローゼからすれば、この町が向かおうとしている事態は絶対に許せぬことなのかもしれない。だが、それはあくまでローゼの事情。私には無関係だ。私は自らの思考さえ放棄し、自滅に突き進む愚者どもに手を貸すつもりはこれっぽっちもない。

いつも通り、無視して本を読もうとするが、ドアを叩く音はやむ気配はない。

「むにゅ……もう食べられないのです」

ファフがそんな呑気な寝言を口にしながら、寝返りをうつ。

ふむ。このままではファフが起きてしまうな。子供の昼寝を邪魔するのは気が引けるし、出るしかないか。重い腰を上げて扉を開けると、案の定、扉の前でローゼが作り笑いをしながら、立っていた。

「御菓子を作っているので、お使いを頼みたいのですがよろしいですか？」

御菓子ね。以前ファフにせがまれて宿の厨房を借り、シフォンケーキを作って振舞ったことがあった。ローゼは大層興味を持ち、作り方を教えてほしいと迫ってきたので、初級の菓子作りの本を与えたのだ。それ以来、厨房を借りて毎日のように作っているようだ。

「アンナにでも頼めばよかろう？」

「今この状況でアンナを外に出して、諍《いさか》いが起きぬとお考えですか？」

「それは……無理であろうな」

この数週間関わってわかったことだが、あの娘、口では背信者とか頻繁に口にするから、てっきりアメリア王国の貴族一般の腐った思考にどっぷり漬かっているかと思っていた。だが、実際には真逆だった。背信者と罵るのは私のみであり、この町での獣人族やそのハーフに対する扱いに対し、数度激怒して突っかかっていた。今あの娘が外に出れば、まず間違いなく騒動に発展する。

「ご存じの通り、他の騎士たちも現在、全て出払っております」

私がいるから当面の護衛は不要としてローゼはアンナ以外の騎士たちにバルセでの休暇を指示した。むろん、騎士たちは当初かなり反発したが、ローゼは頑なに主張を変えず、結局この町には私たちのみが残ることとなった。まあ、この状況ではローゼの近くにいた方がよほど危険だし、適切な判断なんだろうさ。

プライドの高いアスタがローゼの指示でお使いなど絶対に了承すまい。アスタのやつ、基本私の指示にしか従わぬからな。かといって、護衛対象のローゼを行かせるのは愚策中の愚策。結局、私が行くしかないわけか。

「わかった。何を買ってくればいい？」

「この町の城門付近で売っている少年の果実がとってもおいしいと評判なので、是非そこの果実をお願いします」

ようやく作り笑いをやめて、ローゼはパッと顔を輝かせて、頭を下げてくる。

「了解した」

実のところ、ローゼがお菓子を作る目的はファフのためだ。ファフの親代わりが私である以上、私が買いにいくのが筋。別にかまうまい。

外に出ると、一階で本を読んでいたアスタがあとについてきた。どうも、私の部屋への乱入以来、一階の食堂が奴の読書の場所となっている。あれ以来、どういうわけか、私の外出の度、アスタは同行するようになった。

城門前の広場までいくと、人だかりができていた。そして――。

「果実を返せぇ！」

子供の叫び声。そこには全身ズタボロになりながらも、屈強なゴロツキに抗う獣人族の血を引く子供がいた。

てっきり、今もダンマリを続けているあの詰所にいる衛兵どもと同様、同じ人族のゴロツキどもを応援するのかと思っていたが、町民たちから放たれたのは、ゴロツキどもへの非難の声。

意外なことだが、見物していた人族の町民たちは、ゴロツキどもにあの獣人の少年が理不尽に嬲《なぶ》られることが我慢ならないらしい。しかも、それが多少なりとも自らに危険が及ぶ可能性があろうともだ。でなければあの状況でゴロツキどもに罵声を浴びせやしまい。そもそも、町民たちは一般人。我ら戦人の覚悟など持ち合わせてはない。命を懸ける理由などないはずなのにだ。こんな現象は他の町では絶対に起きやしない。

どうやら、私はこの町の住民に対し大きな思い違いをしていたのかもしれない。きっと、表面上どう取り繕おうが、この町の住人にとって獣人族は町のれっきとした構成員だということだと思う。

なぜだろうな。そう認識してから、私は実に自然に、そして何の抵抗もなく動いていた。それに正直、私自身驚いている。私は勇者や英雄に憧れるほど若くはない。むしろ、私の思考パターンは、世間の倫理観から大きく外れており、悪といった方がよほど適切だろう。だから、子供を助ける以上の行為は本来余計な行為。一度、興味をなくした以上、そう簡単に助ける気など湧きようがないはずだから。

なのに、私はこうしてゴロツキどもをぶちのめし、奴らのアジトへ案内させている。きっとゴロツキどもから裏事情を聞き出せば、私はこの事件に介入してしまう。それは――。

まあいいさ。どうせ、やることもない。だが、一度介入すると決めた以上、中途半端はダメだ。徹底的にやらねばならない！

ゴロツキどものアジトの正面の扉を吹き飛ばし、屋敷の中に乗り込む。

「こ、殺せぇっ！」

炎、風、水、土、様々な魔法が私に迫るが、それらをすべて雷切により、跳ね返す。

凄まじい熱風が同心円状に吹き荒れ、屋敷を吹き飛ばす。炎が瓦礫に燃え移る中、至る所でうめき声や悲鳴が聞こえてくる。

「いてえ！　いてぇよぉー！」

この程度のことで音を上げる。やっぱりだ。こいつらに戦人としての覚悟はない。ただ弱者をいたぶることしかできぬ卑怯者ども。私は嫌悪感に顔を歪めながら、死線により屋敷を粉々の粉塵まで解体する。

「バ、バケモンがぁ……」

そして、すっきりした屋敷の居間だった場所の中心で、髭面で筋肉質な巨漢が、そう言葉を絞り出す。おそらく服装の豪華さからしてあいつがゴロツキどものボスだろう。

私は案内役のスキンヘッドの男どもに、ポーションを渡した上で今も瀕死で呻いている奴らに振りかけて癒した後、この場所に集めるように指示をした。

そして癒えた奴らを全員、床に正座させた上で尋問を開始したわけだが……。

「き、貴様らどこのファミリーのものだっ⁉　俺たちは『パラザイト』、タオ家の傘下のファミリーだぞっ！」

案の定、髭面で年配のやたら筋肉質な奴らのボスは、さっきから果敢にもこのように反抗的な台詞を宣《のたま》っている。それにしてもタオ家か。確か、東の大国ブトウに根を張る闇の巨大シンジゲート。闇の三大勢力たる王の一角だったか。

「だからどうした？」

「だからどうした、だとっ⁉　わかってんのか、あのタオ家の傘下って言ってんだぞっ⁉」

「もちろんだとも。闇の三大勢力のタオ家だろ？」

別に強がってはいない。タオ家は確かに闇の世界の王だが、所詮裏社会のゴロツキどもの基準での王に過ぎない。勇者や魔王などの表の者どもと比較すれば、ゴミのようなものだろうさ。むしろ、裏社会の者どもは何をしても咎《とが》められないという点で私にとっては非常に扱いやすい。

「……お、お前、頭がどうかしてるのか？」

呆気にとられた表情で『パラザイト』のボスは私を凝視しながらそう呟く。

「人聞きの悪い奴だな。で？ 話すのか話さないのか早く決めろ」

雷切の剣先を鼻先に突きつけると、

「俺たちは今、ゲッディ伯爵と手を組んでいる。今俺たちに危害を加えれば、伯爵の怒りを買うぞっ！」

「ほう、伯爵のねぇ」

馬鹿が。自分から暴露しやがった。こうなれば意地でもすべて自白してもらうことにする。

そうだな。あいつを使うか。アイテムボックスから討伐図鑑を取り出し、

「おい、ベルゼ、出ろッ！」

ベルゼバブを呼び出す。突如、現れる頭に王冠を被った二足歩行の巨大な蠅。蠅は真っ赤なマントを羽織り、首には涎掛けをし、口にはおしゃぶりをしている。

『至高の御方《おんかた》ちゃま、およびでちゅか？』

片膝を突き、右手に手を当てて一礼してくる。950層でのバトルで図鑑の愉快な仲間たちの一員となって以来、こいつには妙に懐かれてしまい、頻繁に私の前に現れるようになる。そんなこんなで大分こいつについてわかってきた。端的にいうと、こいつベルゼバブは今まで私が出会ったいかなる存在の中でも断トツに悪質だということ。特に自らの悪質さに無自覚なのが質が悪い。現に、ギリメカラたち他の討伐図鑑の愉快な仲間たちもこいつには決して近づか

ない、関わらない。本人も私以外の人前に出るのを嫌うから、ずっと図鑑の中の世界である意味、良き虫生《じんせい》を満喫している。

「そいつらが知る、この町パプラのことをすべて聞き出せ。殺さず最終的に原型さえ保っていれば、基本何しても構わない」

『御意でちゅう』

キシャキシャキシャと嬉しそうに口をせわしなく動かす蝿男に、恐怖をたっぷり含有した金切声を上げる『パラザイト』のボスども。

ベルゼバブのあれを見ると、少々気が滅入るし、全部ゲロるまで外の空気でもあたってくることにしよう。

「ごれが我だが知るずべてでしゅ！」

呂律《ろれつ》が回らない言葉で『パラザイト』のボスは叫ぶ。よほどの恐怖だったのだろう。顔の表情筋が不自然に吊り上がり、ピクピクと痙攣している。

結論を先取りすると、一時間後、『パラザイト』の奴らは知るすべてを私に進んで赤裸々に告白してくれた。

「やはり、ゲッディ伯爵と『コイン』、おまけに町長もグルだったか」

奴らの計画はこうだ。ゲッディ伯爵が馬鹿王子《ギルバート》の使者としてこの町のパプラの実の契約のために訪れる。そこで、パプラの実を劣化腐敗させて難癖をつけて賠償金を払うよう求める。そこに『コイン』を乱入させて賠償金を取り下げて、信頼を取り付ける。その上で代々パプラの実を育て販売をしてきたザルバ家の者たちを中心とする獣人族とそのハーフから権利をすべて取り上げる。極めつけは、この土地から獣人族の血を引く者たちを排除するために、町を盗賊に襲わせて獣人族の血を引く者たちを他国の奴隷商に奴隷として売り払う。『コイン』はその際に、盗賊たちの侵入と獣人族の血を引く者たちへの襲撃のお膳立てと後始末をする。こんなクズのようなストーリーだ。

「さて、どうしたもんかね」

ここまで外道に突き抜けているのはある意味感心する。どこまでも私を不快にさせる奴らだ。

図鑑を片手に、

「ギリメカラっ!」

自称邪神の魔物ギリメカラを呼び出す。

『御身《おんみ》の傍に。いかがされましたでしょうか?』

濃厚な黒色のオーラを纏いながら跪いて首を垂れる鼻の長い怪物。ギリメカラを一目見て、『パラザイト』どもは遂に全員、白目をむいて気絶した。

「この町を直に盗賊どもが襲撃する予定らしい。お前の派閥を使ってこの周囲を徹底的に調べ上げろ!」

図鑑の中でもギリメカラ派はラドーンたち竜の派閥どもと双璧をなす武闘派ぞろい。この任務も比較的安全にこなすことができよう。

『御意！』

身を震わせると、ギリメカラは大きく顎を引くと煙のように姿を消失させる。

仮にもここまで私を不快にさせたのだ。奴らにはとびっきりの絶望の中、黄泉へ送ってやる。

さーて、どんなシナリオにしようか。私は奴らの破滅に向けた計画の立案に没頭していく。

◇◆◇◆◇◆

――シルケ樹海北西の洞窟内。

巨大生物さえも徘徊し得るだだっ広い青色の景色が広がる洞窟。その中を全身入れ墨の細身にサングラスをした男が両ポケットに手を突っ込み、鼻歌を歌いながら歩いていた。

そして洞窟の最奥に辿り着く。そこは天然の青色の石からなる広大な広間のような場所。

「ちゃっちゃと復活させちまおう」

サングラスの男が指を動かして、呪文のようなものを詠唱し始めると、広間の中心に巨大な球状の立体魔法陣が出現して、生き物のように絶えず蠢《うごめ》き始める。

『ゴオオオオォォォーーーーー‼』

魔法陣から聞こえる獣の声。それらは次第に大きくなっていき、魔法陣は軋み始め、その内部から鋭い爪のようなものが突き刺さる。そしてその巨大な爪は魔法陣を引き千切っていき、その裂け目から巨大な生物が這い出して来る。それは猛虎の胴体に蛇の尻尾、背に蝙蝠《こうもり》の羽を持ち、猿の顔をした化け物だった。

『我の封印を解いたのは汝か？』

巨大な化け物、トウテツは鎌首をもたげてサングラスの男に問いかける。

「そうだ。俺に従属しろ。服従する限り、生かしておいてやる」

その疑問にサングラスの男は尊大に返答する。

『たかが人間風情がこの我に従属しろ、とぬかすかっ！』

大気を震わす怒号が飛ぶが、サングラスの男は小指で耳を穿りながらやる気なく、

「俺、『ジルマ』が命ずる。平伏しろ」

ただそう命を発する。刹那、何か透明な巨大な手のようなものがトウテツの頭を押さえつけた。

『ごげっ！　バ、馬鹿な！　この我がたかが人ごときの言霊で身動きすらできぬだと⁉』

「持ち上げろ」

『うおっ⁉』

トウテツの身体が浮き上がり、

「捩じり上げろ」

雑巾でも絞るかのようにトウテツの身体が拉げていく。

『ぐががががぁぁぁっ！　わかった。我の負けだ。汝に従おう！』

トウテツの必死な叫びに、

「あー、うん、素直が一番だぞ」

パチンと右手の指を鳴らすとトウテツを拘束していた見えぬ力が解かれる。

『くそ、無茶をしおって！』

「近隣の町を襲え。とにかく派手に、残酷に殺しまくれ！」

『我は目覚めたばかりですこぶる腹が減っておる。食らってもよいか？』

「もちろんだとも。踊り食い、トースト、なんでもいいから食いまくれ」

満面の笑みで頷くサングラスの男に、トウテツは洞窟を破壊しながら這い出していく。

――この場この時、この世で最も恐ろしくおぞましい怪物の描く物語の全役者が出揃う。

ゲッティ伯爵とコイン、そしてパプラの町の町長、計画に参加した盗賊たち、そして、その悪質で邪悪な計画に不運にも巻き込まれた伝説の魔獣と『凶』のメンバーはそろって破滅への道を歩み始めたのである。

「わかりました。私も喜んでご協力いたします」

計画立案後、ローゼに知りうる情報の一部を知らせた上で、提案を持ちかけると予想通り、満面の笑みで了承する。この様子だと、私に果実を買いに行くよう依頼したのも私が本事件に介入するきっかけを得ることを期待してのものだったのかもな。最近、アンナを連れてこの町を相当調べまわっているとネメアから報告を受けていたし。

◇◆◇◆◇◆

「王国貴族とあの四聖がそんな盗賊まがいのことに関与しているなど……」

アンナがしかめっ面でボソリと呟く。声高らかに否定したいのが信条だが、王女のローゼを売り払おうとする連中の行動に鑑み、絶対にありえないとまでは言えない。そんな複雑な心情だと思う。

「それでカイはどうするおつもりですか？」

「むろん、計画を粛々と進めるまでだ」

ギリメカラから面白い情報も上がってきている。それを利用すれば奴らにとって最高の破滅の舞台となることだろう。

「私としてはその計画の全容を教えてほしいわけですけど？」

言えば心配性のローゼのことだ。まず反対するからな。

「全容は教えられんが、本事件の当事者たちには表舞台に上がってもらうつもりだぞ」

ローゼは私の顔を半眼でマジマジと凝視していたが、大きなため息を吐き、

「わかりました」

そう諦めにも似た了承の言葉を口にしたのだった。

それから三日後、計画を実行に移す準備が整った。計画を進める上で必要不可欠な前提条件は、当事者たるパプラで暮らす獣人族の血を引く者たちに、現状認識をしてもらうこと。故に、ローゼの名で集まるよう呼び掛けた結果、パプラの宿――プラハザの一階ロビーには、それに答えた獣人族の戦災孤児とそのハーフたち、そして数人の人族の町民たち百数十人が集合していた。

「説明して彼らが信じるとお思いですか？」

ローゼが私に小声で耳打ちしてくる。

「信じるさ。否応でもな」

もちろん、部外者の私に説明された程度で信じると思うほど私はお気楽な精神構造をしちゃいない。

私はローゼにそう返答すると、パチンと指を鳴らす。気怠そうに、アスタが小さな正四面体

の黒色の箱に魔力を通して床に置くと、宙に映像が映し出される。

この黒色の箱はダンジョンで見つけた映像投射系のアイテム。隠密潜入に特化した図鑑の住人たちに町長の家の会話を記録させたものだ。

映像はパプラの南西にある貴族たちの別荘区画にあるゲッディ伯爵の邸宅を映し出す。どうやら、ゲッディ伯爵が仲間の高位貴族からこの邸宅を買い取ったようだ。

どよめきの中、映像はその四階建ての絢爛豪華な作りの邸宅の中へと移り、その中の応接間にいる五人の男たちを映し出す。

一人はゲッディ伯爵、アメリア王国四大聖ギルドの一つ、【コイン】のリーダー、【棘剣】のサイダー、サブリーダー、【賢人】のカバー。さらに、パプラ町長、最後が【パラザイト】のボス。

『計画は順調なのか？』

『はい。伯爵様に探していただいた腐敗の魔法により、ザルバ家からパプラ栽培の権利を剥奪しました。これでパプラの実は事実上、私とギルバート殿下から販売の独占を許可された伯爵様のものです』

『あの手の魔法は希少で、探すのに苦労したからのぉ。少々高くついたが、まあ、神の実を手にするためだ。致し方あるまいて』

『【パラザイト】さんの協力で獣臭い背信者どもの生計も潰しています。町民にもうまい具合に獣人どもに対する不信感を植え付けました。あとは、奴らをこの街から追い出すのみ』

町長が大きく頷きながらも、なみなみと注がれた果実酒を口にする。

『安心してくれ。三日後、山賊どもにこの町を襲わせた上、町の獣人どもを捕獲してブトウ国の奴隷商に売り渡す手はずとなっている。あとは、この町に山賊どもを引き入れる役だが、俺たちはただでさえこの町の連中に目をつけられている。後々、疑われるのはごめんだぜ』

【パラザイト】のボスの言葉に、

『わかってる。山賊どもの先導と後始末は俺たちコインが行おう！　お前らは精々、アリバイ工作でもしていればいいさ』

サイダーが己の胸を右拳で軽く叩いて真っ白な歯を見せて爽やかな笑顔を見せる。

『これで、獣臭い獣人どもから我らが神の果実を取り戻せる。ギルバート殿下も大層、お喜びになられることだろう』

ゲッディ伯爵が薄汚い欲望を隠そうともせずに宣うと、

『我らコインも今回の盗賊の後始末で王国から恩賞が得られる。伯爵様はこの町のパプラの実の独占購入販売権を得られ、町長はパプラの実を獣どもから奪取できる。さらに獣くさい背信者どもを町から追い出せる。まさに一石二鳥、いや三鳥のメリットがありましょう』

【賢人】のカバーがそう得々と語りながら、パプラの実からとった果実酒で勝利の美酒に酔う。

『では、我らのギルバート殿下と神民に聖武神アレスの祝福を！』

ゲッディ伯爵による乾杯の声で映像は終わる。

「下種どもめっ！」

アンナが椅子から勢いよく立ち上がり、声を張り上げる。そして、それは当事者である獣人族の血を引く者たちとその関係者ならなおさらのこと。予想通り、全員の顔には例外なく、耐えようもない憤激の色が浮かんでいた。

ローゼは俯き気味に両拳を握りしめていたが、今も怒りに震える当事者たる獣人族の関係者たちをぐるっと見渡し、

「皆さん、これがパプラの実が腐っていた件の真相です。そもそも最初からすべて仕組まれていたのです」

ひどく厳粛した顔で、まるで噛みしめるようにゆっくりと語り掛ける。

「町長の野郎、俺たちの家族を売りやがった……」

獣人族の妻を持つ人族の中年の男性が怒りの言葉を絞り出す。

「ねぇ、私たち大丈夫かな？」

真っ青に血の気の引いた顔で獣人族の若い女性が隣に座る恋人らしき人族の金髪の男性の袖を掴んで問いかける。人族の金髪の青年は勢いよく席を立ちあがり、

「心配しないでよ。僕らの家族をあんなクズどもの好きにさせやしないっ！　ねぇ、皆そうでしょっ！」

声を張り上げる。

「ああ、その通り！」

「何が、勇者マシロの四聖、【コイン】よ！　ただの盗賊集団じゃないっ！　あたし、憧れてたのに！　それをこんな形で裏切って！　絶対にあいつらを許さない」

次々に上がる怨嗟《えんさ》の声に、ローゼは大きく頷くと、

「この件はただちに国王陛下に上申して――」

頓珍漢《とんちんかん》なことを口走ろうとするので、

「それはダメだ。あとは私に全て委《ゆだ》ねてもらう」

それを右手で制して、有無を言わせぬ口調で宣言する。

「これは高位貴族が絡む事件だ。しかも相当な悪質な。ならば、国王陛下に知らせるのが最良だ。余計な口を挟まないでもらおうっ！」

予想を裏切らず激高するアンナ。この国で高位貴族を裁けるのは限られている。アンナのこの主張もなんら的外れなものではない。このような悪質な犯罪は敵側もかなり無茶をするのは目に見えている。選択を誤れば王女であるローゼさえも巻き込みかねない危険をはらんでいる。むしろ、アンナの立場からすれば当然のものだ。

「カイ、国王陛下に上申してはならない理由をお聞かせ願えますか？」

ローゼは私に神妙な顔で、理由を尋ねてきた。

「奴らをすべて処刑するためさ。この映像だけでは十中八九、町長と盗賊ども、【パラザイト】のみが処分され、ゲッディ伯爵とやらは謹慎処分程度のペナルティーとなる。違うか？」

「ええ、血盟連合の力は絶大ですし、この投影アイテム自体が私たちの常識の埒外《らちがい》にある以上、魔法で偽造したと言われれば反論は難しい。これだけではゲッディ伯爵の処分は難しいでしょう。ですが、それでも金輪際、彼らはこの町には手出しはできなくなる」

「いや、あの手の己の欲望に弱いタイプは執念深いからな。この程度のことで諦めたりしやしないさ。それに【コイン】も勇者の手前、強い処分などできやしないだろう？」

「かも……しれませんね。ですが、国王陛下のお力を借りずにどうしようというんです？」

「むろん、私たちが破滅を与えるのさ。しかも徹底的で一切の救いのないものを」

アメリア国王？　そんな者にあの愚物どもの処分を委ねるほど私は日和見ではない。

「ローゼ嬢、君は大きな勘違いをしているのである。邪悪の権化たる我がマスターが関与した以上、もう羽虫《やつら》どもの破滅は決定事項。あとはその程度の差にすぎぬのである。それも……」

珍しくアスタが口籠り、ローゼの顔から一切の余裕が消える。

「カイ、貴方は何をなさるつもりですか⁉」

「なーに、祭りだよ」

「祭り？」

「ああ、参加者は愚かな伯爵に馬鹿な英雄のチーム。そして、間抜けな町長。開催場所はここパプラの町。用意はすでに万端に整っている。そうだよなあ？」

「へい！」

部屋の隅でフードを頭から深くかぶって直立不動していた者どもが、そのフードをとって頭を私に深く下げてくる。途端に割れるような賑わいが支配する。それもそうだろう。そこの中心にいたのは映像で映し出されていた敵方の【パラザイト】のボスだったのだから。

「カイ、彼らは？」

「見ての通り、【パラザイト】の者どもだ。こいつらは此度我ら側に寝返った」

再度大きなどよめきが巻き起こる。こいつらの身柄はハンターギルドに引き渡す予定だ。もしかしたら、極刑になるかもしれんが、他者の組織の決定に委ねるなど、私にとって最大限温和な方法。こいつらの今まで行った非道からすればありえない温情だろうさ。

ベルゼの悪趣味な遊びの後、ギリメカラの矯正を受けさせ徹底的にその腐った根性を叩き直させたのだ。今や、我らに従順な兵隊となってくれた。今やこやつらは我らに逆らう気など微塵も起きやしまい。まあ、逆らったら殺すだけだがね。

「カイ、貴方……」

絶句しているローゼに、

「言ったはずである。マスターは異常であると。強さ、思考、すべてがイカレ切っている。普通の神経をしていれば、あれをこの祭りに利用しようとは夢にも思わぬはずである」

アスタが遠い目で森の奥の方を眺めながら、そんな人聞きの悪いことを呟く。

「貴方は一体、何を考えているんですっ⁉」

血相を変えて叫ぶローゼの疑問には答えず、私はザルバ家の家族を一目見て、そして、パプラの獣人族の血を引く者たちに視線を固定する。

「これからお前たち獣人族の血を引く者たちだけで、盗賊を撃退してもらう」

さっき以上の豆が弾ぜたような騒めきが室内に巻き起こる。

「ちょっと待ってくれ！　俺たちは戦いの素人だ。盗賊と戦う力などないっ！」

熊耳を生やしたシラの父親が血相を変えて反論する。

「だろうな。だから、力を貸すさ」

「力を貸す？」

「ああ、お前たちだけで撃退するだけの力を貸してやる」

今回の件ではっきりしたのは裏稼業の者どもは弱いということ。あの程度なら何人いようが私が動かなくても、少し鍛えた上で迷宮の上層の武器やアイテムを一部解放するだけで、盗賊ごとき裏の者どもなら簡単に撃退は可能だろうさ。上手く運べば、あの木偶の坊も効率よく利用できるかもしれん。

「ふざけないでくださいっ！　獣人族にはサリューパのように、力のない女子供もいるんですっ！　彼女がやるくらいなら僕がやるっ！」

金髪の人族の青年が声を張り上げる。

「殊勝な心掛けだが、それはダメだ。獣人族の血を引く者たちだけでこの町を守らねば意味はない。理由はお前ならわかるな？」

母親に抱きしめられているシラに問いかける。

「うん。この街の大多数の人族の人たちに認めてもらうためでしょ？」

やはり、子供は鋭い。この場にいるのは獣人族の血を引く者たちとその親族のみ。この町の大部分の人族はまだ獣人族に対して壁を作っている。これから始まる戦いは、彼らがこのパプラの町の正式な住民になるための通過儀礼。私たちができるのは手を貸すことだけ。これ以上は、彼ら自身の問題だ。

「強制はしない。やるか、やらないかは自分で決めろ。むろん、この町から逃げ出すのもありだ。別に否定はしない。だが、あくまで私が力を貸すのはお前たち獣人族の血を引く者だけだ。つまり――」

「我らの意思一つでこのパプラの町の存続がかかっていると？」

「その通りだ。奴らの目的は獣人族とそのハーフということになっているが、所詮、盗賊。獣人族がいないと知れば、人族の女子供や裕福な家庭も当然のごとく狙われるだろう。この町は少なくない人的、財産的損害を受ける。それをお前たちが、許せるか。ただそれだけの話だ」

皆、俯いて一言も発しない。酷な選択をさせていることは重々承知だ。それでもこれは彼ら自身が選ぶ道。彼らが選択するのは、この町を救うか見捨てるか。その二者択一。

「私はやるわ！」

先ほどまで人族の金髪の青年の腕の中で震えていた獣人族の女性が名乗りを上げる。

「サリューパ⁉ 待ってよ——」

焦燥たっぷりの顔で金髪の人族の青年がその意図を問いかけようとするが、

「戦うのはもちろん怖い。でも貴方を失う方がもっとずっと怖い！ だから私は戦う！」

「僕もやるよ！ 助けてくれた人族の人もたくさんいるし、何より僕はこの町が好きだから！」

サリューパの意見にシラも即座に同意する。

次々に上がる賛同の声。予想通りだ。こんな者たちがこれだけ多くいるのだ。この町はまだ捨てたもんじゃない。これで前提条件はクリア。あとは——。

「では今から具体的な策を伝える。これはあくまで他言無用だ。人族の者たちにも補助として関わってもらう」

頷くのを確認し、私は両腕を大きく広げて、

「これは君たちの、君たちによる自由と未来を掴み取る戦いだ。もちろん命の危険はあるし、私の部下にこってりとしごいてもらうから多少の苦難もあろう。だが、その先に待つのはきっ

と、君らにとって満足のいく未来だ」

私はそう宣言し、この事件の策を話し始めた。

◇◆◇◆◇◆

──荒れ果てた荒野。

シラたち獣人族の血を引く獣人は異国の服を着たお兄さん、カイさんから、計画の説明を受ける。皆多分、この時までは半信半疑だったのだと思う。だが、彼が言った言葉がすべて誇《こ》張《ちょう》ではなく真実。それをすぐに魂から思い知る結果となる。

「ここ……は？」

あのパプラの宿──プラハザの一階ロビーでカイさんに修行をしてくれる部下を紹介すると言われた途端、すぐに景色は草木一本すら咲かぬ荒野に移り変わってしまったのだ。

『一同、気をつけっ！』

大気すらも振動させる大声が響き渡る。思わず耳を押さえて周囲を確認するとその荒れ地の真ん中には黄金の鎧に身をまとった頭部が獅子の怪物が佇んでいた。

「あ、貴方は？」

父が恐る恐る尋ねるも、

『一同、気をつけぇっ！』

再度、鼓膜が裂けんがばかりの大声が響き渡り、皆、直立不動で姿勢を正す。

『儂は、神獣王ネメア！　御前《ごぜん》から貴様らを鍛え上げろとの命を賜った。これからお前たちを時間の限り鍛えぬく。ノルン、用意は良いな？』

頭部が獅子の怪物の隣にプカプカと浮遊している12、13歳くらいの顔のほとんどを白髪で隠された少女に問いかける。

「もちもち、ろんろんでしゅ。ここはノーちゃんの領域でしゅ。ここの時の流れを通常の5000分の1に設定したでしゅ」

不吉極まりない台詞を吐く中、ネメアさんは満足げに何度も頷く。そして――。

「これは御前からの勅命。たとえそれが取るに足らぬ困難であっても妥協など一切許されぬ。貴様らには最低限の強さを得てもらう！」

そう叫ぶネメアさんの両眼は真っ赤に染まり、表情もギラギラした獣のようなものへと変わっていた。これはどう見ても異常だ。少なくとも今のこのネメアさんはまともじゃない。

「ちょ、ちょっと待ってください――」

父の声がむなしく荒野に響きわたり、地獄の修行は開始される。

◇◆◇◆◇◆

――パプラの北300メル。

【パラザイト】に雇われた盗賊たちはパプラの北で陣取って町内部からされるはずの侵入の合図を待っていた。

「今、下見してきやしたが、たんまり持ってそうな場所ですぜ。いい女も多いし、高く売れそうだ」

茶色の頭巾を被った山賊の一人が頭《かしら》と思しき熊のような外見の茶色の頭巾をかぶった男に報告する。

「そうか、そうか。いい感じじゃねぇか。この仕事、あたりかもなぁ」

「でも、お頭、獣人族だけの予定ですが、どうしやす？」

「ばーか、俺たちはギャングじゃねぇ。盗賊だ。そんな依頼、守るわけねぇだろ！」

そう返答した時、町の南部方面にある城壁付近から狼煙が上がる。

「開始だ。おい、俺たちは盗賊だ。頭のこの俺が許すっ！　目につくもの全て奪え、殺せ、犯せ、壊せ！」

獣のような咆哮を上げながら盗賊たちはパプラの町に侵入する。

パプラ南側の城門から町の外に出る用水路の傍には三重にも及ぶ鉄格子があり、そこが不自然に開いていた。おまけにいるはずの門番もいない。

（まったくボロイ仕事だぜ）

盗賊の頭《かしら》はほくそ笑みながら、重心を低くして周囲を窺うと、12歳くらいのまだ尻の青い獣人族のガキが月明りの中、佇んでいた。

ガキは黒色のマントのようなものをしており、強風にあおられヒラヒラと揺らめいている。

「おいおい、まさかお前が俺とやろうってのか？」

肩に担いでいた戦斧を外して、威圧すべくガキに向けるが、

「はっ！」

鼻であざ笑われてしまう。取るに足らない獲物にコケにされた。それを自覚して荒々しいものが心を満たし、

「野郎ぉぉッ‼」

地響きを上げながらも、獣人の餓鬼までの距離を詰めて、その脳天に戦斧を振り下ろす。だが、戦斧はその鼻先であっさり躱されてしまう。そして――。

「へ？」

視界が夜空と地面を数回転して、背中から叩きつけられる。受け身をとることができず、息

が止まり、肺に空気を入れるべく大きく息を吸い込む。

「隙がありすぎるよ。せめて、斧は持っているべきだ」

呆れたような声色でそんな指摘をすると、餓鬼に伸し掛かられる。餓鬼にマウントをとられるというありえぬ状況に屈辱で視界が真っ赤になる中、

「くそがぁっ！」

身をひねって振りほどこうとするがピクリとも動かない。

「魔力込みで関節を決めさせてもらった。もうあんたでは振りほどけない」

餓鬼の両足が妙な角度で入っており、なぜか、力がうまく入らない。

「あんたごときなら、こんな大層な技は必要なかったんだけどさ。カイ様に僕の成長を見てほしいし、精々あんたにはその実験台となってもらうよ」

次の瞬間、餓鬼の両拳がブレて、全身に激痛が走る。それが頭の娑婆《しゃば》での最後の記憶だった。


「バ、バケモノッ！」

逃げ惑う盗賊たちをゆっくりと追う右手に長剣を持つ獣人族の女性。

女性の姿が煙のように消えると、バタバタと倒れ伏す盗賊ども。朦朧とする意識の中、盗賊が苦悶の表情で体を起こし周囲を確認すると、月明りの中美しい獣人族の女性が佇んでいた。

その吊り上がった口角に、真っ赤な髪に赤色の瞳を視界に入れて、

「ひぃぃいっ！」

無様に金切り声を上げて、背中を見せて一目散で逃げ出そうとするが、

「戦士が恐怖で背中を見せるなっ！」

怒号が飛び、盗賊の男は白目をむいて地面に倒れ伏す。

「たっく、本当に根性のない！　実力がないならせめて気合くらい見せてほしいものね」

ブツブツと悪態をつきながら、獣人の女性は歩き出す。

「な、なんだってんだ、ここはっ⁉　バケモノの巣窟じゃねぇかっ！」

盗賊のNo.2モーリは悪態をつきながらもこの悪質極まりない町を脱出すべく疾駆する。

こんなの聞いちゃいない。素人しかいない町を襲うという簡単な仕事のはず。その無力なターゲットのはずの獣人族はすべて例外なくイカレていた。モーリは盗賊に身を落とす前は傭兵だった。だからわかる。いや、否応でもわかってしまう。あの獣人族どもは数十年単位で戦闘技術を叩き込まれた戦闘のプロ。ギフトに胡坐《あぐら》をかいていた紛いものならまだ勝機はあった。だが、あれはそんな甘い存在ではない。いわば、戦争の現場で戦い勝ち続けてきた歴戦の勇者。そんな怪物のような獣人族がこの町にはゴロゴロいるのだ。もはや勝てる、勝てないではない。そんな町に喧嘩を売ること自体が最大の愚行といっても過言ではない。

城壁が目と鼻の先に迫った時、その前に佇んでいたのは腰の折れた老婆。ただし――。

（くそがぁっ！　また、獣人族かよっ！）

見るからに弱そうであり、普段なら取るに足らない存在とモーリも見なしていただろう。だが、ここの町の獣人族は別だ。頭の先からつま先までの生粋の怪物。勝利はほぼ不可能といってよい。だから、人質をとるべく民家に入ろうとする。しかし、右手首を鷲掴みにされていた。

「ひぃ！」

悲鳴が口から漏れる。当たり前だ、奴の挙動を認識することすらできなかったのだから。

「逃げるとはつれないのぉ。少し、この年寄りの鍛錬にでも付き合っとくれ」

獣人族の老婆に蹴り上げられて、まるでボールのように城壁へと一直線に衝突する。そして、深く鳩尾にめり込む老婆の右拳。それを最後にモーリはあっさり意識を手放してしまう。

◇◆◇◆◇◆

意気揚々とパプラの宿――プラハザで盗賊どもの襲撃を観戦していたわけだが、

「あれ、絶対に、武器などいらないのである」

隣のアスタがうんざりした顔でそんな元も子もない感想を述べる。

「そうだなぁ。まさか、盗賊どもがあれほど弱かったとは誤算だった」

「弱いのですっ！」

私に抱き着きながらファフが元気一杯右拳を振り上げる。うむうむ、ファフは相変わらずいい子だな。そんなファフの頭をナデナデしていると、

「その認識は大分間違っているのである」

呆れたような、そして投げやりな表情でアスタは首を左右に振る。

「そうです！　そんな問題じゃない！　なんなんです、あの怪物のような人たちは!?　カイ、貴方、この短期間で彼らに何をしたんですっ！」

ローゼが私の胸倉を鷲掴みにしてブンブンと振りながら、鬼気迫る形相で尋ねてくる。

「うん？　少々、私の部下に鍛えさせただけだぞ」

血走った目に滝のような汗、いつも以上に異様なローゼの姿に若干引き気味に返答する。

「鍛え……させた……信じられない！　どうやったら、少し鍛えただけで盗賊を追い回すことができるってのよっ！」

フラフラとローゼは私から離れると蹲《うずくま》り頭を抱えて唸り始めてしまった。ローゼはたまにこのような奇行に走ることがある。いわゆる現実逃避したがる年ごろってやつだろうか。困ったものだ。

アスタはそんなローゼに憐れむような視線を向けながら、

「盗賊はあれで最後である。まだ例の玩具が到達するのにもうしばらくかかりそうであるが、どうするつもりであるか？」

今一番私が頭を悩ませている難題の解を聞いてきた。

「流石にもう少し粘れると思っていたんだがね。次の手を考えるべきか。もう少し時間があるなら、ゴブリンを捕獲して鍛え上げてから放つってのもありなんだがなぁ」

「止めておくのである！　そんな災害級のバケモノゴブリンを野に放てば、ここら一帯ぺんぺん草すら生えぬ荒野になるのである」

アスタが頬を引きつらせて即座に否定し、

「そうですっ！　これ以上、余計なことをしないでくださいっ！」

ローゼも泣きそうな声で何度も頷きながら懇願の言葉を叫ぶ。なんとも、大げさな奴らだ。ゴブリンなど鍛えても所詮ゴブリン。大した脅威にはなるまいに。

だが、さてどうする？　最後のクライマックスの仕込みまではもう少しの時間が必要だぞ。

そうだな。予定した計画とは少し違うが、ここは今も獣人たちと盗賊との戦闘を観戦していたあの二人のハンターにご協力を願うとするか。

「シラとサリューパに無力なふりをして機会を窺うように指示を出せ！　そうだな。相手は仮にも勇者の守護ギルド『四聖』を擁するハンターチームだ。二人には十分な護衛をつけておけ！」

『御意！』

ネメアは胸に手を当てて一礼すると、何やらモゴモゴやっていたが、すぐにシラとサリュー

パが動き出す。

見たところ、シラとサリューパは最低限の強さを獲得している。護衛同伴ならば、この手の荒行にも耐えられよう。何より今この場にはあのハンター界でもトップランカーの二人がいる。彼らのハンター界での発言力は絶大だ。彼らなら伯爵やコインどもの愚行のよい目撃証人となってくれることだろう。それにもし、万が一私の部下たちでは手に負えないほどの強さを『コイン』どもが有していたとしても、あの二人なら力ずくで制圧できよう。まさに、一石二鳥というやつだろうさ。

「ではこの計画もクライマックスだ。そろそろ私も動くとしよう」

私は自然に上がる口端を自覚しながら、宿を後にした。

◇◆◇◆◇◆

――パプラのハンター出張所。

このパプラにはハンターギルドはないが、僅かなハンターは存在するため、ハンター支援のための出張所は存在する。このハンター出張所では、素材の回収や町で問題が起きた場合に、ハンターギルドへ知らせる仕組みができている。

Aランクハンター――オルガ・エバーンズの目の前にいるジョンソンは、中立都市バベルに存在するハンター組織の中枢であるセントラルハンターギルドの第一調査部の部長。ハンター内で組織での不正や犯罪を調査する部の長だ。もっとも、ハンターの組織犯罪があったとしても、本来、幹部のこいつ自身が足を運ぶことはない。ジョンソンとバルセのギルマスは師弟関係らしいし、大方バルセを挨拶に訪れている時にバルセのギルマスに頼まれでもしたのだろう。

「面倒なことになりそうなのか？」

バルセに向かう途中に偶然立ち寄ったこのパプラのハンター出張所で、昔馴染みのジョンソンと出くわしたのだ。ジョンソンはオルガに緊急の案件があるとして協力を要請してきた。

このジョンソンがオルガに協力を求めている時点で、一般のハンターギルドではとても手に負えないクラスの大きな山なのは間違いないのだ。

「面倒というか……」

珍しく歯切れが悪いジョンソンに首を傾げながら、

「どうした？　協力するんだ。隠し事はなしだ」

「そうだな。お前なら信用ができる」

ジョンソンは説明を始めた。

内容はこのアメリア王国ではありふれている、よくある話。

ギルバート王子派のゲッディ伯爵がこの町の名称にすらなった特産品パプラの実の利権を確

保しようと、ハンターであり、勇者の守護ギルドの一つである四聖『コイン』と結託してこの町の獣人族を陥《おとし》れる。ジョンソンの予想では、町長やこの町のBランクギャングファミリーも関与しているらしい。すべて今の腐ったこの国では日常茶飯事のこと。ジョンソンはこの程度では動揺などしない。鉄の精神とまで言われたこいつが、唯一困惑したのは――。

「あのカイが、ゴロツキどもをフルボッコにしたぁ？」

カイ・ハイネマン、マリア・ハイネマンの実の息子であり、『この世で一番の無能』というクズギフトホルダー。オルガはマリアとチームを組んでいることもあり、今もカイとは頻繁に会っている。

あのクズギフトが発現する前にカイの剣術の試合を見たことがあるが、大して才能があるようには見えなかった。おまけに今のカイは最底辺のギフトホルダー。ゴロツキに勝てるはずがないんだ。そもそも、マリアの話ではカイは王都に向かっているはず。なぜこのパプラにいる？　全てが不可思議で全く嚙み合わない。

「まだ、あくまで噂にすぎない」

「当たり前だ。カイはどこにいる？　すぐにマリアの下まで送り届ける」

カイが幼い頃に一時期預かったこともあったくらいだ。オルガにとってカイは親戚のような子供。こんな場所で失うわけには絶対にいかない。

「落ち着け。まだ調査段階ではあるが、今回の集団詐称事件にカイが絡んでいるらしいのだ」

「はあ？　カイがどうやったら、そんなややこしい事件に関わるってんだ？」

「だから調査段階だって言ってんだろ！　真偽は不明だが、伯爵と手を組んだ『コイン』が盗賊を招き入れて獣人族を売り払おうとしている、との噂がこの町で流れているのさ」

「奴らが一線を越えたってわけね。俺への緊急で内密の依頼ってのはそれか？」

「そうだ。もし、ハンターに籍を置く『コイン』が盗賊と手を組み町民を売り渡そうとしているなら、それはハンター憲章における最大の禁忌。是が非でも我らが積極的に介入する必要がある」

「話は分かった。それで、カイがそんなクズのような事件とどんな関係がある？」

カイの優しい性格からして、不法に手を染めるとは考えられない。そんな事件に関わりがあるとは到底思えないのだ。

「それが……」

ここで詰まるか。ジョンソンの様子からいって本当に当惑しているように見える。

「はっきり言えよ。今更俺にまで隠してどうする？」

「いや隠しているわけじゃないんだ。だが、あまりに突拍子もないことでどう理解してよいかわからないというか……」

「とりあえず話せ、全てはそれからだ」

神妙な顔でジョンソンは大きく頷き、

「カイがローゼマリー殿下のロイヤルガードとなって獣人族側に支援をしているらしいのだ」

「はあ？」

今度こそ素っ頓狂な声が漏れる。当たり前だ。ローゼマリー殿下といえば、アメリア王国の王位継承権者の筆頭。そのロイヤルガードはあらゆる意味で卓越《たくえつ》した実力が要求される。とてもじゃないが、カイにはどうやっても無理だ。

「お前の気持ちもわかる。だが、ロイヤルガードになったこと自体はローゼ王女御自身に確認したから間違いのない事実だ」

「……」

確かに荒唐無稽《こうとうむけい》すぎてどうリアクションをとっていいのかわからん。この件、マリアは知っているのだろうか？　いや、あのカイを溺愛しているあいつのことだ。もし、知れば泣いて止めている。だとすると、これは――。

「『コイン』が動きましたっ！」

ジョンソンに同行しているバルセのギルド職員と思しき青年が部屋に転がりこみながら、報告をする。

「具体的には？」

「メンバーの一人が南門の用水路の鉄格子を開錠。狼煙を上げました。町の周囲に盗賊と思しき人影を多数確認。もうじき、この町に侵入してきます」

なるほどな。招き入れて好き勝手放題暴れさせてからそれを討伐し、町を救った英雄として名声を得る。実にしょぼいやり口だ。まだランクはCになりたてだが、仮にも四聖として勇者マシロに認められた者たち。【コイン】のリーダー、サイダーとサブリーダーのカバーの潜在能力はかなりのものだ。特にサイダーの【棘剣】は魔法付与した特殊な剣に自身の魔法で底上げをしており、剣技も相当なレベルに達している。カバーも魔法だけなら、ハンターでもトップクラスの実力だ。少なくともあの二人は、不法に手を染めなくても数年も精進すれば、それなりの地位と名声を得られたはずだ。

だがここには奴らにとって不運にもオルガとジョンソンがいる。オルガはれっきとしたAランクハンター。あんな青二才や盗賊どもに不覚を取ることは万が一にもない。ジョンソンもずっと裏方で活動してきたこともあり、あまり一般ハンターには知られていないが、戦闘力はAランクハンターに匹敵する。この町には碌なハンターはいないと高をくくっていたんだろうが、運が悪かったな。

「ジョンソン、行くぞ！」

「ああ、もちろんだ」

部屋を飛び出して現場へ向かう。

盗賊は確かに侵入してきた。それなりの武装もしていたし、場数も踏んでいる様子で決して弱くはなかった。だから、ここまま指をくわえてみていればこの町の住人に多数の損害が出ることは明らか。そのはずだったのだが――。

「なんだ、ありゃあ？」

もう何度目かになる疑問の言葉を口にする。

バケモノのような強さの獣人たちと彼らから必死の形相で逃げ惑う盗賊たちを視界に入れて、口から出たものは驚愕の言葉だけだった。

あれはギフトによる底上げでもなければ、魔法による身体強化でもない。純粋なる武の錬磨により到達したもの。だからこそ、洒落にならないのだ。あの獣人たちの境地に至るには最低でも4、50年近くの絶え間ぬ努力が必要。一人ならまだどうにか理解できる。それが、全員ともなると、もはやオルガの理解の範疇を超えていた。

当然のごとくあっという間に盗賊を制圧してしまうバケモノ獣人たち。

その後、獣人たちは子供と女性の獣人を残して一瞬で姿を消してしまう。まさか、気配すらも消せるのか。オルガとジョンソンも今気配を消しているが、それは技能ではなくオルガたちが過去に発現したスキルによるもの。対してあの獣人たちは経験によって獲得した技能による気配の消失。どちらがより高度で優れているかなど新米ハンターでも理解できよう。

（なんちゅう奴らだ……くそっ！）

おそらく、幼い頃から飲み食い以外、ずっと達人による専門の戦闘訓練を受けていたのだろう。こうもあっさり努力のみで自らを飛び越えているものが多数いる。そう考えただけで、言い表せない説明不能な感情が胸の奥底に生じて留まっているのを自覚する。オルガがそんな複雑な気持ちに悶々としている中、

（おい、オルガ、動くぞ！）

ジョンソンの小声で我に返る。先ほどとは一転、素人丸出しの挙動で子供と女性は正反対の方向へ走っていく。さっきのあの達人級の動きを一度見てしまうと、違和感しかない。

（二手に分かれよう！　俺は少年の後を追う。お前は女性を追ってくれ！）

（了解だ！）

罠という可能性もあるが、あの獣人たちはオルガたちに敵対しているわけではない。仮に罠だとしても、殺されることまではあるまい。

オルガは気配を消しつつ、女性の後を走り始めた。ほどなくして、黒服に顔を頭巾で隠した集団が女性の前に立ちふさがる。やはり、罠を張っていたようだ。もちろん、オルガの言う罠を張っていた主体は獣人族の女性であり、罠にかかったのはあの哀れで愚かな道化ども。

「痛い思いをしたくなければ大人しくしていろ！」

陳腐な台詞だ。特にこの圧倒的な強者に対する台詞としては滑稽で余計空しく感じる。

「は、はい……」

消え入りそうな声で顎を引く獣人の女性。

彼女に猿轡《さるぐつわ》をして両手首を縄で拘束し、木の箱に入れると、男たちは黒服をとる。

（やはり、コインか）

こいつらは王都で目にしたことがある。『コイン』のメンバーだ。女性が無力ならここで拘束するところだが、この獣人族の女性はオルガ以上の武を持つ達人。最後まで成り行きを見守るべきだろう。

それから、『コイン』のメンバーは箱を抱えてパプラの南西にある貴族たちの別荘のある区画へと向かい、その四階建ての絢爛豪華な屋敷の一階の一際大きな部屋に入り、箱を床に置く。

その部屋の中心には女性の獣人の拉致を指示したと思しき下種が悪趣味な椅子に踏ん反り返っていた。その外道の傍にいたのは、緑髪の美青年。あれは【コイン】のサブリーダー、カバー。自らを【賢人】と名乗る滑稽な道化。馬鹿な奴だ。自身の計画を過信しての行動だろうが、オルガがいる以上、もう言い逃れはできない。奴らの破滅はもう決定したようなものだ。

「やっと来たか。早く開けろ！」

「伯爵様のご指示通りの獣を捕獲してきましたぜ」

伯爵の指示のもと、コインのメンバーの一人が木箱を開けて、獣人の女性を外に運びだす。

「あーあ、こいつだ！　町で見た時ビっときたのだっ！　こんなしみったれた町の平民ごときにくれてやるのはもったいないわっ！　この儂がたっぷりと可愛がってやる！」

ゲッディ伯爵は顔を欲望たっぷりに歪めて、猿轡をされ手首を縄で拘束されている女性に舌なめずりをしつつ近づいていく。

「伯爵様、我らは危険を冒しました。約束はお忘れになりますまいな？」

カバーの言に、伯爵は鬱陶しそうに何度も頷き、

「わかっておる。貴様らと儂は一蓮托生《いちれんたくしょう》。約束通り、パプラの独占販売権の4割を『コイン』に譲ろう。その代わり、今後も儂のために働いてもらうぞっ！」

「ええ、もちろんです。それでは私たちがいては伯爵様も存分に楽しめますまい。私たちはこれで失礼いたします」

カバーが姿勢を正すと軽く一礼する。

「ああ、気が利くではないか。だが、護衛は残しておけよ！」

「もちろんですとも。伯爵様は我らの大切なパートナーなのですから」

数人の護衛を残してカバーが部屋を出ていくと、

「ついてこいっ！」

獣人の女性の手首の縄を掴んで引きずって薄暗い別室へと入る。そして、護衛に女性の拘束を解かせた後、その奥の豪奢なベッドに放り投げる。

「こないでっ！」

拒絶の声を上げて涙目でベッドの上で後ずさろうとする獣人族の女性に、

「いいぞぉっ！　いくらでも抵抗するがいいっ！　その方がより興奮するしなぁ！」

ゲッディ伯爵は舌なめずりをしながら、声を張り上げて近づいていく。

「何でよ？」

獣人族の女性が俯き気味に、伯爵に疑問を投げかける。

「ん？　何がだぁ？」

「なぜ、こんな酷いことをするの⁉」

目じりに涙を浮かべながら、そう叫ぶ獣人族の女性にゲッディ伯爵は顔を醜悪に歪めて、

「それは貴様らが薄汚い獣だからだ」

「獣？」

「そうだ。貴様らは聖武神アレスの加護を持たぬ背信者。我らアレス神に愛されている尊き者たちに従う義務がある」

またこの思考か。こいつらは天から授かるギフトを聖武神アレスからの加護だと信じ、それにより、神への愛の深さを測る。獣人族のように加護がない者は特大の背信者なので生殺与奪の権利があると本気で信じているのだ。確かに、気まぐれな神から与えられるギフトにより能力が決定されるのは事実。だが、優秀なギフトを持つ者があらゆる面で優れているわけではない。それは一連のこいつらの痴態やあの獣人たちの戦闘を見れば自明の理だ。

「つまり、アレスとかいう雑魚《神》の加護がない私たちのような者には何をしても許されると？」

獣人族の女性の声色が明確に変わる。さらに、室内の空気が数度冷え込んだような気がした。

「その通り！　絶対唯一神アレス様の教えこそが、この世界の価値の基準を決める！　アレス様からのギフトを持つ我ら神の子は持たぬ者を隷属し得る。つまり、貴様らは元来我らの奴隷にすぎぬのだっ！」

得意げに宣う伯爵のこの言葉が決定的だった。

（これって絶対に気のせいじゃねぇっ！）

自身の息が白くなるほどなのだ。室内の冷え込みはもはや無視できないものとなっている。にやけ顔で眺めていたコインの護衛たちも動揺気味に身体を摩り始めていた。

「くはっ！　くははあははははっ！」

突如ベッドの上で笑い出す獣人族の女性。

「何が可笑しい？」

眉を顰めていぶかしげに尋ねる伯爵に、獣人族の女性はピタリと笑うのをやめると、

「だそうだぞ？　貴様らはどう思う？」

室内の大気がミシリと震え、濃厚で禍々しいオーラとともに三体の異形が出現する。一体は天井に立ち、もう一体は空中を漂う。最後の一体は豪奢な机の上で胡坐をかいていた。

この時ばかりは自身の肝の強さに称賛を送りたい。オルガはなんとか喉から漏れる悲鳴を飲み込むことに成功していたのだから。

『アレス、ですか、皆さん知っていますか？』

空中を漂う白色の人型の何かが疑問を呈すると、

『話の流れからいって、天軍の誰かではないのか？』

天井に立つ背後に紅の円形の武器を背負う全身黒色ののっぺらぼうの存在が、そう吐き捨てた。

『デウスやトールならともかく、そんな木っ端神知らぬし、興味もないっ！』

憤りを隠そうともせず、八つの目を持つ上半身が素っ裸の青年姿の異形が叫ぶ。

『ですよねぇ。まさか、私たちの前で唯一の神を説くとは、この虫はよほど破滅願望があると見える』

白色の人型の何かがギョロっとした眼球を伯爵に向ける。

「ば、化け物ぉっ！」

伯爵は腰を抜かして、後ずさろうとするが、

「下等生物が、どこに行くつもりだ？」

獣人族の女性に肩を捕まれる。その獣人族の女性の顔が視界に入り、

「――――っ！？」

オルガも声にならない悲鳴を上げて尻もちをつく。それはそうだ。その女性の口角は耳元まで吊り上がり、ギザギザの鋭い牙が伸び、淀みきった漆黒の瞳が、伯爵を射貫いていたのだか

ら。

「貴様ら、た、助けろっ！」

伯爵は部屋の扉の前にいたはずのコインの護衛に指示を出すが——。

「ひぃぃぃっ！」

今度こそ伯爵は絶叫を上げる。コインの護衛たち三人の首は宙を回転しながら浮遊し、その胴体はドロドロの真っ赤な人型の液体となっていた。

同時に獣人族の女性の姿が歪み、巨大な鼻の長い怪物の姿へと変わっていき、伯爵の胸倉を鷲掴みにする。そして——。

『貴様は我らの前でアレスとやらを唯一の神と宣った！　我らが崇める至高の御方《おんかた》を差し置いてだ！　それは許されざる大罪だ！　貴様ら、こいつをどう処遇すべきだ⁉』

鼻の長い怪物は声を張り上げる。

『むろん、一切の慈悲を認めぬ永劫の悪夢への旅よ！』

八つの目を持つ異形が叫び、テーブルの上から跳躍し伯爵の左脇に立つ。

『我らが信仰を愚弄した者に、一切の救いのない滅びをっ！』

のっぺらぼうの存在がそれに呼応するように声を張り上げて天井から伯爵の右脇に降り立つ。

『破滅を！　恐怖を！　死さえ許されぬ絶望の中での滅びをっ‼』

全身白色の存在が血走った双眼で睥睨しながら、伯爵の背後に空中から降り立つ。

四体の怪物に囲まれながら、

「ぎいいああやあああぁぁぁっ！」

哀れで無様な伯爵の叫びが部屋中に木霊する。それを契機に、ついに臨界が来た生贄《オルガ》の意識は失われた。

◇◆◇◆◇

カイ様の指示でシラは街中を歩きまわっていた。気絶した盗賊はあえてそのままにして放置している。もうじき『コイン』もその事実に気付く。そうなれば、何らかのリアクションをとってくる。それを利用し、最後の盛大な祭りを開催する。それがシラたちの崇拝するカイ様の立てた計画。

カイ様がネメア様に命じた結果、シラたちはあの不思議な空間で数十年もの間、鍛錬をすることになる。その時、鍛錬の教官となったのがネメア様の直属の眷属である『十二支』という十二体の神様方。心底驚いたことに、『十二支』様はシラたちが崇めていた山神様よりも遥かに上位の存在らしかった。それは鹿の姿の山神様が『十二支』様の一柱であり、小さなネズミの神様である『悪食《あくじき》』様に頭《こうべ》を垂れていたことから明らかとなる。

ネメア様は『十二支』様の主人。本来、ネメア様はシラたちごときがお目通りのかなう方ではないのだろう。ならば、そのネメア様が絶対の忠誠を誓っているカイ様はさらにその遥か上、まさに殿上神《てんじょうびと》。それ以外に上手い表現が思い付かない。

（僕らはついているっ！）

カイ様がこの町を訪れなければ、シラたちは弱くも無力なままだった。だが、カイ様はシラたちにこの残酷で汚れ切った世界で生きるための術《すべ》を授けてくれた。その方法は単に力を与えるだけの人族の崇める悪質な神とは異なり、絶え間ない努力という堅実な方法によって。それがどれほど大きな価値があるのかは今のシラたちなら十二分に理解できる。

今や父をはじめ、獣人族の皆は誰もがカイ様を己の生涯信じる神として崇拝している。これはその偉大なカイ様の立てた計画。だから、失敗など絶対に許されない。必ず、やり遂げなければならないのだ。

裏通りから大通りに出た時、胸にコインの刺繍をしたローブを着た者たちに取り囲まれる。どうやら、間抜けが罠にかかったらしい。

「盗賊と内通してこの町を襲おうとした薄汚いネズミめっ！　この【コイン】のリーダー、【棘剣】のサイダーが、成敗してくれるっ！」

まるでどこぞの劇場で演じる舞台役者のように、両腕を広げてオーバーリアクションで盛大に宣言する。夜間ではあるが、何事かと酒場や家から出てくる人族の町民たち。彼らに事の顛《てん》末《まつ》を知らせることができればシラたちの勝利だ。

「僕が盗賊と内通していたと？」

十分な観客が増えたのを確認してから、この状況を理解できるよう説明口調で尋ねる。

「そうだ！　盗賊どもを尋問して聞き出したっ！　『この世で一番の無能』というクズギフトホルダーのカイ・ハイネマンとかいう特大の背信者と結託して、貴様はこの町に盗賊を呼び込んだんだっ！　だが残念だったな！　既に侵入した盗賊は我らコインにより、捕縛中だ！」

左手を額に添え右手を向けて決めポーズで叫ぶサイダーに町民たちから当惑の声が上がる。

あれだけコインを英雄扱いしていたのだ。てっきりコインの言葉をすぐに信じると思っていた。なのに、大勢の顔にあったのは戸惑いの感情。

「誤って腐ったものを出すくらいならあるかもと思ってたけど、流石にこれは不自然すぎね？」

遠巻きに傍観していた黒髪の青年が隣の茶髪の女性に同意を求めると、

「だよねぇ。わざわざ、コインが滞在している時に盗賊を引き入れる意味がないしぃ」

顎に人差し指を付着させながら、ぼんやりと返答する。

「でも、そうすると、コインが嘘ついていることにならね？」

「だよねぇ。しかも、相当悪質な……」

「いやいや、まさかぁ！　コインって勇者様の守護ギルドだぞ？」

群衆に動揺が波のように広がる中、

「それは聞き捨てなりませんね！」

その輪をかき分けて緑髪の美青年と初老の男が多数の御供を引き連れて現れる。あの中心にいるのはパプラの町長と【コイン】のサブリーダー、カバーだ。

「我らは『コイン』！ 勇者マシロ様の剣にして盾！ いかなる偽りも述べてはおりませんし、不正など行うわけもありません！ 元の町の仲間を信じたい気持ちは重々承知しています。ですが、その少年とこの町の一部の獣人族が特大の背信者カイ・ハイネマンの指示で盗賊をこの町に招き入れたのは事実。それは信じていただきたい」

カバーが頭を下げると静寂が広場全体を支配する。皆、一言も口を開かずに、渋い顔でシラと『コイン』の動向を見守るのみ。多分、彼らも『コイン』の言葉を全面的に信じることができないのだと思う。その事実に納得がいかない者もいる。

「私も『コイン』の方々の尋問をこの目で見ていた！ 町の獣人族が盗賊を招き入れたことをこの町に侵入した盗賊どもが全て吐露したのだ！ 私も町の仲間と思って信じてはいた……信じてはいたのだっ！」

町長は涙を浮かべて両拳を握りしめて項垂《うなだ》れる。そして袖で涙を拭い背を伸ばして、

「だが、奴らは我らが故郷をカイ・ハイネマンという背信者と盗賊に売り渡したっ！ 獣人族は獣、理性などない！ それが此度の件で皆もよくわかったと思う！ 我らはこのパプラの町

から獣どもを駆逐しなければならない！」

右手を掲げて大層に宣言する。

「おいおい、本当にシラたちが盗賊を招き入れったってのか？」

「流石にそれはないんじゃね？　だって、あの堅物で有名なザールおっさんが、盗賊と内通？　そんなことする意義なんてどこにあるってんだ？」

「でも、でもコインがそう言っているし、町長も……」

「第一、首謀者のカイ・ハイネマンって誰だよ？」

混乱の極致の状況の中、

「ほう、私が一連の事件の首謀者で、シラたちに盗賊をこの町に招き入れるよう指示したか。実に興味深いな」

声のする方へ視線を向けると、人込みの輪の中にカイ様が皮肉気味に微笑みながらも佇立していた。カイ様は『パラザイト』を介して伯爵側に自身が獣人族を支援しているという情報をあえて与えてこの度、この舞台に奴らを引きずり出したのだ。

「お前、誰だ⁉」

「カイ・ハイネマンさ」

サイダーの訝しげな疑問の言葉に、カイ様は即答する。一瞬の静寂後、広場は割れるような騒めきに包まれる。ニンマリ笑うとサイダーは、

「背信者、カイ・ハイネマン！　ここであったが百年目ぇ！　己の欲望のために盗賊と通じ、この町を血の海に変えようとするとは不届き千万！　【棘剣】のサイダーが正義の鉄槌を下してやる」

再度、珍妙なポーズを決めると声高らかに叫ぶ。

「正義の鉄槌ね。いいぞ。やろう！　やろう！　未熟の剣帝やその従者どもばかりの相手で張り合いがなかったのだ。お前は一応、Cランクのハンターなのだろう？　なら、私の遊び相手くらいはなってくれるはずだ」

カイ様は弾むような声色で、シラたちからすれば「いやいや絶対無理だろう！」、と叫びたくなるような返答をすると、腰から不思議な形状の剣を抜き放ち、サイダーに向ける。数十年修行したからわかる。あの挙動は、一寸の隙すらなく、まるで本人が存在することを疑いたくなるほどあまりに自然。そんな至高の領域の佇まい。もっとも、それを理解できぬ愚者はいる。

サイダーは笑みのままだったが、蟀谷に太い青筋を浮かべながら、

「もしかして、お前ごとき『この世で一番の無能』が、この四聖の『コイン』、【棘剣】のサイダーと本気でやりあえると思っているのか？」

噛みしめるように尋ねる。

「ああ、そうなったらいいなと、真に願っているよ」

「いい度胸だぁっ！　ただの無能が目にもの見せてやる！」

サイダーはそう叫ぶと背中に背負う湾曲した二つの細い剣を抜き放ち、重心を低くし、構えをとる。カイ様はしばし、ポカーンと半口を開けてサイダーを眺めていたが、

「なんだ、それは？」

心の底から不愉快そうに顔を歪める。今まで鼻歌を口遊みそうなほど晴れやかなカイ様の雰囲気が一転、強烈な怒気を纏ってサイダーを睥睨《へいげい》していた。

「どうした？　まさかお前ごときがこの俺との実力差というものがわかったってかっ！　だとすれば少しは――」

「もういい、しゃべるな。お前の程度は知れた」

ゾッとするその言葉とともに、カイ様の姿が霞むとサイダーの全身が数回転して、仰向けに地面に倒れ伏す。苦しそうに必死で息をしようとするサイダーの顔面をカイ様は踏みつけると、その顎がクシャッと潰れる。

「サイダーさんを離せっ！」

コインとやらのメンバーが一斉にカイ様を取り囲み、各々の武器を向ける。さらにカイ様の表情が強い落胆と失望に染まる。

「どうやら、お前たちは勇者の威光でそのランクにまで上り詰めたようだな。こんな刃物を振り回すだけの素人をCランクまで昇格させるとは、ハンターも落ちたものだ」

「束縛の茨《ソーンバインド》！」

カイ様の全身を無数の茨が覆い、雁字搦《がんじがら》めに拘束する。

「これは拘束系の上位魔法。もう身動き一つできませんッ！　さあ、魔法隊、このまま魔法を打ち込みなさいっ！」

カバーが杖を向けながら、ドヤ顔で宣うと周囲のコインの部下たちに強い口調で指示を送る。

「し、しかし、このまま撃てばサイダーさんも……」

翻意を促す声を上げる部下に、

「大丈夫。サイダーは魔法に強い耐性があります。多少傷つくかもしれませんが、魔法で回復させればいい。それよりあれの身体能力は脅威です！　このままこの場で確実に仕留めます」

「ぐごがっ！」

サイダーが砕かれた顎で必死に反論らしきものを口にしようとするが――。

「ほら、サイダーもやれと言っています！　貴方たちはサイダーの崇高な意思に泥を塗るつもりですかっ！」

「……」

それでも動けず、焦燥たっぷりの顔でサイダーとカバーを相互に見るコインのメンバーたちに、

「早くなさいっ！」

カバーが激高をあげると、各々渋々、詠唱に入る。カイ様は大きなため息を吐く。

「だそうだ。お前、見捨てられたぞ？」

「ぐごっ‼」

うめき声をあげながら、バタバタと必死に逃れようと暴れるサイダーをカイ様は憐憫の表情で眺めていたが、直後、詠唱が終わり、

「炎柱《ファイアーオール》！」

いくつもの炎の柱が高速で回転しつつカイ様に殺到する。

「やりましたかっ！」

衝撃で土煙が上がる中、カバーの歓喜の声が広場全体に木霊するが、

「残念だったな」

その言葉とともに、一瞬で土煙が吹き飛ぶ。サイダーの後ろ襟首を持って五体満足で佇むカイ様が姿を現す。おそらく、サイダーを盾にでもしたのだろう。いくつもの炎の柱の直撃を受けたサイダーの全身は焼け焦げて、ピクピクと痙攣していた。

「そ……んな馬鹿な……私の束縛の茨《ソーンバインド》は上位魔法ですよっ！」

「あれが、上位魔法ね。どう思う、アスタ？」

カイ様は今も痙攣しているサイダーを地面に放り投げると、肩越しに振り返り、いつの間にかその場に存在していたアスタ様にそう尋ねた。

「あれを魔法とは吾輩は認めないのである」

アスタ様は顔を顰《しか》めながら、首を左右にふる。

「カイ・ハイネマン、サイダーを盾にするとは何たる愚劣！　あなたには人の良心というものがないのですかっ⁉」

カバーが激高すると、

「はっ！　我がマスターに良心を求めるのであるか……実に愚かである」

アスタ様が鼻で笑い、まるで哀れな生き物でも見るような視線を向けて愚者の烙印を押す。

戸惑い、動揺、当惑、この場にいる者たちの今の気持ちはシラにも十分に理解できた。

「少々興ざめだが、そろそろ、メインディッシュも到着する。アスタ、やってくれ」

アスタ様は形の良い顎を引くと、指をパチンと鳴らす。それを契機に空に映像が映し出される。その映像を皆食い入るように凝視し始めた。


映像が終わり、皆誰もが一言も口にしない。ただ、コインと町長に親の仇のような視線を向けていた。映像は以前みた、奴らの共謀の事実。そして、伯爵による獣人族の女性サリューパの拉致の事実。多分、今まで不明だった全ての辻褄が合致してしまったのだろう。

「くそがっ！　あの糞伯爵に、コイン、町長全部グルだったのかっ！」

「パプラに変態的な完成度を求めるあのザールが腐ったものを出すこと自体、おかしな話だとは思ってたんだっ！　だが流石に、まさかこの町を盗賊に売ろうとまでしていただなんて！」

「コイン！　町長！　マジでお前ら許さねぇよ！」

　次々に上がる怨嗟の声に、

「こ、こんなのはすべて出鱈目だっ！　お前たちは勇者様が作った四聖ギルド、『コイン』を信じられんのかっ！」

「阿呆っ！　こんなもの見せられて信じられるわけねぇだろっ！」

　町長の最後の悪あがきの一言は町民たちの怒りの導火線に火をつけた。地鳴りを起こすほどの怒りと憎悪の声に、町長は悲鳴を上げて地面に蹲ってしまう。

『注目せよ！』

　割れ鐘がつくような野太い大声が響き渡り、町長に対する非難の声は悲鳴に代わる。カイ様の前には獅子の頭部を持つネメア様が出現していた。

　カイ様は虫の息のサイダーに近づくと懐から赤色の液体の入った瓶を取り出し、奴にぶっかける。時を巻き戻したように復元していくサイダーの全身。町民たちの息を飲む声が聞こえる中、カイ様は気を失っているサイダーに近づくと、左手でその胸倉を掴むと右の掌で頬を数回叩く。瞼を開けてカイ様を目にして悲鳴をあげるサイダー。

「いいか。お前らはコイン。未熟でも勇者マシロとやらの剣と盾、つまり、英雄だ。英雄ならこの町の危機に立ち向かって、証明してみせろ。たとえ、お前たちがいかに愚劣で低俗で弱かったとしても、一度英雄を名乗ったのなら、それがお前たちの使命だ」

カイ様はサイダーを地面に放り投げると、民衆をぐるりと見渡し、

「無数の魔物と巨大な怪物がこの町にゆっくりと進行しているとの報告があった。つまり、今この町は未曽有《みぞう》の危機に見舞われている」

「む、無数の魔物と巨大な怪物⁉」

サイダーが焦燥たっぷりの疑問の声を上げると、カイ様は口角を上げて御伽噺で出てくる邪悪な魔王のように悪質に顔を歪めると、

「そうだ。たった今からお前たちに、その怪物たちと戦ってもらう」

サイダーたちにとって悪夢でしかない事実を提示する。途端、パプラの町の鐘がけたたましく鳴り響く。そして血相を変えて町の若い守衛が広場に転がりこんでくると、

「無数の魔物がこの街に向かってきていますっ‼　その中心には、山ほどある巨大な生物もいますぅっ‼」

今も蹲る町長に報告する。

「本当……なのか？」

恐る恐る尋ねるサイダーに守衛は血の気の引いた顔で何度も頷き、

「はい、本当です！　我らだけでは対処は不可能！　パプラ守衛隊はコイン様方に協力を要請します！」

懇願の台詞を吐く。事情を知らない守衛隊の言葉に、サイダーは首を左右にふると、

「いやだ……もうまっぴらだっ！」

立ち上がり金切り声を上げる。

「拒絶はできぬ。怪物たちの退治は英雄たるお前たちの使命なのだから」

カイ様が背後のアスタ様を肩越しにちらりと見る。アスタ様はカイ様に恭しく一礼すると、パチンと指を鳴らす。途端、サイダー、カバーを含む広場にいるコインの全メンバーの姿が消失する。

呆気に取られている町民を尻目に、カイ様は両腕を広げると天を仰ぎ、

「さあさあ、お立会い！　まずは、このパプラへの猛虎、大蛇、大猿、巨大蝙蝠の怪物どもの襲来だ！　敵は千を優に超える大軍勢ッ！　英雄、コインはこの街、パプラを守り切れるのかっ！」

吟遊詩人のごとく宣言したのだった。

――こうしてパプラを舞台とする怪物主催の物語は最終局面を迎える。

◇◆◇◆◇

気が付くとサイダーたちはパプラ城門前にいた。

眼前には視界を埋め尽くさんばかりの魔物の軍勢。猛虎が走り、大蛇が地面を横滑りし、大猿が飛び跳ね、大蝙蝠が空を滑空していた。そしてその中心には猛虎の胴体に蛇の尻尾、背に蝙蝠の羽をもち、猿の顔をした巨大な化け物が悠然とこの街へと侵攻してくる。

「うあ……」

まさに地獄絵図の様相に、コインのメンバーから次々に悲鳴にも似た呻き声が上がる。それはそうだ。この数、少なく見積もっても千はいる。さらに、今も地響きをあげつつ行進してくる30メルもある巨大な怪物の全身からは絶えず猛虎、大蛇、大蝙蝠、大猿が生まれているようだった。

「あんなの絶対、無理だ……」

まったく同感だ。あの魔物の数に巨大な生物。あれらの討伐は勇者のパーティーと四聖ギルド、アメリア王国全軍、総がかりで対処するべきもの。どう考えても、『コイン』のみでの討伐など不可能だ。

「うあ……うあああぁぁぁッ‼」

金切り声を上げてコインのメンバーの一人が逃げ出そうとするが、透明の壁のようなものに阻まれてつんのめって尻もちをつく。

「嘘だろっ！　壁がありやがるっ！」

『敵前逃亡は許さんよ』

その時頭の中に響く、カイ・ハイネマンの声。

「逃げられない？」

震え声でオウム返しに返すカバーの疑問に、

『そうだ。パプラの町の周囲には安全のため、私の部下に命じて特殊な防壁を作らせている。あの程度の木偶の坊どもでは傷一つつけられぬ代物だから、あれを討伐できぬのならば、そもそも逃げることは不可能だ』

「ざ、ざけんなっ！」

声を張り上げるが、

『別にふざけちゃいない。私は大まじめだ。お前たちにあるのは、あれに勝利して生存するのか敗北して死ぬかの二者択一。精々、気張るがいいさ』

以降、ぷっつりとカイ・ハイネマンの声は消失する。

「あんなのに勝てるわけねぇ……」

ペタンと腰を下ろして、絶望の声をあげるコインのメンバーの一人。

「こ、こんなところで死んでたまるかっ！」

カバーが血走った目で立ち上がると、

「カイさん、いや、カイ様ぁっ！　全てはあのゲッディ伯爵とパプラの町長、そして、そこのサイダーがやったこと。私は無関係ですっ！　私だけでもいい！　どうかお助けくださいっ！」

そんな恥知らずな台詞を吐く。

「何言ってやがるッ！　もとはといえばあんたが計画したことじゃねぇかっ！」

「裏切り者がっ！」

次々にカバーに罵声を浴びせるメンバーたち。サイダーが仲間の醜態《しゅうたい》を呆然と眺めていると、空から高速で黒色の影が今もみっともなく叫ぶカバーの背後に降り立つ。

その場に凍り付くサイダーたち。カバーも喚くのを止めてサイダーたちの視線の先である背後を肩越しに振り返り、大口を開けている大蝙蝠と視線がぶつかる。

「ひぃやあぁぁ――ぎぃぎゃあぁぁっ！」

悲鳴を上げるが、カバーは大蝙蝠に頭からボリボリと齧られて断末魔の声を最後にあっけなく絶命した。

「くそがぁっ！」

必死だった。ただ必死に、己の【棘剣】を構えてカバーの捕食に夢中な大蝙蝠の首に向けて切りつける。湾曲した刀身は大蝙蝠の太い首に食い込む。

「おおおぉぉぉっ！」

獣のような咆哮をあげつつ刀身に魔力を込める。刀身が黄金色に発光し、首に深くめり込んでいく。大蝙蝠はカバーの躯を放り投げて、大口を開けてくる。

『ぐごがっ』

魔力を振り絞り、【棘剣】を振りぬく。大蝙蝠の首が飛び【棘剣】の効果により、頭部が燃え上がった。

震える膝にむちを打ち、『コイン』のメンバーをぐるりと見渡し――。

「俺たちでも殺せる！　陣形バージョン2だ。生き残るぞっ！」

とっくの昔に置き忘れた台詞を叫ぶ。

「ちくしょうっ！」

「やってやる！」

自らを奮い立たせるメンバーに、サイダーも今も目と鼻の先に迫っている怪物の大群へと【棘剣】の先を向けると、咆哮を上げげながら絶対不利な戦いに身を任せた。

どれくらい経っただろう。既にサイダーたち『コイン』は大勢の怪物どもに包囲されてしまっている。僅かに生き残ったメンバーたちも満身創痍であり、大きな怪我を負っていない者などいない。

大蝙蝠一匹に苦戦したくらいだ。そもそも、これだけ持ち堪えたのも奇跡とすらいっても過言ではない。いや、それも違うか。相手が本気でサイダーたちを殺そうとしていたなら、一瞬でけりはついた。あの怪物どもはまるでサイダーたちの恐怖を楽しむかのようにジワジワと嬲《なぶ》り殺しにするべく、チームの仲間を一人、一人食い殺していったのだ。だが、それも、もう終わり。サイダーたちは限界。もう、あと剣を一振りするのが精一杯の抵抗だろう。

(どこで間違っちまったのかな……)

新米のハンターだった頃は、確かに金も名誉もなかった。だが、仲間たちと馬鹿をやるのが楽しかったし、何より充実していた。それが最近のサイダーは名声と金を得ることが至上の命題となり、手段は選ばず、人の道に外れた行為をすることすら厭《いと》わなくなってしまっていた。カバーも昔から悪巧みばかりしていたが、今回のように盗賊の真似事など間違ってもする奴じゃなかった。他の『コイン』の仲間も同じだ。変わってしまったのは多分、あの日、勇者マシロ様に認めてもらい、狡猾で非道な王子の勢力と関わりを持ってから。あれから、高位貴族や勇者に認められた自分たちは聖武神アレスに祝福された選ばれた存在であり、他者は自分たち選ばれた者の引き立て役にすぎない。そんな笑ってしまうような幻想に取り憑かれてしまっていた。

だが、サイダーたちの非道は全て暴かれて、こうしてみじめに朽ち果てようとしている。聖武神アレスに祝福された存在ならば、こんな無様な事態にはなってはいまい。つまりは、全ては妄想に過ぎなかったということだ。

今なら、カイ・ハイネマンが言ったことが朧気ながらに理解できる。サイダーたちが名乗ったのは英雄。英雄とは危機を打ち砕くもの。強さだけなら武芸者や魔王でもその役は務まる。

そもそも、武勇だけでは足りないのだ。何より大切で、英雄として認められるための条件は——勇気。それは他者のために命を賭して大きなものに立ち向かうため、己の中から振り絞るもの。

（今更気付いても遅すぎる。しかし——）

それでも、一度英雄を名乗ってしまったサイダーたちはやらなければならない。

肺に空気を入れて大きく吸い込み、

「いいか！　気合を入れろ！　これは俺たち『コイン』の最後の晴れ舞台だっ！」

あらんかぎりの声を張り上げる。

「「「「おうッ‼」」」」

仲間たちから咆哮が上がり、大猿の怪物に【棘剣】を振り上げ突進する。

魔力が尽きかけているせいだろう。【棘剣】は大猿の鋼のような皮膚にあたると弾かれてしまう。愉悦に顔を歪め大猿が丸太のような右腕を振り下ろしてくる——。

サイダーが死を覚悟した、まさにその瞬間、その大猿の右腕はマントを身に着けた獣人族の少年により、あっさり掴まれてしまっていた。

『ぐぎっ⁉』

驚愕に目を見開く大猿の右わき腹に、引き絞った獣人の少年の左拳が突き出される。大猿の身体は臓物をまき散らせながら、他の魔物も巻き込んで吹き飛ばされてしまう。

同時に無数の光の矢が土砂降りのごとく降り注ぎ、魔物たちの頭部を粉々の肉片と変えていく。

「あんたらには不快感しかないけど、最後だけは多少マシだったよ」

少年がそう口にすると、周囲にはいつの間にか、武装した獣人たちが各々の煌びやかな武器を持ちつつ佇んでいた。

「お前ら……は？」

そんなサイダーの疑問に、

「僕らはパプラの獣人の血を引く者。勘違いするなよ。助けたわけじゃない。あんたらにはこの事件の主犯の一人として罰を受けてもらおうと思っているだけさ」

サイダーたちを一瞥すらせずに、少年は今も包囲する魔物たちの大群を睨みながら、そう返答する。

「いいのか？　そいつらは、お前たちの家族や仲間を奴隷商に売り払おうとしていた奴らだぞ？」

咄嗟に振り返ると、カイ・ハイネマンが異国の剣を片手に佇立していた。

魔物たちに囲まれているというのに、一斉にカイ・ハイネマンに跪き首を垂れる武装した獣人たち。

案の定、魔物どもが殺到する。

今にも獣人に噛みつかんとする地を這う大蛇、跳躍して獣人の少年に右手の鋭い爪を振り下ろそうとした大猿、空から高速滑空する大蝙蝠の全身がずれて粉みじんとなる。

（い、今、何かしたのかっ⁉）

まったく、挙動すらも見えなかった。ただ、獣人たちに襲い掛かった魔物どもは一瞬で切り刻まれてしまったのだ。

「少しだけ待っていろ。たっぷりと相手をしてやる」

カイ・ハイネマンが魔物たちを一瞥してそう静かに告げただけで、まるで金縛りにあったように魔物どもの動きが止まる。

カイ・ハイネマンは魔物たちの襲撃にも、微動だにせずに跪いたままの獣人族たちを眺めると、大きなため息を吐き、手を振って立てというジェスチャーをする。

獣人族たちは立ち上がり、姿勢を正すと、熊耳の獣人、ザール・ザルバが一歩前に進み出る。

「憎いのが本心ですが、ここで見殺しにすれば我らもこの者たちと同じ穴の狢《ムジナ》となります」

「そうか。ならば、こいつらの処分はハンターギルドに委ねよう」

「勝手な振舞を認めていただき、心より感謝いたします」

一斉に頭を深く下げる獣人たちに、カイ・ハイネマンは右手の異国の剣を肩に乗せると、

「その似非《えせ》英雄の代わりをお前たちが務めろ。私がここで見ていてやる」

笑みを浮かべて叫ぶ。

「あ、ありがたき幸せ」

真っ赤に顔を紅潮させてむせび泣く獣人たちに、カイ・ハイネマンは頬を引きつらせていたが、首を左右に数回振って口角を持ち上げると、

「さあ、第二ラウンドの開始だ。これはお前たちがこのパプラの一員として認められるべき戦い。全力で故郷を守ってみせよ！」

よく通る声で獣人たちに課題を与える。次の瞬間、獣のごとき咆哮が上がり、獣人たちの怒涛のごとき攻勢が開始される。

◇◆◇◆◇

ローゼマリー・ロト・アメリアは宿で作戦の朗報を待っていた。

(まったく、いつも勝手なんですから！)

結局、カイはこの作戦の骨子はまったく教えてくれなかった。町を襲撃した盗賊はあっさり、化け物のように強くなった獣人たちにより、撃退されている。故に、目下この街には危険はない。だから、ゲッディ伯爵とコインは責任を持って追い詰めるから、ここで大人しくしていろ、とのカイの指示に渋々ながら従ったのだ。

カイ・ハイネマン――親友であるレーナ・グロートの幼馴染であり、世界でも最弱のはずの

少年。ずっと興味はあったから、王国側の使者として近隣の町で開かれた、東の大国ブトウとの密談に出席した後、カイに会うべく城塞都市ラムールへと立ち寄る。そして、剣聖様にカイが王都へ向かうと聞き、彼との同行を申し出たのだ。

行動を共にしたからわかる。彼はあの帝国に襲われる夜までは、間違いなく王国騎士たちにいびられるような弱い少年だった。だが、あの夜以来、全てが一変する。帝国六騎将である剣帝を剣術で子供扱いし、同じく六騎将の【至高の召喚士】エンズの召喚する精霊王イフリートを自身の有する召喚アイテムで召喚した魔物により圧倒した。何より、虫さえも殺せなかった優しかった少年は、己の敵とみなすあらゆる存在を粉砕する無慈悲な人間へと変貌していた。

だが、まれにローゼに見せる優しさはレーナから聞いていたカイ・ハイネマンそのもので、中身が全くの別人になっているとはローゼには思えなかったのだ。

あの僅かな間に彼に何があったのかはわからない。だけど、一つ確かなことは、結局、彼は根本的には彼のままであり続けているということのみ。

（そういえば、アルノルトが、あの時カイが多くの時を生きていると言ってましたね……）

とすると、カイは相当長い時を生きており、その記憶がよみがえったとか？　でも、カイの出生はマリアから聞いており、間違いなくローゼとそう歳も変わらぬ少年であるはず。

思考が迷宮に迷い込もうとした時、宿の扉が勢いよく開かれてちょび髭で長身の男が転がり込んできた。彼はジョンソン。バルセのギルマスが送ってきた調査部の人間だ。

ローゼはこのパプラの件で親交のあったバルセのギルマスに密書を送った。そうしたら、偶然滞在していたジョンソンを送ってよこしたのだ。

「そんなに血相を変えてどうしまし――」

「ローゼ王女、貴方は知っておられたのかっ⁉」

両眼を血走らせつつ詰め寄るジョンソンに、

「え？　知っていたってどういうことです？」

目を白黒させながら、尋ねると、

「ご存じ……ない。だとすると、カイが独断で動いているのか？」

真っ青な顔で髪を掻きむしるジョンソンに途轍《とてつ》もない悪寒がして、

「詳しくお話しいただけますね？」

ジョンソンを席につかせてアンナに目配せをすると、小さく頷いて奥から水瓶とカップを持ってきて彼の前に注ぐ。

「せ、世界四大魔獣の一体、トウテツの封印が解かれました」

カップの水を一気に飲み干し、ジョンソンはそう声を震わせながらも悪夢のごとき、名前を紡ぐ。

「ト、トウテツッ⁉　冗談でしょうっ！　あれは時の勇者でさえも封印するのがやっとの伝説の怪物のはずっ！」

自分でそう叫んではいたが、アスタの意味ありげの言葉の意味がここで完全につながり、サーと全身の血の気が引いていくのを自覚する。

いや、まだそうとは限らない。流石の非常識なカイでも伝説の怪物を利用しようとは思わないはずだ。

「真実です。カイが『コイン』を無理やり外に転移させて、対応に当たらせていますが、長くは持ちますまい！」

「当たり前ですっ！　本当にそれが伝説のトウテツであるなら、勇者様の力もお借りして挑むべき最大級の厄災です！　被害を最小限に食い止める必要があります。アメリア王国の支援の要請はお願いできますでしょうか？」

「ええ、直ちに陛下にお知らせし、指示を仰ぎたいと思います。では、王国軍が到着するまでのこの街の住民の避難はカイと協力して実施したいと思います。Aランクハンター、ジョンソン様とオルガ様にもご協力をお願いしたいのですが、可能でしょうか？」

「もちろんです！　オルガと合流次第、すぐに戦場へと向かい、できる限り奴らをこの場に留まらせます！」

「では私も一足先にバルセにいるアルノルトに馬を走らせますね。アンナ、馬の用意を！」

「は、はい、直ちに！」

アンナが外に走り出そうとした時――。

『その必要はない』

野太い男の声が部屋中に木霊し、闇色の靄《もや》が出現して、そこから鼻の長い怪物が姿を現す。

途端、直立二足歩行の猿も姿を現し、

『おい、おい、ギリメカラの旦那ぁ、ここは至高の御方の命を受けたネメア様からこのゴクウ様が直々にこの小娘の警護をするよう申し付かったこと。でしゃばるんじゃねぇズラ！』

長い棒の先を鼻の長い怪物ギリメカラへと向けつつ声を張り上げる。

『勘違いするな。お前ら十二支の邪魔をするつもりは毛頭ない。ローゼ嬢への忠告と、これを届けに来ただけだ』

ギリメカラは肩に担いでいた緑髪を長く伸ばした剣士風のエルフの男性を床に置く。

「オルガっ！」

オルガに駆け寄るジョンソンを尻目に、ギリメカラは両手をパチンと合わせる。

「はっ!?　ここは？」

バネ仕掛けのように、オルガが飛び起きると周囲を確認してギリメカラを目にして息を飲む。

そして、長棒を持つ直立二足歩行の猿に、頬を引きつらせた。

「ローゼ……様、その――」

どこか感情のこもってないジョンソンの疑問は、

「ジョンソン、不敬を口にするなっ！　その方々は俺たちがおいそれと口にしていい御方ではないっ！」

オルガの裏返った鋭い声により、妨げられた。

不敬を口にするな？　オルガはエルフ。エルフ族はプライドが高いことで有名な種族。現にローゼのバベルでのクラスメイトのエルフも、仮に高位精霊であっても敬語など絶対に使わない。

だとすると、ギリメカラはもっと高位な存在？　いや、カイがギリメカラは魔物と言っていたし、他ならない彼自身がそれを否定していない。

『ほう、俺様たちを漠然とではあるが理解するズラか。やはり、長耳族はどの世界でも勘がよいと見える』

カラカラと笑うとゴクウは腰の徳利の蓋を開けて中の真っ赤な液体を飲み始めた。

ギリメカラはローゼを見下ろして、

『これは我らが崇める神の成す大祭。余計な事は止めてもらおう』

有無を言わさぬ口調でそう指示を下す。

「ですが相手はトウテツ、このままではこの町、いや、この近隣の街全てが壊滅します」

なにせ、トウテツは過去に勇者であっても倒すことができず、聖武神アレスの力を借りての封印が精一杯だった伝説の魔獣。勇者マシロでもなければ討伐は不可能。足止めが精々だろう。

「それはいらぬ心配である」

建物の入り口にはアスタが細い腰に手を当てて佇んでいた。アスタはてっきりカイと一緒だと思っていたのだが、カイはトウテツの討伐に向かったのだろうか？

「アスタ、丁度よかった。皆さんの力を借りて、トウテツの足止めを——」

「だから、いらぬ心配と言ったはずである」

アスタがパチンと指を鳴らすと、パプラ城門前の風景が浮かび上がる。そこには、煌びやかな武器を駆使して魔獣たちを倒す、カイが鍛えた獣人たちの姿が映し出されていたのだ。

◇◆◇◆◇

紅に発色したマントを着用したシラの姿が霞《かす》み、光の筋となって猛虎、大蛇、大猿の全身が潰れ、拉げる。

獣人サリューパが放った光の矢が空を滑空する大蝙蝠を次々に撃ち落とす。

ナックルを装着した獣人の老婆の右拳により、猛虎は何度も地面を回転しながら、他の魔物を巻き込みグシャグシャに押しつぶす。

そしてシラの父ザールが率いる最精鋭の十数人が、傷つきながらも巨大怪物トウテツを相手に互角ともいえる戦いを繰り広げていた。

『おのれぇ！　虫けらの分際でぇっ！』

トウテツの蛇の尾が高速で迫るが、それをザールが透明な斧で受け切り、代わりに漆黒の靴を履いた小柄な金髪の獣人の青年の右回し蹴りがクリーンヒットし、

『おおおぉぉぉっ！』

トウテツは素っ頓狂な声を上げつつもグルグルと回転していく。そこに次々に魔法の槍や矢が雨霰《あめあられ》のごとく降り注ぐ。

全身から血を流しながら痛みに絶叫を上げるトウテツに、さらに攻撃の手を緩めず畳みかけるザールたち。

「ここまで一方的だとはな……」

木偶とはいえ、あの数と巨体だ。多少は手こずるかと思ったが、終始獣人たちの優勢で進んでいた。自力ではトウテツには及ばない可能性は高いが、獣人たちは迷宮産の武器やアイテムを己の手足のように使いこなして、互角以上の戦いを繰り広げていたのだ。

「勝負あったな」

横たわるトウテツに油断なく近づく獣人たち。もはや虫の息だし、止めを刺せば鬱陶しいほどいる魔獣どもも打ち止めだろう。あとはギリメカラから報告があったトウテツの襲来に関与した虫の駆除だけだが――。

『ジルマ！　手を貸せぇ！』

トウテツが耳障りな声を張りあげる。

「たっく、こんな雑魚どもに、情けねぇなぁ」

トウテツの影から跳躍する全身入れ墨の細身にサングラスをした男。

影に紛れる術か。トウテツからは常に新しい魔獣が生まれているから、気配が重複していて気付かなかった。まあ、気付かぬ程度の雑魚にすぎないとも言えるわけだが。

ともあれ、奴がトウテツを先導した虫だろう。

『早くこの虫どもを殺せっ！』

「やだよ、今、その獣人どもの武器の分析で忙しいんだ。てめえでやれよ」

小指で耳を穿りながら、即座にその申し出を拒絶する
『ジルマぁ、貴様ぁ、裏切ったなぁ！』

怒号を上げるトウテツに、

「ウザっ！　そうだ、丁度いい。最近遺跡で発掘した玩具の実証実験にでも使うか。お前のような雑魚に使うのは少しもったいねぇ気もするが、今回の仕事でその獣人たちの武器が多数手に入るし、別に構わねぇよなぁ」

サングラスの男ジルマが嘲笑を浮かべながら、右ポケットから紅の球体を取り出し、それをトウテツの額に押し付けて数語呟く。

『な、なんだこれは⁉　ぐげげげげ……』

突如、紅の球体から出現する幾多もの紅の手のようなもの。それらはたちまちトウテツを覆い尽くし球体となり、ボコボコと宙で形を変え始めた。

「ビンゴッ！　やっぱ、強化系か。ま、存在自体、変質しちまうみてぇだけどよぉ」

ジルマは手を叩いてトウテツの変質を歓迎する。

まるで孵化《ふか》するかのように、紅の球体が弾けて中から無数の口と目がある百足《ムカデ》のような生き物が這い出してきた。

周囲のトウテツが生み出した魔物も同様の小型の百足状の生物へと変わる。そして――。

『きいやああぁぁぁぁぁぁぁぁッ‼』

生理的嫌悪感を沸かせる金切声を上げ始めた。見た目は強そうだが、中身は――やはり途轍もなく弱いとしか判断がつかない。大きく強化されたようには見えない。これは、果たして獣人たちだけで討伐ができるものなのか。

尾が地面から伸長し、ザールを横殴りにする。パプラの城壁まで吹き飛び、激突した。ザールは吐血しつつも、立ち上がろうとするが崩れ落ちてしまう。

「父ちゃんっ！」

叫ぶシラに、人面百足は地面内に潜り込むと、シラの眼前の地面に頭を出す。

無数の口と目がシラを凝視し、ケタケタと笑い始めた。

「くっ！」

咄嗟に背後に飛びぬくシラの姿を楽しむように、人面百足は地面から這い出しながらシラを追跡し、その先端が大きな口となり、シラを頭から齧《かじ》りつこうとする。

二人ともまったく反応ができちゃいない。どうやらここまでか。私は地面を蹴ってシラを右腕で抱きかかえると、今もシラを一飲みにしようとしている百足の喉首らしきものを左手で鷲掴みにする。

「なんだぁ？　お前？」

ジルマの疑問など答えもせず、

「ネメア、お前の結界内に全員避難させた上、治療をしろ！　そいつらは私が処理する！」

私は大きく息を吸い込んでそう命を下す。

『御意！』

突然、パプラ城門前にいた獣人たちとそれを観戦していた『コイン』の姿が消失する。

「ちっ！　全員いなくなりやがった。奴らの持つ武器だけは相当な値打ちもんだったってのによぉ。今の、お前がやったのか？」

「……」

「まあいい。お前を拷問して再度奴らをこの場に呼び出させればいいだけの話だぁ。おい、トウテツ、その身の程知らずを取り囲め」

答えぬ私にジルマはそう指示を出す。途端、私を取り囲む千を超える人面百足ども。

「不快だな」

口から出たのは今の私の率直な感情。

「あん？」

「これはこの町の獣人たちが、己の故郷と仲間であるパプラの町民を守るべく立ち上がる物語。この祭りは彼ら自身がその木偶を討伐することにこそ意義があった。私やお前のような部外者が直接手を出してよいものではなかったのだよ」

「はあ？　お前、何言ってんだ？」

ジルマは片目を細めて尋ねてくる。

「お前が余計なことをしたせいで、私がその木偶を排除せざるを得なくなったということさ」

だが、そうすれば、獣人たちの勇気と決意は無駄になる。なぜだろうな。今、私はそれがどうしても我慢がならないと感じている。

「お前のような雑魚っぽい餓鬼が俺の傑作を殺せるぅ？　それは面白い冗談だなぁ」

カラカラと声を上げて馬鹿にしたように笑うジルマに、

「木偶をいくら強化しようが木偶。そんなものを傑作と言っている時点でお前の程度は知れている。相手をしてやるからとっととこい」

そう言い放つと掌を上にして手招きをして挑発する。ジルマの額に太い青筋がムクムクと浮かび上がり、

「はっ！　雑魚がいきがるじゃねぇかっ！　分体ども、一斉にその雑魚を食らっちまいなっ！」

私の周囲を取り囲むトウテツの分身体である千を超える人面百足どもに命を下す。刹那、一斉に私に襲い掛かってくる人面百足ども。私は腰の雷切の鞘を左手に握り、右手の柄を軽く握る。そして重心を低くして――。

「真戒流剣術、弐ノ型――電光石火《でんこうせっか》」

その言霊とともに鞘から抜き放つ。

空にいくつもの光の線が走り、私はトウテツの本体たる巨大人面百足の足元にいた。

「んなっ⁉　い、いつの間にっ！」

トウテツとともにジルマは背後へ飛ぶと、

「そいつを食い殺せっ！」

再度、トウテツの分身体どもに私を殺せと命じるが、その場から微動だにしない。

「どうした！　早くそいつを食い殺せぇっ！」

必死に指示を飛ばすジルマに、

「無駄だ。もうすでに殺している」

私が雷切の鞘を地面に突き立てると、千を超えるトウテツの分身体どもは無数の肉片となってバラバラと地面へと落下してしまう。

「は？」

緑色の液体と肉片が大雨のごとく地面にまき散らされる中、ジルマは素っ頓狂な声を上げる。

「呆けているところ悪いが、お前は私を心底不快にさせた。ここまで不快にさせたド阿呆に、この私が慈悲をかけるとは努々《ゆめゆめ》思わぬことだ」

雷切を鞘から抜き放ち、剣先をジルマに向けてそう宣言する。ぶわーとジルマから瞬く間のうちに滝のような汗が流れ、頬が盛大に引きつる。

弾かれたようにジルマはトウテツから飛び降りると、

「ジルマの名において命じる。トウテツ死ぬまでドーピング！　全力でそいつを足止めしろっ！」

そんな悲鳴染みた台詞を吐くと背を向けて走り去っていく。

本体たるトウテツの全身に太い血管が浮き上がり、その全身は真っ赤に染まって数倍に盛り上がり、私に襲い掛かってくる。一応の強化策だろうが、まったく強くなった感じがない。というか、どこが違うんだ？

「くだらん」

私はそう吐き捨てると、

「真戒流剣術、壱ノ型――死線」

私にとって最も基本で息を吸うに等しい技を繰り出す。

トウテツ本体の全身に入る無数の基線。それらはさらに数倍に広がっていき、細かな肉片となって地面にドシャリと落下していく。

ジルマとかいう愚物は私を心底不快にさせた。今の私はそんな奴をただ黙ってこのまま見逃すほど甘くはない。徹底的にやってやるさ。

「おい、お前たち、狩りの時間だ。所定の場所まで追い詰めろ！　ただし、そいつは私の獲物だ。決して殺すなよ！」

そう叫ぶと、私も獲物を追うべく走り出した。

◇◆◇◆◇

全身入れ墨の細身にサングラスをした男ジルマは、あのアッシュグレーの髪の男から逃れるべく山の中を全力で駆けていく。

「冗談じゃねぇ！　なぜ、こんな温い雑魚しかいない場所に、あんなバケモノがいるっ！」

トウテツに用いた『覇魂の玉』は生物の強制進化を促す超レアアイテム。その効果は予想以上だった。仮に敵にすれば、今のジルマでも多少てこずる程度の圧があの変化したトウテツにはあった。そのはずなのに、あのアッシュグレーの髪の男にまるで虫でも踏み潰すかのように倒されてしまう。

いや、強さだけじゃない。あれだけの力があればトウテツなど瞬殺だったはずだ。なのに奴は獣人たちにトウテツを討伐させようとしていた。

あの獣人たちでは本来、トウテツには勝てない。確かに奴らの武術はかなりのものだったが、いかんせん、奴らはあくまで人の領域を脱していない。なのに、あの獣人たちがあれほど一方的にトウテツを追い込んだのは、奴らがあの出鱈目な機能を有する武具やアイテムを己の手足のように操っていたから。見たところ、そのすべてが伝説級の武具。あらゆる組織がいかなる手段を講じても得ようとするほどの国宝級の価値があれらにはある。

状況からいってあのアッシュグレーの髪の男があの伝説の武具を獣人たちに与えてトウテツと戦わせたのだろう。たった一つで戦争の発端にさえなりかねない伝説の武具やアイテムを多数所持すること自体十分異常だが、それを獣人族に与えて戦わせた理由はきっと奴の口から出た『物語』の言葉にある。きっと、奴はトウテツの襲来を利用して一種の遊びをしようとしていたのだ。あのアッシュグレーの髪の男にとって、伝説の武器もその遊びのためのただの玩具にすぎまい。戯れで伝説の武器を取るに足らない雑魚に装備させ、伝説上の怪物を討伐させようとする。それはもはや、ただの人の発想ではない。あれは、内面さえも、ジルマたち、『凶』のメンバーに近い。つまり、奴は『凶』のメンバー同様、生粋の怪物ということ。

同じ『凶』クラスの怪物に正面から挑むほどジルマは自信過剰の馬鹿ではない。他のメンバーを至急招集し、全力であの怪物を殲滅するべきだ。

(これは霧か？)

いつの間にか周囲は濃い霧に包まれていた。というか、今どこに向かっているんだ？　こんなわかりやすい地形でジルマが道に迷うなどありえない。要するに、この霧は普通じゃないということ。

自然に足は止まっていた。それはそうだろう。無数の気配がジルマをぐるり取り囲んでいたのだから。しかも、その気配の一つ一つにさっきから鳥肌が立ち、震えが止まらない。

そして、ゆっくりとその気配の主たちは姿を見せる。白色人型の塊、八つの目を持つバケモノ、全身黒いのっぺらぼうのバケモノ、その他様々な異形が空中から、枝の上から、木々の隙間から、ジルマを睥睨《へいげい》していた。

(ざ、ざけんじゃねぇ！　こいつら、マジで真正のバケモンだっ！)

この異形どもの強さの底がジルマには見えない。こんなことは『凶』のリーダーである『隊長』と初めて会った時くらい。

「獲物の誘導、ご苦労」

異国の剣を肩に担ぎながらアッシュグレーの髪の男が木々の奥から歩いてくると、一斉に異形たちは空に漂いながら、木々の枝の上から、地面で平伏する。

もはや、疑いの余地はない。このバケモノのボスはこのアッシュグレーの髪の男。

「降参だ。もう俺はあんたには逆らわねぇ」

両手を上げて恭順の態度をとる。むろん、こんなのはハッタリ。この手のバケモノが温和な提案を受け入れるとは夢にも思っちゃいない。あくまで隠し玉を使うまでの時間稼ぎ。ジルマが本来の姿に戻った上で、『覇魂の玉』を使用すればきっとこの怪物どもに匹敵できる。

さっきの実験で、『覇魂の玉』の性質はつかんだ。ただ使うだけなら理性は消し飛ぶ。だが、己の望んだように魔力的物理的現象を引き起こすことができるジルマの能力、『言霊』を使用すれば、その欠点を克服しつつ進化することができる。

奴らに悟られぬようにポケットから、『覇魂の玉』を取り出した時――。

「御託はいい。それがお前の奥の手なのだろう？　早く使え」

アッシュグレーの髪の男の氷のように冷たい言葉に心臓が跳ね上がる。ジルマの意図さえも気付くか。やはり、このバケモノはありとあらゆる意味でヤバすぎる。

「いいのか？　俺がこれを使えばお前を超えるかもしれねぇぜ？」

こいつが、『凶』の隊長と同じ人種なら、きっとこの挑発が一番効果的だ。

案の定、奴はジルマをしばし凝視していたが、

「もう一度言う。早く奥の手を使え。もし、変貌したお前に私が少しでも価値を見出せば、この怒りを鎮《しず》めて、サクッと殺してやる！」

異国の剣の先を向けると、強い口調で命じてくる。

「もとより、そのつもりだっ！」

　これは一か八かの賭けのようなもの。だが、もし成し遂げれば、ジルマはあの『凶』の隊長さえも超える超生物となり、この世に敵はいなくなる。

　腹に力を入れて、重心を低くして己の全身になされた封印を解きつつ、右手に握る『覇魂の玉』に魔力を込めて、

「ジルマに命じる。理性を全力で保持し続けろっ！」

　とびっきりの『言霊』を叫ぶ。刹那、紅の玉はジルマの胸に吸い込まれていった。

◇◆◇◆◇

　細身の男の全身に刻まれた入れ墨が紅に発光する。同時に奴の胸から無数の紅の手のようなものが出てくると奴の全身を覆いつくす。

　肉が潰れて骨が拉げる音が響き渡り、紅の球状の膜から長い刃物できた四本の腕に奇天烈な仮面をかぶった全身赤装束の男が這い出してきた。

『素晴らしいぃぃ！　この溢れる力！　これなら、貴様らなど、もはや怖くないっ！　いや、あの隊長とて今のこの俺の敵じゃねぇっ！　俺は晴れて最強の生物になったんだっ！』

　滑稽にも吠えるジルマを視界に入れて、私は己の中から湧き上がる不快さに大きく息を吐き出した。

ギリメカラからトウテツとかいう怪物をパプラの町に仕向けた奴がいることは聞いていた。だからもちろん、このケースも想定済みではあったのだ。だが、たとえ予想していても、こうして現に獣人族たちの勇気と決意を踏みにじられると、堪えきれない激しい怒りが沸きあがってくる。もはや私はこいつをただで済ます気がなくなってしまっている。

しかし、もし、こいつが戦闘で私を唸らせるだけのパフォーマンスを見せることができたなら、その時はサクッと滅ぼしてやる。それは今の私にとって最大の慈悲だ。

まあ、あまり期待はしていない。何せ、こいつからはあのトウテツ同様、羽虫程度に弱いとしか判断できないから。

「ぐちゃぐちゃ、くっちゃべってないで早くかかってこい。私も暇ではないのだ」

『はっ！　お前のその減らず口、どこまで吐いてられるかねぇっ！　我、ジルマが命じる。右腕が弾けろ！』

魔力の波が私に迫る。おそらくあれが奴の能力だろう。無駄だがね。私はその魔力の波を『雷切』により切断する。

「なんともないがね」

『ば、馬鹿なっ！　弾けろ！　砕けろ！　裂けろ！　拉げろっ！』

再度私に迫る魔力の波を雷切により、跡形もなく吹き飛ばす。

『な、なぜ、俺の言霊が利かねぇっ！』

この狼狽えようからいって本当に、この小手先の術が奥の手だったようだな。

「愚か者が」

私は今も狼狽えて言霊を連発する奴の背後まで跳躍するとその四本の腕を根元から切断する。

絶叫を上げるジルマの頭部を鷲掴みにすると、その顔を近づける。

「まったく……そのくだらん術がお前の奥の手とはな」

『俺の「言霊」をくだらん術だと――』

痛みに悶えながらも騒々しく喚くジルマを無造作に放り投げる。木々をなぎ倒して一直線に吹き飛び、遠方の崖へと衝突して巨大なクレーターを形成する。

『あが……』

「すでに虫の息か……」

やっぱりこいつは、弱者しかいたぶれぬ殺す価値もないクズ。予定通り、この世の地獄を見せてやる。

「ベルゼ！」

『はいでちゅ』

私の影から出現すると跪く蝿男。

「あれから目的、背後関係を聞き出せ。そのあとはお前の流儀に従い、とびっきりの地獄をみせてやれ」

『御意でちゅう』

嬉しそうにキシャキシャと叫ぶと黒色の霧となり、奴が作ったクレーターへ向かって行ってしまう。私は今もくすぶる憤りをごまかすかのように首を左右に数回振ると、皆をぐるりと見渡し、

「皆、ご苦労！　後で宴会でもしよう！」

ねぎらいの言葉を掛ける。ギリメカラ派の魔物たちの歓喜の咆哮が夜空に木霊し、私はファフとローゼの待つ宿へと歩き出した。

◇◆◇◆◇

――パプラの宿プラハザの一階ロビー。

アスタの投影した映像が終了し、

「非常識すぎる……」

ローゼマリー・ロト・アメリアは流れる汗を拭いながら、そう口にした。

カイについてはもう驚かぬと心に決めていた。だが、アスタが示した映像はそんなローゼの決意を完膚なきまでに破壊するものだった。

カイが描いた計画は、獣人たちのみでのトウテツの討伐だった。トウテツは仮にも世界四大

魔獣の一体であり、歴代最強とも称される勇者様であっても、聖武神アレスの力を借りて封印することが精一杯だった伝説上の魔獣。その強さは想像を絶する。現に、百戦錬磨のハンターであるジェームズとオルガは終始青い顔で獣人たちの戦いを眺めていた。

本来なら、トウテツの勝利は揺るがない。なのに、パプラの獣人たちは終始互角以上に戦い、ついにトウテツの討伐を成し遂げる寸前まで追い詰める。そこで、全身入れ墨を入れた細身の男が出現し、トウテツとその分身体を口と目が多数ある百足のような怪物へと変えてしまう。

その百足の一撃でザールは瀕死の重傷を負い、シラも食われそうになる。その圧倒的な強者であるはずの千を超える百足の怪物をカイが一瞬で殲滅《せんめつ》したのだ。

「アスタ、あの百足の分身体と変身前のトウテツ本体、どっちが強かったのですか？」

「もちろん、あの百足の方である」

即答するアスタに、頬が引きつるのを抑えられない。つまりだ。カイは伝説の魔獣数千を一瞬で皆殺しにする力を有していることになる。そんなのもはや人の強さの範疇《はんちゅう》を超えている。

「カイってあんなに強かったんですか？」

「何を今更。あの程度の木っ端《こぱ》魔物など、あの悪質な図鑑のものどもなら誰もが倒せる程度のものである。最強であるマスターならなおさらである」

絶句するしかない。だが、ギリメカラが、国王陛下に知らせる必要ないと伝えてきたのも合点がいく。確かに、カイ一人いれば王国政府軍など必要ない。

既にギリメカラはこの場から姿を消し、ゴクウも護衛に戻ったのかさっきからどこにも姿が見えなくなっている。

「ローゼ殿下、これから少々お時間をいただきたい」

明らかな作り笑いを浮かべながら、ジョンソンがそう申し出てくる。

「やっぱり、カイの件ですか？」

「他にあるとお思いですか？」

ジョンソンの笑みが三割増しになり、隣のオルガも無言の圧力をかけてくる。

「ですよねぇ～」

愛想笑いを浮かべておく。まあ、聞かれてもカイの事に関しては分からないことだらけで、答えようがないわけであるが。

でも、ローゼに内密に相談を持ち掛けてくることからして、彼らはカイという存在を世界から隠す道を選んだようだ。どうやら、その理由は各々異なるようだが。

そんな時、目をしょぼしょぼさせながら、ファフちゃんが一階に下りてくると、

「ねぇ、ローゼ、ご主人様はどこです？」

ローゼのスカートの裾を掴んで尋ねてくるので、

「カイは少し用事があって出かけてるの。大丈夫、すぐ帰ってくるわ。私たちと一緒に美味しいお菓子でも食べて待ってましょう」

「わーい、御菓子なのですっ！」

たちまち、眠そうな目から一転、顔を輝かせて、ファフは右拳を突き上げる。そんなファフに頬が緩むのを自覚しながら、その小さな左手を握り、

「それではお茶の用意をするから、手伝ってね」

笑顔で依頼すると、

「はいなのです！」

再度元気よく、右拳を突き上げる。

「ローゼ様、私も手伝います」

ありえぬ光景に今まで放心状態だったアンナもようやく覚醒し、ローゼに手伝いを申し出てくる。

「そうね。お願いするわ」

ローゼはファフとアンナを連れてお茶の用意をすべく、宿の厨房へと向かったのだった。

◇◆◇◆◇

床に飛び散る臓物に、壁に張り付く肉片、真っ赤なペンキのように飛び散った血。その大きな屋敷の中は死で溢れていた。

居間の中心の椅子に座っていた白色のスーツにハットを被った隻眼の男が、パタンと読んでいた本を閉じて、

「ジルマが死んだ」

端的にそう宣言する。

「おいおい、隊長、それ本当かよ?」

ターバンを巻いた長身の美青年が目を見開いて問いかける。

「ああ、この世界からジルマの気配が消えた。まずそれは間違いない」

白色スーツの男は無感情な声色でそう断言する。

「するてぇと、ジルマを殺せるだけの奴がここにいるってことかい?」

「それ以外にないな」

白色スーツの男は立ち上がると、ぐるりと凄惨な部屋の中で寛いでいる5人の男女を見渡し、

「次の仕事が決まった。殺しにいくぞ」

淡々とした口調で指示を出す。

「だがよ、仕事がまだ中途半端だぜぇ? いいのかよ?」

「今から依頼主ごと殺すから構わない」

「皆殺しってかぁ。いいねぇ、そうこなくっちゃ!」

歓喜の声を上げてターバンを巻いた長身の美青年も椅子から立ち上がる。

「我ら『凶』に敗北は許されない。たとえそれがどこの誰だろうとだ！」

白色スーツの男は噛みしめるようにそう口にすると言葉を切る。そして――。

「この俺が許す。一匹残らず、殺し尽くせ！」

屋敷中に響く声を張り上げ、出口へ向けて歩きだす。

獣のような咆哮とともに、最悪の戦闘集団『凶』は動き出す。

エピローグ

あの事件から数週間が過ぎた。

何をしたかは知らんが、ゲッディ伯爵はギリメカラ派の奴らを激怒させたらしく、ノルンにより引き延ばされた時間の中、長く辛い悪夢の旅に出ていた。結果、伯爵は解放された後、実に従順に全てをゲロってくれた。結果、伯爵とともに町長とそれに協力した幾人かの関係者も捕縛される。おそらく、極刑は免れまい。

一方、【コイン】と【パラザイト】はハンターギルドに引き渡した。仮にも【コイン】はハンターでありながら、奴隷商に無辜《むこ》の獣人たちを売り払おうとしたのだ。本来極刑は確実なのだが、本人たちは憑き物が落ちたように全てを自白し、ハンターギルドの指示に従っているそうだ。今までの【コイン】の功績に鑑み、死刑だけは免れそうだと、ジョンソンが話していた。

一方、【パラザイト】はハンターギルドの裏方の汚れ仕事に使われるらしい。まあ、管理するのは中立組織のハンターギルドだし、奴らも今ではギリメカラに従順な兵隊だ。確かに駒としてもってこいかもしれん。

パプラについては横やりが入りトウテツを獣人たちが討伐し得なかったことから、ミッションの失敗も覚悟していたが、思いの外、獣人たちはパプラの人族たちから受け入れられたようだ。その証拠に今回の事件で捕縛されたパプラの町長に代わり、初の獣人族と人族のハーフであるサリューパが町長につく。ローゼの提案により、有力な人物を町民の投票により選出した結果だ。女性でしかも、獣人族の血が入る町長は初めてだったが、融和の象徴として圧倒的多数で選出されたらしい。

ちなみにあれだけ好き勝手に振舞ったのだ。ジョンソンから苦言ぐらい言われるかと思ったが何もお咎めはなかった。

特にオルガからはトウテツの件につき根掘り葉掘り尋ねられるのかと内心覚悟はしていた。だが、どういうわけかオルガはその件につき一切尋ねてくることはなかった。ただマリアを心配させるなとすごい笑顔で念を押される。あれって一種の脅迫だと思うぞ。とりあえず、あの人は私にとっても特別な人だ。逆らえないという意味で母同様に厄介な御仁。彼の前ではできる限り大人しくしているのが吉かもしれんな。

そして、ついにアルノルトがパプラに戻り、ようやく私たちも待機の指示が解かれてバルセへ向かうこととなる。

馬車の前でパプラの獣人たちが隊列を組み、踵《かかと》をつけて胸に右手を当てる。そして、

「カイ様！　また是非この町にお越しください！」

そう叫ぶと深く一礼してくる。またこれか……。ネメアが何を口走ったのか知らんが、こんな大層な扱いを絶えず彼らから受けていた。

「ああ、お前たちも達者でな。抗い続ければきっと報われる」

泣き出す者まで出る中、私は彼らに祝福の言葉を送ると馬車に乗り込んだのだった。


「なんだ?」

微笑を浮かべて私の横顔をのぞき込んでくるローゼに、その意図を尋ねる。いつも鬱陶しくも破天荒な女だが、こんな奇怪な態度をとられれば気になりもする。

「いえ、貴方が私のロイヤルガードでよかった。そうしみじみ思っただけです」

「だから、私は仮のロイヤルガードと何度も言っておろうがっ!」

適任者を見つければ私は旅に出る。それは確定事項なのだ。

「はいはい、でも、貴方は私が私である限り、ずっと傍にいてくれる。そう思います」

そんなありえぬことを口走ったのだった。


夜間にバルセに到着して宿へ直行する。自室のベッドにファフを寝かせて小さな頭を撫でていたら、すぐに熟睡してしまう。

それから、空気を吸うべく人気のない広場へ出た。馬車の中でのローゼの言葉につき、少し一人になって考えたかったのだ。

私は自分自身を把握できぬほど若くはない。いかなる理由があるにせよ、己が良しとしないならロイヤルガードなど断固として拒絶していたはずだ。特に今回の王戦のような面倒極まりない事態ならなおさらだ。いくら、ローゼが未熟で危なっかしくても、その程度の事で今の私が力を貸すほど心が動かされるとは思えない。なのに、私はローゼのロイヤルガードを条件付きとはいえ受け入れ、今もそうあり続けている。改めて考えれば奇異極まりないのだ。

レーナの件についてもそうだ。レーナが危険なら彼女とその家族を保護して他の別の国にでも亡命すればいい。この世界は強者と弱者の差が激しい。今の私ならきっとそれができる。なのに、それをする気が起きないのは――。

「私は少なからず、あの娘に執着しているのか？」

認めたくはないが、ローゼの言通り彼女に執着は確かにしている。これも過去のカイ・ハイネマンの想いなのだろう。変質したとはいえ、記憶はしっかり受け取っている。想いとは多くの記憶や経験から生まれる純粋で強烈な衝動だ。もしかしたら、ローゼに力を貸すことは過去のカイ・ハイネマンの望んだ未来であり、今の私に出された課題のようなものなのかもしれない。まあ、どの道、私はカイ・ハイネマン。それは変わらない。

「なーに、さしてやることもないしな。ローゼに新しいロイヤルガードを見繕う。それまではこのくだらん茶番に付き合ってやるさ」

そう再度噛み締めるように口にすると、実にすんなり己を納得させることができた。

私は我儘だ。自分さえ納得できれば、あとはどうでもいいのである。

『マスター！』

突如、私の頭頂部に生じる僅かな重み。両手で抱えると、雪のように真っ白な毛並みの子狼が円らな瞳で眺めながら、尻尾をブンブン振っていた。

「ふむ、フェン。退屈してたか？」

その頭をそっと撫でた時、

「旦那様！」

突然眼前に生じ九尾が私に抱き着き、スライムたちが私に纏わりついてくる。

「お前たちも、構ってやれずにすまないな」

そうだ。過去の記憶を取り戻しても、私は何一つ変わっちゃいない。この世界でこいつらと共にやりたいように生きる。そしてその私の目的を妨げるようなものがあれば、完膚なきまでに破壊する。それだけなのだから。

◇◆◇◆◇

――アメリア王国の首都――アラムガルド

黒色に僅かな赤色が混じった髪を腰まで伸ばした可愛らしい少女レーナは、豪奢《ごうしゃ》な装飾のなされた金属の扉を勢いよく開き、部屋内に飛び込むと、

「キーっち、ローゼちんは無事なのぉッ⁉」

紺のローブを着た長い青色の髪を後ろで縛った長身の少年キースに詰め寄り、捲《まく》し立てるように質問を投げかけた。

「ああ、大丈夫らしいから、安心しろ」

「ほ、ほんと？」

「護衛についていた王国騎士長アルノルト様から受けた報告らしいし、間違いないようだ」

「よかったぁ」

安堵の表情を浮かべて床にペタンと尻もちをつくレーナに、キースは苦笑していたが、顔を厳粛《げんしゅく》なものに変えて、

「なあ、レーナ、今から言うことを落ち着いて聞けよ」

言い聞かせるように、穏やかな口調で念を押す。

「うん？　どうしたのぉ？」

キョトンとした顔で小首を傾げるレーナに、

「どうやら、襲われていたローゼ殿下のいた一団にカイが混ざっていたらしい」

キースは困惑した表情でそんなレーナにとって思ってもいない言葉を口にする。

「え？　え？　えっ⁉　えぇぇっ――⁉」

たちまち、レーナの顔から血の気が引いていき、キースの胸倉を鷲掴みにしてブンブン揺ら

しながら、

「キーっち、カー君、大丈夫なの⁉」

血走った目で尋ねる。

「心配すんなって。カイは無事だ」

「ホント？　ホントに、カー君、何ともない⁉」

レーナのしつこいくらいの問いにキースは大きく顎を引き、

「カイは今、ローゼ殿下とバルセの街に滞在中のようだ」

力強くそう口にする。

しばし、レーナは不安そうな表情でキースの顔色を窺っていたが、ようやく真実と理解したのか、大きく息を吐く。そして――。

「でも、なんでローゼちんと、カー君が一緒にいるのかな？」

素朴な疑問を口にした。

「さあな。多分、殿下のことだ。俺たちからカイの話を聞いて実際に会って話してみたくなったんじゃないのか」

「もう、ローゼちん、カー君と会うならレーナにも一言あってほしいかもぉ」

「お前に話せば、ついてくるって聞かないからだろ」

「ぶーぶー、でもぉー、まっいいや。だって、カー君にどこに行けば会えるかわかったしぃ」

キースは唖然とした顔でその発言をしたレーナをマジマジと眺めていたが、

「お前、今のお前の立場わかってんのか⁉　今お前がバルセに行けば——」

「大丈夫、変装していくから！」

「いや、そういう問題じゃなくてだな——」

「いいから、いいから。キーちんも行くの。レーナ、先にバルセ行きの馬車を見つけてくるね」

部屋を兎のごとき俊敏さで飛び出して行ってしまう。キースは暫《しば》し茫然としていたが、

「きっとこれまたお師匠様にどやされるよな」

そう呟くと肩を落とし深い深いため息を吐き出し、リュックに荷物を詰め始めた。

——レーナとキースのバルセへの旅路。それはバルセを舞台にした大きな事件の狼煙。

この場この時、アメリア王国、戦闘集団『凶』、魔族と彼らがあがめる神はすべからく、この世で最も恐ろしい怪物が紡ぐ物語に強制参加させられたのである。

MONSTER bunko

超《ちょう》難《なん》関《かん》ダンジョンで10万《まん》年《ねん》修《しゅ》行《ぎょう》した結《けつ》果《か》、世《せ》界《かい》最《さい》強《きょう》に
～最《さい》弱《じゃく》無《む》能《のう》の下《げ》剋《こく》上《じょう》～①

2022年1月31日　第1刷発行

Mり01-01

著者　力《りき》水《すい》

発行者　島野浩二

発行所　株式会社双葉社
〒162-8540
東京都新宿区東五軒町3-28
電話　03-5261-4818（営業）
　　　03-5261-4851（編集）
http://www.futabasha.co.jp
（双葉社の書籍・コミック・ムックが買えます）

印刷・製本所　三晃印刷株式会社

フォーマットデザイン　ムシカゴグラフィクス

ISBN978-4-575-75302-8　C0193
Printed in Japan